아르테아
미국 기업(아이오티지)가 야마나시 현 노조미 시에 신설한 대규모 오락 시설. 이 시설 최대의 특징은 세계 최초 풀다이브 VRMMO-RPG '액추얼 매직'을 플레이할 수 있다는 것.

데몬즈 크레스트
Demons' Crest
현실∞침식
1

카와하라 레키 일러스트 호리구치 유키코

설정협력 / Whomor Design / BEE-PEE

[아시하라 유마]

"반 애들 다 같이
풀다이브 VRoMMO 테스트 플레이를 한다니…"

"본인의 의지로 칼리큘러스
…… 액추얼 매직에서 나갈 방법이
없다는 뜻이야."

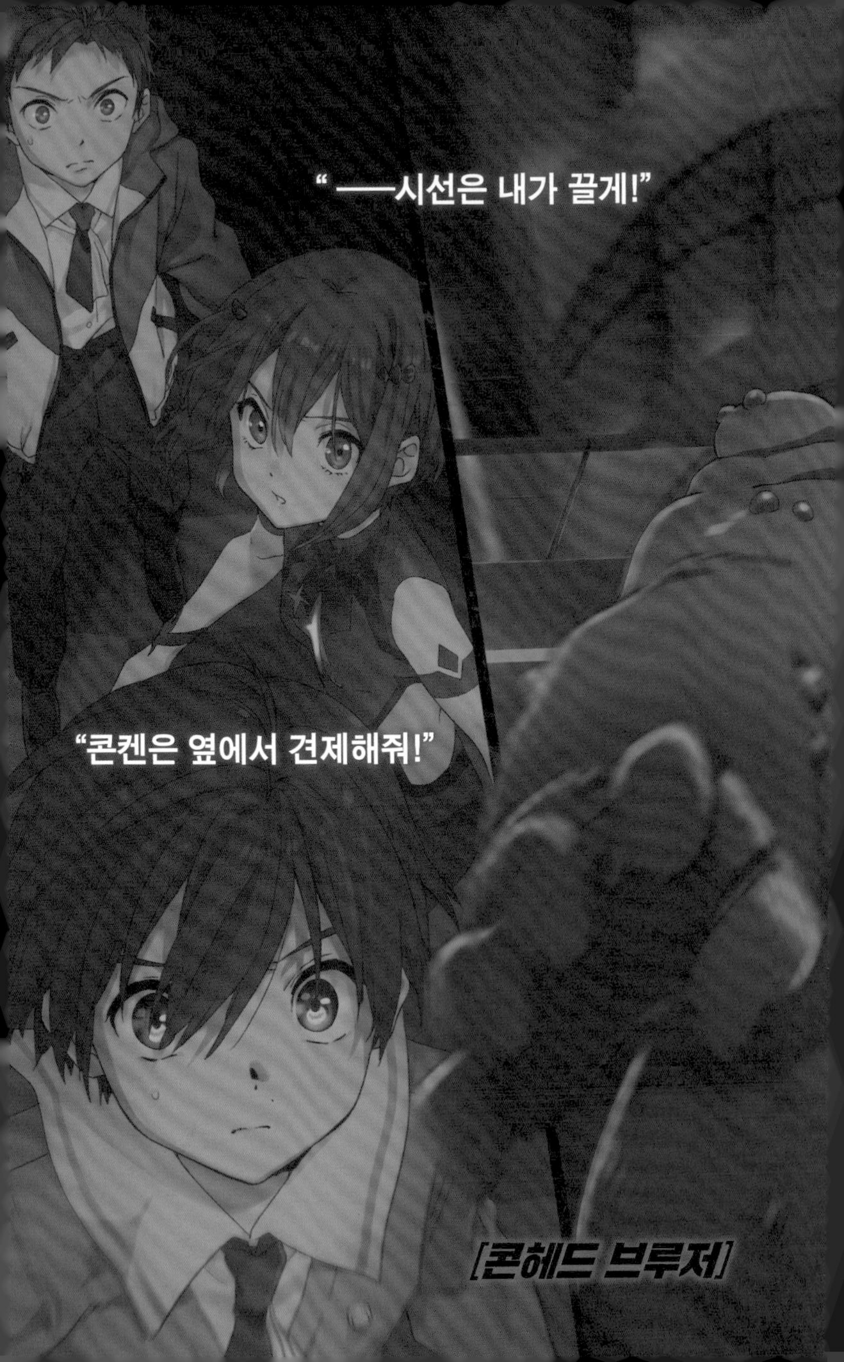
“ ――시선은 내가 끌게!”
“콘켄은 옆에서 견제해줘!”
[콘헤드 브루저]

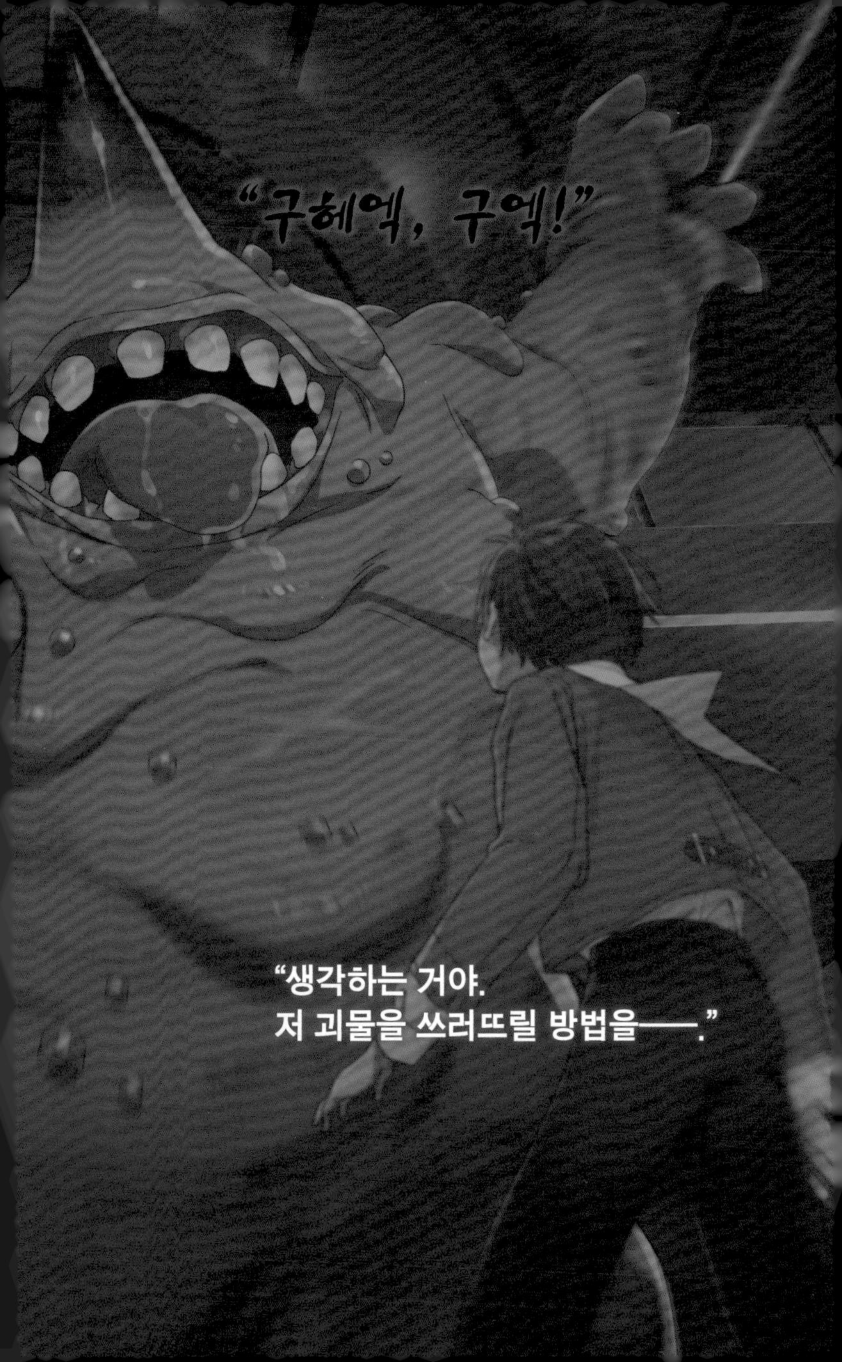
"구헤엑, 구엑!"
"생각하는 거야.
저 괴물을 쓰러뜨릴 방법을──."

FLOOR MAP

Demons' Crest

1F

건물 내 주차장

기계실

카페 코너

백야드

쇼핑 구역

티켓 카운터

비상
계단

엘리베이터 홀

웨딩존

EV
EV
EV

메인 로비

현관

1F

아르테아의 현관이 되는
플로어. 입장 접수 외에도
쇼핑이나 가벼운 식사가
가능하다. 백야드에는 아르테아의
직원이 이용하는 사무실이나 휴게실,
의무실, 화장실, 창고가 있다.

2F

백야드

외부 통로

내부 통로

1번 플레이룸

비상
계단

EV
EV
EV

엘리베이터 홀

2F

플로어 전체가
플레이룸으로 구성되어 있다.
1번 플레이룸에 설치된
칼리큘러스는 바깥쪽에 48대, 안쪽에
32대로 총 80대, 플레이룸은 아르테아
안에 총 9개가 준비되어 있다.

이것은 게임이지만

동시에 현실이다

데몬즈 크레스트
Demons' Crest
현실 ∞ 침식

1

카와하라 레키
일러스트 호리구치 유키코

칼리큘러스 *caliculus*
가상세계로 풀다이브할 수 있는 캡슐형 유닛.
개발원은 '아르테아'. 풀다이브 중에는 의식과
육체가 단절되어 있어 몸을 움직이는 것은 불가
능하다.

설정협력／Whomor

👥 FRIEND

여자

출석 번호	이 름	성별	직 업	비 고
1	아시하라 사와	여	마술사	아시하라 유마의 쌍둥이 여동생.
2	이다 카나미	여	불 명	수영부 소속.
3	에자토 쇼코	여	불 명	느긋한 성격.
4	켄조 사유	여	불 명	장래희망은 아이돌.
5	사노 미나기	여	성직자	아시하라 남매의 소꿉친구.
6	시미즈 토모리	여	불 명	도서위원.
7	시모노소노 마미	여	불 명	흑마술을 좋아한다.
8	소가 아오이	여	불 명	과자 만들기가 특기.
9	치카모리 사키	여	불 명	세련된 후지카와 렌을 동경하고 있다.
10	츠다 치세	여	불 명	사육위원.
11	테라가미 쿄카	여	불 명	1반 여자의 리더격 인물.
12	나카지마 미사토	여	불 명	배구부 소속.
13	누시로 치나미	여	불 명	1반 여자애들 중 가장 키가 작다.
14	노보리 키미코	여	불 명	고스로리 패션을 좋아한다.
15	하리야 미미	여	불 명	교토 출신으로 화과자를 좋아한다.
16	후지카와 렌	여	불 명	와타마키 스미카에게 경쟁심을 갖고 있는 미인.
17	헨미 카린	여	불 명	점을 좋아한다.
18	미소노 아리아	여	마술사	1반 여자 중 가장 꾸미는 걸 좋아한다.
19	메토키 시즈	여	불 명	검도장에 다니고 있다.
20	유무라 유키미	여	불 명	스스로를 싫어해서 변화하길 원한다.
21	와타마키 스미카	여	성직자	반의 아이돌적 존재.

남자   담임교사 에비사와 유카리

출석 번호	이 름	성별	직 업	비 고
22	아이다 신타	남	불 명	카드 게임을 좋아한다.
23	아시하라 유마	남	마물사	공부도 운동도 평균.
24	오노 요이치	남	불 명	농구부 주장.
25	카지 아키히사	남	불 명	인터넷 방송인 지망.
26	키사누키 카이	남	불 명	축구부 소속.
27	콘도 켄지	남	전 사	아시하라 유마의 절친.
28	스가모 테루키	남	전 사	축구부 주장이자 반장.
29	세라 타카토	남	불 명	스케이트보드를 좋아한다.
30	타키오 마사토	남	불 명	애니, 게임, 만화를 좋아한다.
31	타다 토모노리	남	불 명	카드 게임을 좋아하고 아이다 신타와 친하다.
32	토지마 슈타로	남	불 명	가상화폐 거래를 하고 있다.
33	니키 카케루	남	불 명	하이자키 신과 친하며 성적 우수.
34	누노노 류고	남	불 명	메토키 시즈와 같은 검도장에 다니고 있다.
35	하이자키 신	남	불 명	학년 톱 수재.
36	호카리 하루키	남	불 명	스케이트보드를 좋아하고 세라 타카토와 사이가 좋다.
37	미우라 유키히사	남	불 명	농구부 소속.
38	무카이바라 코지	남	불 명	영상 편집 스킬이 있다.
39	모로 타케시	남	불 명	성우를 좋아한다.
40	야츠하시 켄노스케	남	불 명	시의회 의원 아들.
41	와카사 나루오	남	불 명	밀리터리 오타쿠.

1

눈꺼풀을 들어 올렸지만 아무것도 보이지 않았다.

눈을 몇 번이고 깜빡여 보았지만, 시력은 전혀 돌아오지 않는다. 자신의 거친 호흡소리와 심장 박동만이 크게 들려왔다. 뭔가 푹신한 것 위에 누워 있는 것 같긴 한데, 평소 익숙한 자신의 침대와는 감촉이 다르다.

심장을 조여오는 패닉의 전조가 차디찬 액체가 되어 온몸으로 퍼지며 손바닥과 발바닥을 축축하게 적셨다.

계속 두 눈을 깜박이면서 어떻게든 머리를 회전시켰다.

내 이름은…… 유마. 아시하라 유마, 11살. 유키하나 초등학교 6학년.

날짜와 시간은…… 2031년, 5월 13일, 화요일…… 아마도 오후.

그리고 이곳은…….

축축해진 두 손을 꽉 쥐고 기억을 거슬러 올라가 보았지만, 왜 이런 어둠 속에 있는지조차 알 수 없었다. 분명 무슨 일이 있었던 것 같은데. 여기가 아닌 좀 더 밝고 소란스러운 장소에서…… 뭔가.

불현듯, 뇌리에 몇 개의 정경이 연달아 플래시를 터뜨리듯 떠올랐다.

드넓게 이어진 초원. 환하게 웃는 여자아이. 무서울 정도로 선명한 푸른색의 하늘.

그 하늘이 갑자기 빛났고…… 그리고.

"아…… 아아악!"

갈라진 목소리로 소리친 유마는 본능적으로 두 손을 들어 자신의 머리를 보호하려 했다.

손가락 끝이 몸에 닿기 직전 무언가에 부딪혔다.

흠칫 손을 오므렸다가, 조심스레 다시 만져보았다.

안쪽에 얇은 쿠션이 둘러쳐진, 완만하게 굴곡진 벽──아니, 뚜껑. 그것이 마치 고치처럼 유마의 온몸을 감싸고 있었다.

그 정체를 깨달은 순간, 유마는 비로소 자신이 어디에 있는지를 떠올렸다.

이곳은 '칼리큘러스' 안이다.

안에 들어 있는 인간에게 가상의 신체 감각을 부여해 뇌에서 출력되는 운동명령을 읽어 내는 캡슐형 풀다이브 머신.

그래…… 유마는 자신의 의사로 이 캡슐에 들어가 게임을 즐기고 있었던 것이다. 가상 세계가 무대인 진정한 의미의 VRMMO-RPG를.

왜 칼리큘러스의 전원이 꺼진 것인지는 모르겠지만, 아마도 내부 어딘가에 비상 탈출용 레버가 있었을 것이다. 흥분한 나머지 대부분 흘려들었던 게임 시작 전의 오리엔테이션 내용을 떠올리면서 캡슐의 왼쪽 아래 부근으로 손을 뻗었다.

굴곡진 벽면을 여기저기 만지다 보니 자동차 문손잡이처

럼 생긴 레버가 손가락 끝에 닿았다. 그것을 조심스레 쥐고, 오리엔테이션에서 알려준 대로 레버 끝의 잠금 해제 버튼을 눌렀다.

이제 이것을 잡아당기기만 하면 캡슐 뚜껑이 열릴 것이다.

기분 탓인지 산소가 희박하게 느껴지는 공기를 크게 들이마시고, 유마는 레버를 당기려 했다.

그때, 어딘가 멀리에서 고함 소리 같은 것이 들려온 것 같았다.

아니, 먼 곳은 아니다. 칼리큘러스 캡슐에는 거의 완벽한 방음 설계가 되어 있었다. 그 벽을 뚫고 들려왔다는 것은 꽤 가까운 곳에서 누군가가 소리를 질렀다는 뜻이었다. 거의 비명 수준의 큰 소리를.

땀에 젖은 왼손으로 레버를 잡은 채 유마는 귀를 기울였다. 하지만 몇 초 정도 기다려 봐도 목소리는 더 이상 들리지 않았다.

도대체 밖에서, 아니, 이 시설 전체에서 무슨 일이 일어나고 있는 것일까.

뚜껑을 열지 않는 편이 낫다. 불현듯 그런 예감이 든 유마는 레버에서 손을 떨어뜨렸다.

하지만 곧 다시 꽉 움켜쥐었다.

이 건물—— 야마나시현 노조미시에 신설된 대규모 오락 시설 '아르테아'에는 단순히 놀러 온 것이 아니다. 유마가 다니는 시립 유키하나 초등학교의 6학년 1반 학생 전원이 오프닝 이벤트에 초대받아서 온 것이다.

오늘 교사 2명의 인솔에 따라 전세버스로 아르테아를 방문한 학생은 유마를 포함해 41명. 그중에는 절친인 콘도 켄지와 이웃집 소꿉친구 사노 미나기, 그리고 유마의 쌍둥이 여동생 사와도 포함되어 있었다.

이벤트에는 이들 외에도 많은 어른들이 참여했지만, 만약 이 이상 사태가 시설 전체에 뻗쳤다면 학생들을 미처 다 보호하지 못했을 가능성도 있었다. 온순한 미나기는 울고 있을지도 모르고, 호기심 많은 사와는 제멋대로 돌아다닐지도 모른다. 놔두면 어디로 튈지 모르는 두 사람을 이대로 내버려 둘 수는 없었다.

굳게 마음을 먹고 유마는 이번에야말로 비상 탈출용 레버를 당겼다.

덜컹, 하는 진동과 함께 잠금장치가 풀리면서 칼리큘러스 뚜껑이 몇 cm 정도 살짝 열렸다. 캄캄했던 캡슐 안으로 희미한 빛이 스며들자 참고 있던 숨을 내뱉었다.

주황색의 연약한 빛은 아마도 비상등일 것이다. 예상대로 건물 전체가 정전된 모양이었다. 신선한 공기를 들이마시기 위해 뚜껑 사이로 코를 가까이 가져갔다.

그 순간──.

"……윽!"

유마는 자신도 모르게 얼굴을 확 찌푸렸다.

차가운 공기 속에 이질적인 냄새가 섞여 있었다. 코를 찌를 정도의 악취는 아니지만 비린내처럼 코 안쪽에 달라붙는 금속 냄새. 가벼운 구토감을 억누르며 다시 귀를 기울였지만 더는 누구의 목소리도 들리지 않았다.

유마는 다시 한번 마음을 먹고 오른손으로 캡슐 뚜껑을 위로 밀었다. 유압 댐퍼의 작동음과 함께 뚜껑이 올라가며 시야도 넓어졌다.

매트리스 위에서 천천히 몸을 일으켰다.

가장 먼저 보인 것은 캡슐 정면 5m 정도에 있는 부드럽게 휘어진 벽이었다. 비상등의 희미한 빛을 받은 벽면에는 [PLAYROOM 01]라는 문자가 크게 프린트되어 있었다.

이 아르테아에는 80개의 칼리큘러스 캡슐을 갖춘 플레이룸이 9개 있다고 했고, 유마와 아이들은 지상 2층의 1번 플레이룸으로 안내받았다.

이어서 좌우를 살펴보았다. 양쪽에도 유마가 앉아 있는 것과 같은 디자인의 캡슐이 바깥쪽을 향해 가지런히 늘어서 있었다.

칼리큘러스는 '봉오리'라는 뜻이라고 오리엔테이션 때 들었던 기억이 있다. 그 이름 그대로 백합과 식물의 봉오리를 연상시키는 가늘고 긴 캡슐이 원형으로 둥글게 배치된 모습은 마치 그 전체가 하나의 꽃 같았다. 하지만 이 방에 들어왔을 때는 눈 부신 조명 아래 순백색으로 빛나던 칼리큘러스가 주황색 비상등을 받자, 지금은 곤충 번데기 같아 보이기도 했다.

보이는 범위만 해도 족히 스무 개가 넘는 캡슐이 줄지어 있었는데, 뚜껑이 열려 있는 것은 70% 정도였고 나머지는 아직 닫혀 있었다. 게다가 무슨 일이 있었는지 열려 있는 캡슐 중 일부는 심하게 손상된 모습이었다.

유마 바로 오른쪽에 있는 아이가 쓰던 캡슐은 뚜껑이 열려 있고 내부는 텅 비었다. 사와와 미나기에게 할당된 왼쪽의 두 대는 모두 닫혀 있었지만, 안에 아직 두 사람이 들어 있는지 어떤지는 겉으로만 봐선 알 수 없었다. 적어도 세 대다 부서지지는 않은 것 같았다.

시선을 조금 더 움직였다.

직경이 30m나 되는 거대한 1번 플레이룸에는 6학년 1반 학생들을 포함해 80명이나 되는 플레이어가 있었는데, 사람의 모습은 커녕 목소리나 소리조차 들리지 않았다. 조금 전의 외침은 착각이었나 싶지만, 공기 중에는 아직도 쇳내음이 짙게 풍겼다.

──우선 사와하고 미나기의 칼리큘러스를 열어 보자.

그렇게 생각한 유마는 캡슐 왼쪽으로 발을 꺼내 거기에 놓인 운동화를 신었다. 손잡이를 잡고 쑥 몸을 일으킨 순간 가벼운 현기증이 엄습했다. 가라앉을 때까지 잠시 기다렸다가 칼리큘러스 측면을 둘러싸고 있는 폭 60cm 정도의 램프(승강대)를 조심스럽게 걸었다.

램프 끝에서 멈춰 서서 시야 아래 통로를 둘러보았지만 역시 사람의 기척은 없다. 저도 모르게 발소리를 죽이며 짧은 계단을 내려갔다.

고무시트가 부착된 통로에는 파괴된 칼리큘러스의 잔해로 보이는 플라스틱 조각이나 금속 파이프 같은 것들이 드문드문 흩어져 있었다. 그것들을 피해서 바로 왼쪽에 있는 칼리큘러스 앞까지 걸어갔다.

칼리큘러스는 사용자의 프라이버시를 배려하기 위함인지 바닥에서 2m 정도 높은 곳에 설치되어 있었다. 그래서 키 152cm인 유마는 까치발을 해도 손이 닿지 않았다. 캡슐 측면에 있는 비상 개방 레버를 조작하려면 램프 위로 올라가야 했다. 우선 여동생 사와의 캡슐을 열기 위해 계단을 올라가려고 한—— 그때였다.

찰박, 하는 물에 젖은 소리가 들려와 유마는 몸을 왼쪽으로 돌렸다.

"아…….."

목구멍에서 힘없는 목소리가 새어 나왔다.

완만하게 커브가 진 통로 안쪽, 십여 m 떨어진 곳에 누군가가 서 있었다.

어두컴컴한 비상등만으로는 희미한 실루엣밖에 보이지 않았지만, 하체는 가까스로 식별할 수 있었다. 날씬하고 가느다란 다리를 감싸고 있는 것은 무릎까지 오는 검은색 양말뿐. 신발은 신지 않았다. 가녀린 무릎 바로 위에 유키하나초 교복인 흰색 주름치마 자락이 보였다. 상체는 어둠 속에 잠겨 있어 전혀 보이지 않았다.

하지만 유마는 분위기만으로도 상대의 이름을 알 수 있었다.

6학년 1반, 출석번호 21번 와타마키 스미카.

1반뿐만이 아니었다. 5학년이나 4학년에서도 스미카에게 조금도 관심이 없는 남학생은 없을 것이다. 귀엽고 똑똑하고 착하고, 대형 출판사 패션 잡지에서 모델까지 하고 있기 때문이다. 앞에 서는 것만으로도 머리가 새하얘지는 스미카의 미모에 조금도 매료되지 않는 초등학생 남자는 초등학생 남자라고 할 수 없었다.

물론 유마는 반의 다른 남자들처럼 남자친구가 될 수 있을지도 모른다는 과분한 야망을 품고 있는 것은 아니었고, 정신적으로나 물리적으로나 거리를 두고 조용히 감상하는 쪽이었다. 적어도 스스로는 그렇게 믿고 있었다. 4학년 때 학교에서 '크레스트' 아이렌즈를 떨어뜨려서 당황하고 있을 때 찾는 것을 도와준 이후 특별한 존재가 되었다는 것만은 확실하지만, 결코 짝사랑을 하고 있는 것은 아닐…… 것이다. 아마도.

아무튼 검은색 하이삭스만 보고도 스미카임을 확신한 유마는 계단을 벗어나 통로 중앙으로 돌아왔다.

"와……와타마키……?"

이름을 부른 순간, 플레이룸의 조명 뿐만 아니라 왼손 손등에 달린 '크레스트'의 전원까지 꺼져 있다는 것을 깨달았다.

크레스트는 생체전기로 구동되는 박막형 디바이스였기

에 배터리가 닳을 일은 없었고, 스스로 전원을 끈 기억도 없었다.

크레스트 중앙을 오른손 검지로 길게 누른 후, 유마는 한 걸음 더 스미카에게 다가갔다.

동시에 스미카도 앞으로 걸어 나왔다.

검은 양말이 찰박, 소리를 냈다.

"……?"

조금 더 시야를 좁히자, 스미카의 다리 주변에 거뭇한 액체가 묻어 있는 것이 보였다.

기름 같은 건가? 라고 생각했지만 화학적인 휘발유 냄새는 느껴지지 않았다. 그 대신 아까 맡았던 금속 비린내가 다시금 풍겨 무심코 얼굴을 찡그렸다.

찰박.

스미카가 한 걸음 더 앞으로 다가왔다.

천장에서 쏟아지는 비상등 불빛이 가슴 언저리까지를 희미하게 비춘다. 남자 교복보다 길이가 좀 더 짧은 하늘색 재킷과 붉은색 넥타이. 그 두 곳 모두 검은색 액체가 드문드문 묻어 있었다.

──아니.

비상등이 어두운 주황색이라 검게 보인 것뿐…… 저것은 혹시 피가 아닐까. 혹시 스미카는 어딘가 다친 걸까?

"와, 와타마키…… 괜찮아?"

희미한 목소리로 이름을 부르며 유마는 조금 더 가까이

갔다. 이미 거리는 10m가 채 안 되지만, 묘하게 스미카가 멀게 느껴졌다.

평소 같으면 1초 만에 끝났어야 할 크레스트의 기동 시퀀스가 어째서인지 너무나도 느리게 작동했다. 두 눈에 낀 아이렌즈가 온라인에 접속하면 암시(暗視) 보정 기능을 사용할 수 있을 텐데.

우두커니 서 있는 스미카의 얼굴은 아직 보이지 않았다.

하지만 오른손에 뭔가를 쥐고 있는 것은 보였다.

가운데가 조금 휘어진 하얗고 굵은 막대기 같은 것. 그 끝에서도 검은 액체가 뚝뚝 떨어지고 있었다.

막대 형태로 된 둥근 라인을 가진 그 물체는 공산품처럼은 보이지 않았다. 마치 생물의…… 그러니까 인간의 팔처럼 보였다. 어깨부터 뜯겨져 나온, 아이의 팔.

머릿속이 지잉 울리는 것을 느낀 유마는 스미카의 왼팔을 응시했다. 아르테아를 덮친 사고로 절단된 자신의 팔을 들고 있는 것이 아닐까 생각한 것이다. 하지만 곧 안도의 한숨을 내쉬었다. 그녀의 왼팔은 제대로 붙어 있었다.

——하지만 그렇다면, 저 팔은 누구의 것일까.

"……와타, 마키……?"

유마의 입에서 나온 목소리는 스스로도 깜짝 놀랄 만큼 가늘게 떨리고 있었다.

부름에 반응한 것인지 스미카가 한 걸음 더 앞으로 나오며, 비상등 불빛 안에 그 모습이 완전히 들어왔다.

깊이 숙여진 얼굴은 어두운 그림자에 잠겨 잘 보이지 않았다. 하지만 뭔가…… 어딘가가 이상했다. 오른손에 잡고 있는 누군가의 팔이나 교복 곳곳에 묻은 혈액 같은 얼룩 이외에도, 우뚝 선 스미카의 모습에서는 이루 말할 수 없는 기묘함이 풍겨왔다.

그제서야 크레스트가 작동하면서 아이렌즈의 암시 보정 기능이 자동으로 켜졌다. 비상등의 빛이 증폭되며 시야가 밝아졌다.

마치 그것을 감지하기라도 한 것처럼, 스미카가 순식간에 고개를 들어 올렸다.

찰랑거리는 앞머리 아래로 드러난 그 얼굴은──.

비명을 지르기 위해 유마는 훅 소리와 함께 공기를 들이마셨다.

시간이 가늘고 길게 흘러가며 모든 것이 정지한 순간, 유마는 비로소 떠올렸다. 칼리큘러스 안에서 깨어나기 직전의 일을.

세계 최초의 풀다이브형 VRMMO-RPG '액추얼 매직'의 테스트 플레이에서 무슨 일이 벌어졌는지를.

2

"유우! 그쪽으로 갔어!"

절친인 콘도 켄지── 콘켄의 목소리에 유마는 오른손에 든 숏소드를 고쳐잡았다.

짧은 잔디에 둘러싸인 들판 한복판. 주위에는 걸림돌이 될 만한 바위도 웅덩이도 존재하지 않았다. 이 좋은 조건에서 또다시 실패한다면 조금 떨어진 곳에서 지켜보고 있는 여동생 사와와 소꿉친구 미나기에게 웃음거리가 되고 말 것이다.

"오케이, 나한테 맡겨!"

콘켄에게 소리치듯 대답하고 일직선으로 돌진해 오는 작은 그림자를 응시했다.

게임을 시작한 지 벌써 두 시간이 지났지만, 유마는 이제서야 풀다이브 환경에서 움직이는 법을 조금 이해한 상태였다.

이 세계── '액추얼 매직(AM)'은 지나치게 리얼하다. 푸른 하늘과 흰 구름, 저편으로 이어진 연보랏빛 산맥, 그리고 녹색 초원. 이런 풍경뿐만 아니라 피부를 스쳐 지나가는 바람의 차가움, 두 발로 밟고 선 땅의 단단함까지 모두 현실 세계와 거의 다르지 않은 정밀함을 갖추고 있었다. 시각은 크레스트의 아이렌즈, 청각은 동일한 방식의 이어피스, 촉각과 평형각은 칼리큘러스에서 입력된 것일 텐데도 조금의 위화감도 없다는 것은 실로 경이로울 정도다.

도저히 디지털 데이터로 구축된 세계에 있다고는 생각할 수 없는 탓에 유마는 지금까지도 계속 현실 세계와 똑같이 움직이려 했다. 하지만 오히려 그것이 실수였다. 이 세계의 유마는 현실의 자신보다 훨씬 민첩하고, 강하고, 조금 넘어진 정도로는 다치지 않는다. 현실의 육체는 칼리큘러스에 의해 의식과 분리되어 있기 때문에 캡슐 안쪽에서 손발을 부딪칠 일도 없다.

그렇기에 심리적인 저항감을 없애고 자신에게 주어진 운동능력의 한계에 도전한다는 마음으로 있는 힘껏 움직여야 했다. 그렇지 않으면 몬스터를 이기기란 불가능에 가까운 이야기였다.

"뀩! 뀨!"

날카로운 목소리로 울부짖으며 돌진해오는 것은 체구만 60cm 가까이 되는 연한 파란색의 토끼. 액추얼 매직에서는 소형 몬스터로 분류되지만 덩치는 미나기——나기의 집에서 기르는 세인트 버나드 '돈'과 큰 차이가 없었다. 게다가 파란 토끼의 이마에는 커다란 당근 사이즈의 은색 뿔이 튀어나와 있다. 저만한 길이의 뿔을 배에 맞는다면 등까지 뚫고 나올 것 같았다.

또다시 공포가 솟아오른 유마는 저도 모르게 왼손으로 배를 보호하려 했다. 하지만 그런 짓을 하고 있다간 한 시간이나 걸려서 습득한 마법을 쓸 수 없었다. 적어도 도움 안 되는 가죽 갑옷이 아니라 콘켄 같은 금속 갑옷을 장착하고 있었다면……. 그런 생각도 했지만 후위직을 선택한 것은 유마 자신이다. 이제 와서 우는소리는 할 수 없었다.

게다가 애초에 저 파란 토끼는 유마를 공격하려는 것이 아니다.

토끼의 머리 위에는 [혼드 그레이트 헤어]라고 하는 고유명과 80% 감소하여 붉어진 HP바가 표시되어 있었다. 콘켄의 양손검으로 빈사상태에 몰리면서 유마가 대기하고 있던 장소로 도망쳐온 것이다.

헤어(야생토끼)라 그런지 몬스터는 크고 무거운 덩치에 걸맞지 않는 속도로 돌진해 왔다. 간격이 순식간에 30m를 밑돌았다. 그러나 유마가 사용하려는 마법의 사거리는 불과 10m밖에 되지 않았기 때문에 아직 조금 더 기다려야 했다.

"규이이익!"

다시금 소리친 파란 토끼가 유마를 보고 왼쪽으로 방향을 틀었다.

"젠장!"

그런 말과 함께 유마도 달리기 시작했다. 토끼가 한층 더 속도를 올렸다. 그것을 쫓는 유마도 최선을 다해 발을 놀렸다.

첫 번째 도전에서는 거의 같은 상황에서 돌에 걸려 넘어졌고, 두 번째는 너무 신중하게 달린 바람에 도망가 버리고 말았다. 장애물에 주의하는 것도 중요하지만 그보다 더 중요한 것은 아바타의 능력을 최대한으로 발휘하는 것이다.

현실 세계에서 운동을 못한다고 해서 이 세계에까지 그런 생각을 가져올 필요는 없었다.

——겁먹지 마! 더 빨리 달릴 수 있어!

머릿속으로 스스로를 몰아세우며 유마는 있는 힘껏 땅을 박찼다.

혹 하고 몸이 가속했다. 귓전에서 바람이 웅웅 울렸다. 현실 세계에서는 느껴보지 못한 스피드에 시야가 아찔했지만, 이를 악물고 계속 달렸다.

"힘내, 유우!" "거의 다 왔어~!"

뒤쪽에서 사와와 나기의 소리가 쫓아왔다. 정말 민망하네, 라는 생각을 하면서도 유마는 한층 더 몸을 앞으로 기울였다.

도망가던 토끼가 서서히 가까워졌다. 거리는 어림잡아 15m 안쪽이다. 그 타이밍에 비어 있는 왼손을 토끼를 향해 내밀었다.

지금부터가 승부다. 전력을 다해 질주하면서, 암기한 네 가지 주문을 버벅이지 말고 외워야 했다.

"테네브리스(어둠이여)!"

우선 '속성사(詞)'를 외치자, 활짝 펼친 왼손 앞으로 짙은 청자(靑紫)색 광구가 나타났다.

"카페레 아니마(영혼을 낚는 손이 되어)!"

이어서 두 단어의 '형태사'를 외쳤다. 광구가 변형되며 유마의 왼손보다 몇 배나 크고 날카로운 갈고리 손톱 같은 환상의 손을 만들어 냈다.

동시에 시야 중앙에 십자형의 조준선이 나타났다. 왼손을 세밀하게 움직여 조준을 토끼 몸의 중심에 맞췄다.

동시에 거리가 10m 아래로 좁혀졌다. 이번에야말로! 그렇게 다짐하면서 유마는 세 번째 주문을 외쳤다.

"이그니스(날아라)!"

'발동사'가 약간의 에코를 수반하며 울려 퍼졌다. 청자색으로 빛나는 환상의 손이 발사되며 파란 토끼에게 다가갔고, 동그란 몸을 움켜쥐듯이 손가락이 닿히며——.

부웅!

그런 효과음과 함께 토끼의 몸이 푸르스름한 연기가 되어 소멸했다.

"해, 해냈다!"

그렇게 소리친 직후 유마는 움푹 패인 땅에 발이 걸려 넘어지고 말았다. 풀밭에 얼굴부터 들이박고는 그대로 데굴데굴 굴러간다. 시야 왼쪽 위에 뜬 자신의 HP바가 약간 깎이며 사실상 노 대미지라고는 할 수 없었지만, 그런 것은 소소한 대가였다.

벌떡 몸을 일으켜 그 기세 그대로 바로 위를 올려다보았다.

그러자 반짝반짝 빛과 함께 떨어지는 무언가가 보였다.

트럼프보다 조금 큰 한 장의 카드. 오른손에 쥐고 있던 숏소드를 내던지고 양손으로 카드를 받아들었다. 빛은 손안에서 희미한 소리를 내며 곧 사라졌다.

신비로운 투명 소재로 만들어진 보라색 카드 표면에는 선화로 파란 토끼의 전신이 그려져 있었고, 그 아래에는 [혼드그레이트 헤어]라는 이름이 새겨져 있었다.

"돼…… 됐다아아아아아아!"

카드를 든 왼손과 움켜쥔 오른손을 치켜든 유마는 현실 세계에서 거의 내본 적 없는 성량으로 소리쳤다.

이것이 클래스(직업) '마물사'를 선택한 유마의 힘이었다. 캡처주문(포획주문)으로 몬스터를 잡아 카드로 변화시킨다. 지금까지 가지고 놀았던 거치형 게임이나 크레스트용 RPG에도 자주 나왔기에 흔하다면 흔하다고 할 수 있는 클래스였지만, 실제로 해 보니 이렇게 잡기가 어려울 줄은 몰랐다. 아니, 액추얼 매직도 게임이니까 '실제'라는 말투는 정확하지 않겠지만, 다른 어떤 게임보다도 더 고생했다는 것만은 확실하다.

"해냈구나, 유우!"

소리가 난 쪽을 보니 커다란 검을 등에 진 콘켄이 두 손으로 엄지를 척 들어 올린 채 다가오고 있었다.

초등학교 6학년치고는 큰 체격도, 삐죽하게 솟은 짧은 머리도 현실 세계의 콘켄 모습 그대로다. 게다가 약간 어른스러운 생김새까지 거의 닮아 있었다. 그런 아바타에 살벌한 금속 갑옷과 양손검을 장착하고 있으니 겉모습은 완연한 전사였다.

콘켄이 내민 손을 잡고 일어선 유마는 절친과 하이파이브

──왼손에 몬스터 카드를 든 탓에 오른손뿐이었지만──를
주고받았다.

"땡큐, 도와줘서 고마워."

유마가 인사하자 콘켄이 얼굴 전체로 씨익 웃었다.

"그래, 그래. HP가 줄어든 몹이 도망칠 방향을 조정하는
거, 꽤 힘든 일이거든."

그런 자화자찬을 뒤에서 다가온 여자 둘의 목소리가 날려
버린다.

"뭘 잘난 척 떠드는 거야?"

"성공률은 반 정도였잖아~."

돌아보니 사와와 나기가 유유히 다가오고 있었다.

쌍둥이 여동생 사와가 선택한 클래스는 공격주문을 특기
로 하는 마술사. 소꿉친구인 나기가 선택한 것은 회복주문
에 특화된 성직자. 둘 다 흔한 클래스지만 콘켄과 마찬가지
로 본래의 인상이 느껴지는 아바타에 마법사 느낌의 로브를
입고 있는 모습은 꽤 신선하달까, 솔직히 조금 귀엽다는 생
각도 들었다.

──아니, 아니! 사와는 태어날 때부터 함께 있었던 건방
진 여동생이고, 나기한테도 전혀 그런 감정은 없어!

그렇게 되뇌이면서 유마는 두 사람에게도 오른손으로 손
짓을 했다.

"오래 기다렸지, 드디어 얻었어."

왼손에 든 보라색 카드를 들어 올리자 여자 둘이 흥미진

진한 얼굴로 들여다본다.

"와, 이게 몬스터 카드구나. 정말 토깽이 그림이 그려져 있네."

"토깽이라니, 너……."

여동생의 말을 지적하려다가, 갑자기 옆으로 다가온 나기의 얼굴에 반사적으로 입을 다물었다.

사와는 좋게 말하면 시원시원하고 나쁘게 말하면 날카로운 외모였지만, 나기는 부드럽고 온화한 얼굴이었다. 아주 어릴 때부터, 아마도 자신의 얼굴보다 더 많이 봐온 얼굴인데도 유마는 마음의 준비 없이 나기가 가까이 오면 요즘 사고회로에 묘한 오작동이 발생하고는 했다.

그런 유마의 반응을 조금도 개의치 않은 나기는 여느 때와 같은 포근한 미소를 지으며 말했다.

"유우 군, 시험 삼아 소환해 봐~."

"어, 지금 바로?"

"응, 테스트 플레이는 이제 50분 뒤면 끝이잖아~."

"헉, 말도 안 돼!"

그렇게 외친 것은 콘켄이었다. 시야 우측 하단에 뜬 시각 표시를 보자 그녀의 말대로 오후 2시 10분이라는 숫자가 찍혀 있었다.

"망했네, 스가모랑 어느 쪽이 더 빨리 보스를 잡는지 내기 했는데."

"넌 또 그런 짓을……. 무슨 내기를 했는데?"

사와의 물음에 콘켄은 아바타 이마에 식은땀을 흘리며 대답했다.

"……내일 급식으로 나오는 초코푸딩……."

"아아~, 난 몰라. 내 건 안 나눠 줄 거다?"

씨익 웃는 사와를 향해 콘켄이 슬쩍 덧붙였다.

"……4인분."

"……뭐?! 뭐어어어어어어——?!"

그렇게 소리친 사와가 콘켄의 목덜미를 휙 잡아챘다. 금속 갑옷을 입은 전사가 호리호리한 오른팔 하나에 대롱대롱 매달렸다.

"뭐야, 콘도 켄지! 왜 멋대로 우리 푸딩까지 건 거야!"

"미, 미안해, 사과할 테니까 게임 속에서 실명으로 부르지 말아 줘!"

허우적대는 콘켄 근처에서는 나기가 "못 말려~" 하며 태평한 목소리를 냈고, 유마는 깊은 한숨을 내쉬었다.

"……제대로 사고 쳤구나, 콘켄. 사와가 만든 '급식 디저트 랭킹 2031'에서 초코푸딩은 잠정 1위라고."

"잠깐!"

들어 올렸던 콘켄을 내던진 사와가 유마에게 달려들었다.

"오빠, 쓸데없는 소리 하지 마!"

쌍둥이라 평소에는 친구들과 똑같이 '유우'라고 부르지만, 당황하면 어릴 적 호칭인 '오빠'가 튀어나오는 사와를 유마는 양손으로 밀어내며 말했다.

"뭐, 콘켄이 지은 죄는 나중에 따지기로 하고, 지금은 앞으로의 해결책을 생각해 봐야지. 이봐, 콘켄, 다시 말해 그 내기에서 이기면 이쪽도 푸딩 네 개를 얻을 수 있다는 거지?"

유마가 시선을 돌리자 초원에 나동그라진 전사가 고개를 끄덕였다.

"그, 그야 당연하지. 스가모 파티 네 명 몫의 초코푸딩이 우리 손에 들어오는 거야."

"……흐음."

"그거 좋네~."

사와가 분노의 오라를 집어넣었고, 나기는 부드럽게 미소 지었다.

가까스로 여동생의 분노를 잠시 가라앉히는 데 성공한 유마는 급히 오른팔을 들어 공중에서 다섯 손가락을 오므렸다 폈다.

디링, 하는 효과음이 울리며 공중에 메뉴 화면이 떠올랐다. 현실 세계에서 자주 보는 크레스트의 홀로그램 창과 상당히 유사했지만, 판타지 세계에서 보는 밋밋한 디자인의 UI는 다소 위화감이 들었다. 하지만 이 '액추얼 매직'은 게임이었기에 메뉴 화면은 빠질 수 없는 기능이었다.

맵 쪽으로 이동해 인근 지도를 표시하자 세 사람이 얼굴을 들이밀었다.

"으음, 여기가 시작의 마을이고, 여기가 우리가 있는 초원이잖아? 그리고 보스가 있는 던전은 여기……."

콘켄이 맵 위에서 손가락을 움직이자 사와가 여자아이답지 않게 거칠게 혀를 찼다.

"칫, 던전까지는 아직 거리가 꽤 되네. 앞으로 50분 안에 보스까지 도달할 수 있을지 좀 애매한데……."

"게다가 던전을 돌파할 시간도 필요하고~."

나기가 부드러운 목소리로 냉정하게 지적했다.

맵에서 저편의 산맥으로 시선을 옮긴 유마가 말했다.

"물론 좀 힘들긴 하겠지만 우리들 레벨 자체는 이 초원에서 충분히 올랐어. 게다가 던전 안에 있는 몬스터는 스가모 파티가 다 쓸어 줬을 테니까 빠르게 달려서 돌파하면 따라잡을 수 있을 거야!"

"……저기, 유우."

어릴 때부터 함께 이런저런 게임을 해왔고, 이제는 유마를 뛰어넘는 MMO 플레이어가 된 사와가 냉정하게 지적했다.

"길도 모르는 던전에서 어떻게 돌진해. 대량의 몹한테 쫓겨 다니다가 결국 막다른 골목에서 전멸하고 끝나겠지."

"쯧쯧."

들으라는 듯이 혀를 차며 검지손가락을 좌우로 흔든 유마가 줄곧 왼손에 들고 있던 보라색 몬스터 카드를 다시금 세 사람에게 보여주었다.

"내가 마을 주변에 나오는 손쉬운 몬스터가 아니라 굳이 이성가신 파란 토끼를 캡처하려고 한 건 다 이유가 있…… 윽."

사와에게 옆구리를 찔렸다. 통증은 없지만, 내장에 생생한 충격이 느껴져 저도 모르게 소리를 냈다.

"빨리 결론이나 말해! 시간이 없다고!"

"우히히, 삿페는 여전히 성격이 급하구나…… 억."

저학년 때의 별명을 입에 담은 콘켄도 주먹에 맞아 쓰러졌다. 그 틈을 타 유마는 서둘러 설명을 이어갔다.

"그러니까 그 파란 토끼……가 아니라 혼드 그레이트 헤어에는 '터널 서치'라는 어빌리티가 있는데…….'

"유우 군~, 그 설명은 목적지에 도착한 뒤에 해도 되지 않을까~?"

나기의 지적에 유마는 일단 입을 다물고 "그 말도 맞네"라며 고개를 끄덕였다.

옛날부터 이 네 사람이 함께 움직이면 유마가 사령탑 역할을 하는 경우가 많았는데, 사실상 이 중에서 가장 정확한 판단을 내리는 것은 나기 쪽이었다.

──겉모습은 마스코트 캐릭터 같은데 말이지.

그런 상당히 실례되는 생각을 하며, 아직도 신음하고 있는 콘켄을 일으킨 뒤 라스트 보스 던전이 있는 방향을 손으로 가리켰다.

"좋아, 그럼 일단 이동하자. 길에 있는 몬스터는 최대한 회피, 걸려도 빠르게 달려서 따돌린다!"

"좋았어!"

"그래, 그래."

"힘내자~."

제각각 목소리를 내는 세 사람을 개의치 않고 "출발!"이라고 외친 유마는 푸른 초원의 북쪽을 향해 달리기 시작했다.

　두 시간의 레벨링을 통해 기초 스테이터스가 올라간 것인지, 아니면 아까 전투에서 아바타 조종법을 자각한 덕분인지 유마는 세 사람에게 뒤처지지 않고, 오히려 가끔은 벌어질 정도의 속도로 던전까지 약 5km를 내달렸다.

　초원을 뚫고 숲으로 들어갔다가 운 좋게 NPC 행상인을 만나 사냥에서 번 돈을 거의 다 털어 장비를 갱신했다. 사와와 나기는 디자인을 찬찬히 살펴보려 했으나 남자 둘이 시끄럽게 재촉하는 바람에 타임로스는 최소화할 수 있었다.

　오후 2시 25분. 사회과 견학이라는 명목의 테스트 플레이가 종료되는 오후 3시가 되기까지 정확히 35분 전.

　유마의 파티는 최종 목적지인 숲속 고성에 도착했다.

　이끼로 가득한 고성은 여기저기가 무너져 내려 반쯤 폐허 같은 모습이었는데, 테스트 플레이어 전원에게 배포된 가이드북에 따르면 성의 1층에 던전 입구가 있고 지하에는 3층으로 된 미궁이 펼쳐져 있다고 한다.

　고성 앞에서 잠시 멈춰선 유마 일행을 같은 테스트 플레이어일 남녀 아바타가 차례차례 추월해 나갔다. 지금까지 맵 곳곳에 흩어져 있던 700명 이상의 플레이어가 속속 모여들고 있는 것 같았다.

　"……저기, 내가 생각해 봤는데."

마법 지팡이를 손가락 끝으로 재주좋게 돌리며 사와가 말했다.

"스가모 파티와의 승부 이전에, 다른 누군가가 이미 보스를 쓰러뜨린 거 아닐까……?"

"음? 사와답지 않은 말이네~."

나기가 평소의 부드러운 어조로 사와의 착각을 지적해 주었다.

"가이드북에 이 테스트 플레이에 한해서 보스 방은 인스턴스라고 적혀 있었어~."

"이, 인스턴트? 뜨거운 물을 부으면 3분이면 나온다는 거야?"

게임을 좋아하기는 하지만 MMORPG에는 익숙하지 않은 콘켄의 뜬금없는 대답에 사와가 대놓고 한숨을 내쉬었다.

"하아, 넌 초등학생부터 다시 시작하는 게 좋겠다."

"이, 이미 초등학생인데……."

"인스턴스라는 건 솔로 또는 자신의 파티만으로 공략할 수 있는 맵을 말하는 거야. 이번 경우엔 던전을 돌파한 뒤에 보스 방 입구를 지나면 전용 맵으로 텔레포트한다는 거지."

자신의 실수를 무시하고 설명을 이어가는 사와의 말에 콘켄이 순순히 고개를 끄덕였다.

"호오, 그럼 보스 몬스터도 파티 수만큼 준비되어 있다는 거야?"

"그런 거지~."

이번에는 나기가 대답했다.

"보스를 쓰러뜨리면 보스전 클리어타임이 기록되고, 상위 플레이어는 정식 서비스에서 다른 특전을 받을 수 있대~."

"지, 진짜? 그럼 이런 데서 멈춰있을 때가 아니잖아!"

그렇게 소리친 콘켄이 한 손을 뻗어 유마의 짧은 망토를 쭉 잡아당겼다.

"유우, 우리도 빨리 가자! 왜 멍하니 있는 거야!"

"딱히 멍하니 있던 거 아니야."

콘켄의 손에서 망토 자락을 잡아당겨 빼낸 유마는 왼손에 들고 있던 소형 가이드북을 탁 닫았다.

"절대로 실패하고 싶지 않아서 주문을 확인하고 있었어."

"주문…… 아아, 펫 소환을 말하는 거야?"

콘켄의 말을 들은 사와와 나기가 순식간에 거리를 좁혀 왔다.

"어? 토깽이 소환할 거야?"

"와~, 유우 군 빨리~."

"그래, 그래."

가이드북을 허리 파우치에 넣고 세 사람에게서 몇 걸음 거리를 벌렸다. 왼손으로 오른쪽 가슴에 장비한 전용 홀더에서 보라색 카드를 뽑아 높이 들어 올렸다. '액추얼 매직'에서는 아무리 간단한 마법이라도 원칙적으로 최소 세 개의 주문——속성사, 형태사, 그리고 발동사를 외워야 했다. 그러나 몇 가지 예외도 있는데, 마물사가 잡은 몬스터를 소환할 때와 카드로 되돌릴 때는 단 한 개의 주문만으로도 충분했다.

그렇다고 대충 외워도 된다는 뜻은 아니었다. 가이드북에는 소환주문을 외다가 실패하면 극히 낮은 확률이지만 카드 자체가 파괴될 수도 있다……라는 무시무시한 이야기가 적혀 있었다. 그렇게나 고생해서 잡은 파란 토끼를 그런 부주의한 실수로 잃어버린다면 그보다 더 한심한 일도 없을 것이다.

가상 세계의 아바타인데도 긴장으로 입 안이 말라붙는 느낌을 받으며, 유마는 크게 숨을 들이마신 뒤 외쳤다.

"아페르타(열려라)!"

발동사가 시스템에 인식되며 왼손에 든 카드에서 보라색 빛이 넘쳐흘렀다. 복잡한 마법진이 입체적으로 펼쳐지며 카드가 녹아내리듯 소멸한다.

마법진 중앙이 눈부시게 빛나고, 그곳에서 비스듬한 아래쪽을 향해 광선이 발사되었다. 광선은 땅에 닿아 쌓여 나가듯 부풀어 오르더니 펑! 하는 만화적인 소리와 함께 몬스터가 실체화되었다.

은빛 뿔과 옅은 파란색 털을 가진 길이 20cm 정도의 토끼.

"……."

"……."

유마와 동시에 한동안 말없이 토끼를 바라보던 콘켄이 고개를 들고 말했다.

"……뭔가 좀 작다?"

"……응, 작네."

이건 그런 걸까? 적이 동료가 되자마자 약해지는 현상……?

그런 주인님의 생각과는 상관없이 포획하기 전의 3분의 1 크기로 쪼그라든 파란 토끼는 두 눈으로 유마를 올려다보며 고개를 기울이고 울음소리를 냈다.

"뀨우?"

순간, 여자 두 사람의 호흡이 일순 멈추는가 싶더니──.

"귀…… 귀여워어어어어──!"

반짝이 이펙트가 흩날릴 것 같은 함성을 내지르며 파란 토끼에게 달려든다. 사와가 재빨리 땅에서 집어 올리더니 품에 꼭 껴안는다. 뒤늦게 나기가 부러운 얼굴로 손을 뻗어 토끼의 머리를 빠르게 쓰다듬었다.

이전에는 랜스(마상창)의 창끝처럼 날카로웠던 모서리도 끝이 둥그렇게 변해 있어 유마는 순간 이 몬스터를 선택한 자신의 판단을 의심할 뻔했다. 하지만 순수한 전투력만을 믿고 혼드 그레이트 헤어를 잡은 것은 아니다. 시작의 마을 에서 NPC에게 들은 이야기에 따르면 이 토끼에게는 유일무 이한 특수 능력이 있다고 했다.

여전히 꺅꺅거리며 호들갑을 떨어대는 여자 둘 사이로 손을 뻗은 유마는 파란 토끼의 긴 귀를 붙잡고 사와의 품에서 빼냈다.

"뭐야, 오빠! 그렇게 잡으면 불쌍하잖아!"

"저기요, 이 녀석은 애완동물이 아니거든요."

그렇게 받아치며 토끼의 얼굴을 들여다보았다.

"아직 레벨 1이지만, 할 수 있겠지?"

"뀨우."

"좋아, 잘 말했어."

고개를 끄덕인 유마는 토끼를 땅에 내려놓았다.

마물사는 포획한 패밀리어(사역마)를 보이스 커맨드(음성 명령)를 통해 사역할 수 있었다. 유마는 아직 레벨 7이라 사용할 수 있는 커맨드는 다섯 종류뿐이었지만, 레벨을 올리면 꽤 복잡한 지시도 내릴 수 있게 된다──고 한다.

어쨌든 지금은 복잡한 명령을 내릴 필요는 없었다. 파란 토끼에게 첫 명령을 내리기 위해 유마는 숨을 들이마셨다. 그러나 그 순간, 잠시 숨을 멈출 수밖에 없었다.

패밀리어에게 명령을 하기 위해서는 먼저 이름을 불러야 했기 때문이다. 혼드 그레이트 헤어라는 종족명이 아닌, 그 개체만의 전용 이름. 짓는 것은 물론 마스터인 마물사 자신이었다.

멈춰선 유마를 보고 사와가 빙긋 미소 지었다.

"맞다, 유우, 아직 이 아이 이름 못 정했지?"

"윽……."

사와 옆에서 나기도 빙그레 웃었다.

"유우 군, 애완동물 이름 짓는 거 잘하잖아~. 분명 돈 때처럼 귀여운 이름을 지어줄 거야~."

"으윽……."

그녀의 말대로 옆집 사노의 집에서 키우는 세인트 버나드에게 '돈'이라는 이름을 붙인 것은 유마였다. 하지만 정확히 말하면 나기의 아빠가 지어준 '도널드'라는 멋스러운 이름을 유치원생인 유마가 잘 발음하지 못해 돈, 돈이라고 부르다가 어느샌가 그것이 정착해 버린 것뿐이다.

실제로는 이름 짓는 센스가 없어서 RPG를 플레이할 때도 본명인 '유마'를 그대로 사용하는 경우가 많았다. 당연히 패밀리어의 이름 같은 것이 쉽사리 생각날 리가 만무하다. 동그란 눈동자를 가진 파란 토끼를 내려다보며 이제 어떻게 하나 고심하고 있는데.

"야, 이제 시간이 얼마 없어, 유우!"

콘켄이 아이처럼 제자리걸음을 하며 소리쳤다. 듣고 보니 시각은 어느새 2시 반이 넘어가 테스트 플레이가 종료되기까지 앞으로 30분 남짓. 보스전의 타임 어택에 10분 정도를 할애한다고 하면 20분 안에는 던전을 돌파해야 했다.

"음, ㅇㅇㅇ음……."

신음하는 유마를 올려다보며 토끼가 또 한 번 울었다.

"뀨우?"

"조, 좋아…… 네 이름은 '무쿠'다!"

기세 좋게 그렇게 소리치자 여자 둘이 곧바로 "에엥? 무쿠?" "뭔가 강아지* 같은 이름이네~"라며 못마땅하다는 듯

---

*尨犬(무쿠이누)는 삽살개처럼 털이 북실북실한 개를 뜻하는 일본어다.

한 소리를 냈지만, 무시하고 메뉴를 표시하여 마물사 전용 '펫' 항목으로 이동. 표시된 포획 완료 몬스터는 당연히 혼드 그레이트 헤어 한 마리뿐이었기에 공백으로 된 이름란을 누르고 그대로 '무쿠'라고 입력. 현재로서는 변경 기능이 안 보였기에 이 이름을 계속 부를 수밖에 없었다.

다행히 파란 토끼 본인은 강아지 같은 이름이 마음에 든 것인지 "큐우큐꾸" 하고 기운차게 울며 그 자리에서 깡충깡충 뛰었다. 크기가 작아진 것에 불만도 있었지만, 그 모습은 꽤 귀여웠다.

다시 한번 숨을 크게 들이마신 유마는 첫 번째 패밀리어에게 첫 번째 음성 명령을 내렸다.

"무쿠! 나를 추적!"

좀 더 자연스럽게 '따라와!'라고 명령하고 싶었지만, 추적 명령에는 '대상'과 '추적' 이 두 단어가 필요했다. 다행히 명령은 올바르게 인식되었고 무쿠는 "큐꾸!" 외치며 유마의 발끝을 깡충깡충 한 바퀴 돌았다.

여전히 부러워하는 사와와 나기, 마음이 달아 발을 동동 구르는 콘켄의 얼굴을 차례로 바라본 유마가 말했다.

"그럼 던전으로 들어가자."

다른 플레이어들의 모습이 잠시 끊긴 타이밍에 네 사람은 고성의 문을 통과했다.

시들어 버린 산울타리와 말라붙은 분수가 늘어선 황량한

앞마당을 빠져나와 성 안으로 들어서자, 광활한 홀 한가운데에 아래로 가는 계단이 새까맣게 입을 벌리고 있었다. 어둠 속에서 차갑고 습한 바람을 타고 몬스터의 신음소리 같은 것이 메아리처럼 들려온다.

"우오오…… 진짜 던전이잖아…….."

계단 아래를 들여다보던 콘켄이 살짝 잠긴 목소리로 그렇게 말하자, 옆에 있던 나기가 키득키득 웃었다.

"아~ 콘켄 군, 혹시 무서워?"

"하, 하, 하나도 안 무섭거든! 유키초 던전마스터란 바로 이 나를 말하는 거라고!"

"그럼 얼른 가자. 이제 25분 남았어."

저학년 때부터 함께 놀아온 유마는 콘켄이 사실 어둡고 좁은 장소를 무서워한다는 사실을 알았지만, 가차없이 등을 밀어 계단으로 발을 들이게 했다.

콘켄, 유마, 나기, 사와 순으로 마모된 돌계단을 빠르게, 그러나 조심스럽게 내려갔다. 크레스트 아이렌즈가 만들어내는 현실과 흡사한 영상 퀄리티에는 제법 익숙해졌다고 생각했는데, 단단한 돌을 부츠로 밟는 감촉과 벽에 박힌 횃불이 뿜어내는 은은한 열기의 생생함에 새삼스레 경악스러움을 느꼈다. 테스트 플레이를 시작한 지 두 시간 반이나 지났는데, 이게 정말 칼리큘러스 캡슐이 발생시킨 유사 감각이 맞는 걸까 하는 의심마저 들었다.

실은 칼리큘러스는 차원 이동 장치 같은 것이고 우리는

진짜 이세계로 전이되어 버린 것은 아닐까……, 그런 상상을 하면서도 계속 다리를 움직이자 얼마 후 앞쪽에 평평한 바닥길이 보였다.

그곳은 가로 세로가 족히 20m는 넘을 것 같은 넓은 방이었다. 던전의 시작점이라 그런지 의외로 밝아서 유마 일행 외에도 세 팀의 파티가 벽 쪽에서 휴식을 취하거나 아이템을 정리하고 있었다. 시간상 그들은 이미 보스 방에 도달하는 것을 포기한 것 같았지만, 이쪽은 그럴 수는 없었다. 누가 뭐래도 최고 순위의 급식 디저트인 초코푸딩이 네 개나 걸려 있기 때문이었다.

"……저기, 유우. 정말 앞으로 10분 만에 지하 3층 보스방까지 갈 수 있는 거야? 우린 맵도 안 갖고 있는데."

게임 시작 시 튜토리얼에 따르면, 다른 길로 새지 않고 차례차례 메인 퀘스트를 클리어하면 던전의 지도를 구할 수 있다고 되어 있었다. 하지만 유마는 게이머로서 정해진 절차를 따라 움직이는 것을 좋아하지 않았기에 3시간의 대부분을 레벨링과 돈 벌기, 그리고 파란 토끼 무쿠를 포획하는 데 소비했다.

동료인 세 사람은 유마의 제안에 아무런 이의를 내지 않고 응해 주었다. 그들의 신뢰를 저버릴 수는 없었다.

사각으로 된 큰 방 정면과 좌우 벽에는 아치형 출입문이 하나씩 놓여 있었다. 어디가 다음 층으로 이어져 있는지는 지도가 없으면 알 수 없다. 하지만——.

발밑에서 검은 코끝을 씰룩거리는 패밀리어를 내려다보며 유마는 새로운 명령을 내렸다.

"무쿠! 던전 종점까지 선도!"

"뀨웅!"

크게 소리를 내지른 파란 토끼가 그 자리에서 두 번 깡충깡충 뛰더니 오른쪽 출입문을 향해 달리기 시작했다.

"저쪽이다!"

무쿠를 쫓는 유마에 이어 다른 일행도 그 뒤를 따랐다.

아치를 지나가자, 그 끝에는 한눈에 봐도 던전 같은 모양새를 한 돌로 된 통로가 뻗어 있었다. 조금 앞선 곳에는 네 개의 귀퉁이가 있었고, 직진한 끝에서는 다른 파티들이 슬라임 같은 몬스터와 싸우고 있었다.

그러나 무쿠는 코너를 왼쪽으로 돌자마자 망설임 없이 달려 더욱 안쪽으로 향했다. 그 발걸음은 미궁의 구조를 알고 있는 것처럼 보였—— 아니, 실제로 알고 있었다. 이것이 잡기 어려운 몬스터인 혼드 그레이트 헤어가 가진 특수 능력 '터널 서치'. 던전 등 지하 통로에서 '시작점 선도' '종점 선도' '아이템 수색' '몬스터 수색' '몬스터 회피' 등 5가지의 특수 명령을 내릴 수 있었다. 따라서 종점 선도를 명령하면 최단거리로 보스 방까지 안내해 주는 것이다.

안타깝게도 '종점 선도'와 '몬스터 회피'는 동시에 명령할 수 없었기에 도중에 출현하는 몹과는 싸워야 했다. 하지만 종료 시간이 임박한 던전에는 수많은 플레이어가 들어와 있었고, 리젠(재출현) 간격을 웃도는 페이스로 몹이 계속 사냥당하는 덕분에 유마 일행은 거의 아무런 전투 없이 지하 1층, 지하 2층을 돌파할 수 있었다.

긴 계단을 뛰어 내려가 지하 3층에 도달한 네 사람은 눈앞에 나타난 광경을 보고 안도의 한숨을 내쉬었다.

거대 미로였던 1층, 2층에 비해 3층은 그저 긴 통로만 뻗어 있을 뿐이었다. 그 앞으로 시선을 집중하자 막다른 곳에 거대한 문이 보였다.

"무쿠, 멈춰!"

그곳을 향해 폴짝폴짝 달려가려는 파란 토끼를 향해 명령을 내려 그 자리에 정지시켰다.

동그란 눈동자로 올려다보는 무쿠를 안아 올리고 "고마워, 또 부탁할게"라며 감사를 전한 뒤 유마는 새로운 주문을 외웠다.

"클라우자(닫혀라)!"

소환했을 때와 같은 입체 마법진이 무쿠의 전신을 감쌌다. 보라색의 빛 속에서 무쿠는 순식간에 작아지더니 펑! 소리와 함께 사라졌다. 반짝이는 연기 속에서 나타난 카드를 유마는 왼손 손끝에 끼워 오른쪽 가슴 홀더에 수납했다.

무심코 "또 부탁할게"라는 말을 해버렸지만, 무쿠와는 이제 작별이다. 테스트 플레이에서 올린 스테이터스나 입수한 아이템은 정식 서비스 때 모두 리셋된다고 오리엔테이션에서 이미 안내를 받았기 때문이다. 한 시간도 채 안 되는 만

남이었지만 스스로도 놀랄 정도의 아쉬움을 느끼며 유마는 카드홀더를 슬며시 쓰다듬었다.

시각은 오후 2시 48분. 2분 안에 이 통로를 빠져나갈 수 있다면 예정대로 테스트 종료 10분 전에 보스 방에 도착할 수 있다.

사와, 나기, 콘켄과 눈을 맞춘 뒤 고개를 끄덕이고 다시 달리기 시작했다.

500m는 되어 보이는 통로 곳곳에서는 앞서간 파티가 대형 몬스터와 싸우고 있었다. 덕분에 그 옆을 지나 보스 방을 목표로 할 수 있었다.

콩알처럼 작았던 막다른 문이 점점 더 커지더니, 표면을 장식한 드래곤 조각이 네 사람의 횃불 빛을 받아 번쩍 빛났다. 그때——.

"어딜 가려고! 기다려라, 콘도—!"

뒤에서 들려온 거친 노성에 네 사람은 달리면서 뒤를 돌아보았다. 쫓아오는 것은 똑같은 4인 파티였다. 그중 가장 앞에 있는 플레이어를 보자마자 콘켄이 작은 소리로 경악했다.

"으엑, 스가모!"

유마도 속으로는 신음하지 않을 수 없었다.

유키하나초 6학년 1반에 학급 내 계층이라는 것이 있다면 스가모 테루키는 상당한 상위에 위치한 학생이었다. 키도 적당히 크고, 얼굴도 적당히 봐줄만 하고, 축구부 주장에 공부도 잘하고, 반장이고, 부모님은 사장님. 여기에 성격까지 좋았다면 완벽한 인간이었겠지만, 누구보다 튀고 싶고 나서기를 좋아하는 성격이었다. 모든 상황에서 리더가 되어야만 직성이 풀리는 성격이라 자기 길을 가는 유마나 콘켄과는 절망적일 만큼 궁합이 맞지 않았다.

그래서 유마 일행은 최대한 엮이지 않으려고 하지만, 스가모는 자신보다 조금 더 키가 큰 콘켄이 눈에 거슬리는 것인지 틈만 나면 시비를 걸어왔다.

"콘도, 보스 방에는 우리가 먼저 들어간다!"

동료와 떨어질 정도의 속력으로 콘켄과 나란히 선 스가모가 은색 갑옷을 절그럭거리며 외쳤다. 콘켄의 갑옷보다 30%나 더 무거운 옷을 입고도 전력 질주하는 그 기술과 근성은 높이 사겠지만, 대사만큼은 도저히 납득할 수 없었다.

"가모, 보스 방은 각자 다른 공간이니까 순서 같은 건 전혀 상관없어."

콘켄을 대신해 유마가 그것을 지적하자, 스가모는 그제서야 존재를 깨달았다는 듯 그에게 시선을 보내왔다.

"야, 아시하라 놈, 그 호칭으로 부르지 말라고 4학년 때 말했지?"

낮게 위협하는 목소리. 뒤따라온 스가모의 동료 중 한 명이 그 말을 거들었다.

"그래, 아시하라. 이상한 별명이 아니라 제대로 된 캐릭터 네임인 '루키우스'라고 부르라고!"

뒤돌아보지 않아도 날카롭게 울리는 목소리의 주인이 학

급 내 계층 여자부 상위에 위치한 미소노 아리아라는 것을 알 수 있었다. 이른바 갸루 스타일로 딱히 스가모와 사귀는 것은 아니었지만 교실에서는 자주 단둘이 소란스럽게 패션이나 음악 이야기를 떠들어 대고는 했다.

"그래, 그래. 알았어, 미소."

"얌마! 내가 그렇게 부르지 말랬지!"

유마가 그렇게 대답하자마자 갸루에서 양아치로 돌변한 아리아가 소리쳤다.

노조미시는 10년 정도 전에 야마나카 호수가 보이는 후지산 동쪽 기슭에 민관 협력으로 세워진 스마트 시티다. 하지만 저출산이라는 벽을 넘지 못해 유키하나 초등학교도 5년 전 1학년이 채 한 반을 넘지 못했고, 내년에는 인근 초등학교와 통합하며 폐교될 예정이었다. 아르테아 오프닝 이벤트에 초대받은 것은 그런 이유도 있을지 모른다.

즉 유마는 사와, 나기, 콘켄은 물론 스가모나 아리아와도 1학년 때부터 줄곧 같은 반이었다. 두 사람도 옛날에는 '가모'나 '미소'라는 별명을 자연스럽게 받아들였는데……. 그런 생각을 하면서 다시 고개를 끄덕였다.

"그래, 그래, 미소노."

"야, 아시하라! '리아'라고 부르라고 전부터 말했지!"

"감히 제가 어떻게 부르겠어요, 미소노 씨."

이 두 사람을 루키우스나 리아라고 부를 바엔 차라리 성으로 부르는 편이 10배는 낫다. 그렇게 생각하며 목을 움츠리는데──.

왼쪽에서 사와와 나기가 미묘한 톤의 한숨을 내쉬었고, 이어서 아리아의 뒤쪽에서 누군가가 키득키득 웃었다.

"윽……!"

작은 웃음소리, 게다가 시스템이 재현한 합성 음성이었지만 이 음색을 잘못 들었을 리 없다. 콘켄과 동시에 고개를 돌리며 눈을 크게 떴다.

다소 노출도 높은 마술사 복장을 한 아리아 뒤, 성직자 법의를 우아하게 휘날리며 달리는 것은── 1반 학급 내 계층과는 격이 다른 정점에 선 미소녀, 와타마키 스미카였다.

"와, 와타마키……" 하고 유마가.

"왜 스가모 파티에 있어?!" 하고 콘켄이 외쳤다.

뒤에서 사와와 나기가 미묘하게 불쾌한 오라를 방출했지만, 그것에 신경 쓸 여유는 없었다.

한편 스가모는 생각하기에 따라서는 상당히 무례한 말을 들었음에도, 그것을 눈치채지 못한 것인지 크게 웃었다.

"하하핫! 와타마키가 내 파티에 들어오는 건 당연한 거 아니겠냐! 퀘스트도 제대로 해내지 못한 너희 같은 애송이 파티와는 격이 다르다고, 격이! 알면 거기서 비켜!"

퍽, 하고 왼쪽 어깨를 부딪치며 콘켄을 강제로 밀어낸 스가모가 앞으로 나왔다. 등에 실린 고급스러워 보이는 검과 방패가 횃불의 빛을 받아 번쩍번쩍 빛났다.

그 말로 미루어 봤을 때 스가모 팀은 메인 퀘스트를 제

대로 해낸 모양이었다. 충실한 장비는 분명 퀘스트를 클리어한 보상이겠지. 하지만 MMORPG에서는 장비 스펙 이상으로 플레이어 본인의 기술이 중요했다. 세계 최초의 VRMMO라면 더더욱——.

당장에라도 달려들려는 콘켄의 벨트를 잡아 물러나게 한 유마는 자신의 절친에게 속삭였다.

"됐어, 먼저 보내자. 어차피 안에 들어가면 떨어지니까."

"음, 뭐어 그렇지."

마지못해 조금씩 스피드를 낮추는 콘켄의 옆을 "먼저 갈게~!"라며 아리아가 달려갔고, "아시하라 군, 너희도 힘내"라며 미소를 지은 스미카도 지나갔다. 그 뒤로는 스가모 파티의 네 번째 멤버인 키사누키 카이라는 남자가 있었지만, 유마 일행과는 시선조차 맞추려 하지 않았다.

키사누키는 스가모의 추종자 중 한 명인데, 몸집이 작고 온순해서 별로 눈에 띄는 학생은 아니었다. 뒤에서는 스가모에게 괴롭힘을 당하고 있다는 소문도 있었지만, 스미카와 동시에 파티 멤버로 선택된 것을 보면 그렇지도 않은 것 같았다. 회색 후드 망토에 가죽 갑옷이라는 장비만으로는 무슨 클래스를 선택했는지 불분명했다.

"초코푸딩 내기 잊지 마라, 콘도!"

선두를 달리는 스가모가 그렇게 외치며 등에 진 검을 뽑았다.

전방에서는 접근하는 플레이어에 반응한 것인지 용이 새

겨진 문이 묵직한 소리를 내며 좌우로 열렸다. 그 안쪽은 완전한 어둠이어서 한 치 앞도 내다볼 수 없었다.

"……하여간, 실명을 저렇게 큰소리로 외치다니 구제불능 바보라니까."

거리가 벌어지자 지금까지 참을성 있게 침묵하던 사와가 작은 소리로 독설을 날렸다.

"야, 사와, 너도 아까……."

콘켄이 재빠르게 돌아보며 반박하려 했지만, 험악한 분위기를 띤 사와가 따끔한 눈총을 날리자 곧장 시선을 되돌렸다.

앞서간 파티는 스가모와 아리아의 귀 아픈 고함 소리와 함께 문 너머 어둠 속으로 돌진하며 사라졌다.

2, 3초 늦게 유마 일행도 거대한 문을 통과했다. 시야가 블랙아웃된 것은 잠시뿐, 곧 상공에서 붉은빛이 쏟아져내리며 네 사람을 보스의 방으로 이동시켰다.

드래곤형 보스 몬스터는 겉모습 자체는 리얼했지만 예상했던 것만큼 강적은 아니었다.

오프닝 이벤트라는 점도 있어서 난이도를 낮춘 모양이었다. 양쪽의 갈고리 발톱과 꼬리 공격은 전사인 콘켄이 몸으로 받아쳐 막아 냈고, 화염 브레스는 마술사인 사와가 '워터 월(물의 방벽)' 주문으로 경감시켰다. 그 와중에 조금씩 쌓여가는 대미지는 성직자인 나기가 확실히 회복시켜 주었다.

이렇다 할 역할이 없는 것은 마물사인 유마였다. 단도로 드래곤의 옆구리를 찔러보기도 하고 최하급의 공격주문을 맞혀 보기도 했지만, 그 어느 것도 큰 타격을 주지 못했다. 결국 보스의 HP 대부분은 콘켄과 사와가 줄였고, 전투가 시작된 지 약 4분 만에 드래곤의 거구가 붉은 입자가 되어 사라졌다.

잔챙이 몹과의 전투와는 달리 성대한 폭죽 소리와 함께 결과 화면이 표시되며 전원의 레벨이 올라갔다. 하지만 돈과 장비, 소재 아이템은 드롭하지 않았고 그 대신 은색 카드가 인원수만큼 상공에서 천천히 떨어졌다.

손에 들자 축하한다는 문자와 함께 4분 33초라는 클리어 타임이 각인되어 있었다. 그것을 보자마자 콘켄이 포즈를 취하며 소리쳤다.

"우리가 이겼어!"

물론 드래곤에게 이겼다는 것이 아니라 스가모 일행에게 이겼다는 뜻이었다. 유마도 속으로는 승리를 크게 확신했지만 일단은 고개를 저어 보였다.

"아직 몰라, 가모네 장비가 우리쪽보다 강해 보였으니까."

"VRMMO는 장비가 아니야, 실력이라고, 실력!"

그런 콘켄의 대사를 사와가 굳이 지적했다.

"너도 생초보잖아, 아직 3시간밖에 플레이 안 했으면서."

그 말을 들은 나기가 고민하는 얼굴로 중얼거렸다.

"그러고보니 곧 테스트 종료 시간인데…… 이대로 여기 있어도 되는 건가? 아니면 자력으로 마을까지 돌아가야 하는 건가~?"

"아니, 그건 무리지……."

소꿉친구에게 가까이 간 유마가 다시 한번 고개를 좌우로 저었다.

"여기서 시작의 마을까지 전력으로 달려가도 20분 이상은 걸려. 아마 기다리면 되지 않을까?"

"음~ 그렇다면……."

안쪽으로 동글게 말린 머리를 흔들며 나기가 고개를 갸우뚱 기울였다.

"안내가 나와야 할 것 같은데~. ……그보다 애초에~."

현실의 나기와 흡사한, 약간 처진 듯한 두 눈에 은은한 불안의 빛이 감돌았다.

"이 세계에서 나가고 싶으면 어떻게 해야 하는 거야……?"

"어? 오리엔테이션 못 들었어?"

콘켄이 곧바로 씩 웃으며 지적했다.

"칼르…… 칼르큐……."

"칼리큘러스."

사와의 보조에 크흠, 헛기침을 하고는 말을 잇는다.

"칼리큘러스 안쪽에서 왼쪽 하단에 있는 레버를 당기면 뚜껑이 열린다고 했잖아?"

"저기, 콘켄 군. 내 말은 그 전 단계를 말하는 거야~."

나기가 어이없다는 듯이 말하자 콘켄이 어리둥절한 표정을 짓는다.

"어? 전이라니……?"

"우리는 지금 스스로 몸을 움직일 수가 없잖아. 그러니까 레버를 당기기 전에 먼저 액추얼 매직에서 로그아웃하고 BSIS(비시스)를 비활성화시켜야 하는데……."

나기가 말한 BSIS란 칼리큘러스가 갖고 있는 '브레인 시그널 인터럽트 앤드 스캔(뇌 신호 중단 및 주사(走査))' 기능의 약칭이다. 뇌에서 몸으로 내려지는 운동명령을 회수하여 게임 세계 아바타에 보내고, 동시에 실제 몸에는 전달되지 않도록 한다. 오리엔테이션에서 여성 가이드가 딱 한번 꺼냈던 말을 기억한 것을 보면 나기는 유마나 콘켄보다 훨씬 더 제대로 설명을 들은 것 같았다.

어쨌든 소꿉친구의 말은 옳았다. 유마 일행은 애니메이션이나 소설처럼 육체가 통째로 이세계에 전이된 것이 아니다. 어디까지나 캡슐 안에 누워 크레스트가 만들어 낸 소리를 귀로 듣고 영상을 눈으로 보고 있을 뿐이다. 그럼에도 자력으로 캡슐에서 나올 수 없는 것은 BSIS가 실질적으로 육체를 마비시키고 있기 때문이다. 따라서 먼저 그 기능을 정지시켜야 캡슐의 비상 탈출 레버를 조작할 수 있었다.

"……그러고 보니 로그아웃에 대해서는 아무런 말도 없었네……."

인상을 찌푸린 사와가 오른손을 움직여 메뉴를 띄웠다. 시스템 탭으로 전환한 뒤 곧바로 고개를 젓는다.

"역시 메뉴에 로그아웃용 버튼은 없어. 이탈 포인트 같은 것에 대한 설명도 없었고……. 그렇다는 건 즉 본인의 의사로 칼리큘러스에서…… 이 액추얼 매직에서 나갈 방법이 없다는 거야."

늘 자신보다 시험 점수가 조금 높은 여동생의 말을 듣고 유마는 조금 불안해졌다. 그 기분을 떨치고자 평정을 가장하며 입을 열었다.

"뭐, 우리는 초대 손님이긴 하지만 테스트 플레이어이기도 하니까. 멋대로 로그아웃하면 안 되는 사정이라도 있는 게 아닐까? 어쨌든 그 테스트도 이제 곧 종료될 거야."

"그래, 맞아. 나기는 걱정이 지나치다니까."

콘켄이 맞장구를 쳤고, 여자 둘은 '이래서 남자들은……' 하는 듯한 한숨을 내쉬었다. 그때였다.

갑자기 네 사람의 발끝에서 붉은빛이 뿜어져 나오며 아바타를 감쌌다. 시야가 온통 붉은색으로 물들며 바닥의 단단함이 사라졌다.

"우, 우와앗……!"

콘켄이 소리쳤다.

"유, 유우 군!"

"오빠!"

나기와 사와도 소리를 지르며 동시에 손을 뻗었다.

유마는 본능적으로 두 사람의 손을 잡으려 했지만, 빛은 붉은색에서 흰색으로 바뀌며 급격히 밝아졌고 곧 여동생과 소꿉친구의 모습을 지워 버렸다.

갑작스러운 부유감. 낙하하는 것인지 상승하는 것인지도 알 수 없는 상황에 무심코 비명을 질렀지만, 자신의 목소리조차 들리지 않았다.

이윽고 하얀빛은 상공으로 사라지고 아래에서 어둠이 다가왔다. 본능적으로 도망치려 했지만 자신의 몸을 눈으로 볼 수 없었다. 의식만 남아 버린 유마를 짙은 어둠이 감쌌다.

──콘켄!

──나기!

──사와……!

소리가 되지 못한 목소리로 필사적으로 세 사람의 이름을 불러 보았지만 그 누구도 대답하지 않았다. 유마의 의식은 칠흑 같은 허무공간 속에서 한없이 추락했다.

──누가 좀……!

온 힘을 다해 간절히 외친 그 부름에.

누군가 대답한 기분이 들었다.

떨어지는 곳으로 시선을 돌렸다.

그리고 유마는 그것을 보았다.

여기서 기억은 끊겼다.

3

크레스트(QLEST).

'양자 박막 포괄 시스템 단말(Quantum Lamellar Expansive System Terminal)'의 약자로, '문장' 또는 '정점'이라는 뜻을 가진 영어 단어 Crest의 발음과 비슷한 명칭을 가진 이 디바이스는 2028년 출시되자마자 사람들의 삶을 단숨에 바꿔놓았다.

디바이스의 본체는 두께 0.3mm, 직경 약 5cm의 다중 적층 박막 컴퓨터. 유연하게 늘렸다 줄일 수 있어 신체 대부분의 장소에 붙일 수 있었다. 생체전기로 구동되기 때문에 배터리 소진과는 무관한 이 디바이스는 양쪽 귀에 장착하는 마이크 겸 이어폰인 '이어피스', 양쪽 눈에 장착하는 카메라 겸 디스플레이인 '아이렌즈'와 무선 접속함으로써 완전한 유비쿼터스 네트워크를 실현해냈다.

인체와 융합한 스마트폰이라고 할 수 있는 크레스트의 보급은 일상생활이나 비즈니스, 컴퓨터 게임 등에도 일대 변혁을 가져왔다.

시야 위로 자유로운 사이즈의 가상 스크린을 표시할 수 있어 물리적인 모니터 장치가 필요하지 않게 되었고, 현실 세계의 풍경에 정보를 덧입히는 AR 게임도 많이 출시되었지만, 많은 게이머들이 갈망했던 완전한 VR 게임, 즉 풀다이브 게임을 구현하기에는 크레스트를 쓴다 하더라도 큰 장애물이 존재했다.

아이렌즈와 이어피스가 만들어 낸 가상 세계에서 플레이어가 자유롭게 움직이려면 현실 신체의 운동을 어떤 수단으로 억제해야 하고, 또한 촉각과 평형감각, 심부감각에도 정보를 주어야 했다.

그것을 해결한 것은 미국에 본사를 둔 정보통신기업 '아이오티지'였다.

플레이어의 몸을 캡슐형 유닛에 수납한 뒤 전기장이나 초음파에 의한 하이브리드 생체통신에 의해 뇌에서 출력되는 운동 명령을 회수하고, 그와 동시에 신체 감각 신호를 입력하는 '칼리큘러스' 테크놀로지였다.

아이오티지사는 칼리큘러스를 사용한 세계 최초의 풀다이브형 VRMMO RPG '액추얼 매직'도 자체 개발하여 이를 핵심으로 하는 대규모 오락 시설을 세계 주요 도시에 오픈한다고 밝혔다. 일본 건설 예정지로 선정된 곳은 후지산 동쪽 기슭에 자리한 인구 14만 명의 스마트시티 노조미시였다.

2031년 5월 13일, 오락 시설 아르테아의 오프닝 이벤트가 개최되었다. 이벤트에 초대된 사람은 노조미시 주민 720명, 그중에는 유키하나 초등학교 6학년 1반 학생 41명도 포함되어 있었다.

이벤트는 오전 11시 30분에 시작되었으며 초대 손님들은 여성 가이드의 오리엔테이션을 들은 뒤 80명씩 나뉘어 배

정된 플레이룸으로 이동해 캡슐에 들어갔다. 크레스트와 칼리큘러스가 구현할 풀다이브형 게임에 초대 손님들은 경악하고 흥분했다. 액추얼 매직의 테스트 플레이는 오후 3시에 종료되고 캡슐에서 나온 720명은 깊은 감동과 호화로운 기념품을 선물받으며 아르테아를 떠날——

예정이었다.

"으아아아아아아악!"

아시하라 유마는 뒤집어진 비명 소리가 자신의 입에서 터져 나왔다는 사실조차 인식하지 못했다.

1번 플레이룸 통로에 엉덩방아를 찧은 유마를 향해 동급생 와타마키 스미카가 한 걸음, 또 한 걸음 다가왔다.

하지만 누구나가 무조건적으로 인정하는 반, 아니 학교 제일의 미소녀 얼굴에 과거의 모습은 없었다. 그것을 떠나 인간의 얼굴조차 아니었다.

반질거리는 검은 앞머리 아래, 주황색 비상등 아래에 있음에도 창백해 보이는 얼굴에는 눈도 코도 입도 존재하지 않았다.

큰 부상으로 잃었거나, 무언가에 가려져 있다는 의미가 아니었다. 눈과 코와 입이 있어야 할 곳에 매끈한 흰 피부가 덮여 있었다.

유마는 가장 먼저 크레스트의 오버라이트(시각 중첩)를 의심했다. 하지만 현재 아이렌즈의 성능으로는 덧씌워진 부분

과 현실 풍경 사이 경계선에 아주 미세한 노이즈가 발생한
다. 하지만 스미카의 얼굴 윤곽에 위화감은 없었고, 그 이
전에 유마는 시각 정보의 무조건적인 수용은 오프로 해놓은
상태였다.

아니…… 애초에 이 모든 상황이 현실이 아닌 것은 아닐
까? 아직 칼리큘러스 안에 있고 크레스트가 만든 가상 세계
를 보고 있는 것은 아닐까……?

그런 현실도피적인 사고를 부정하듯.

얼굴 없는 와타마키 스미카가 갑자기 속도를 올렸다. 오
른손에 쥔 누군가의 팔이 덜렁덜렁 흔들리며 절단면에서 선
혈이 흘러내렸다.

──손이 닿는 거리까지 오면, 반드시 위험한 일이 벌어
진다.

그런 직감에 따라 유마는 온 정신력을 쏟아 일어서기 위
해 애썼다. 하지만 다리가 말을 듣지 않았다. 이미 스미카와
의 거리는 5m를 밑돌았다.

갑자기 스미카의 얼굴에 변화가 일어났다.

깐 달걀 같았던 하얀 얼굴 아래쪽에 작은 균열이 생겨났
다. 폭 5cm 정도의 그것이 소리 없이 위아래로 열렸다.

다행이다, 적어도 입은 있었다……. 그렇게 생각한 것은
한순간이었다. 다음 순간, 그 입이 좌우 귀에 닿을 정도의
크기로 쩌억 벌어졌다. 스미카의 인형 같은 작은 얼굴을 가
로지른 거대한 입 안에는 작고 뾰족한 이빨, 아니, 송곳니가

위아래로 빼곡하게 채워져 있었다.

잠시 억누르고 있던 비명이 다시금 유마의 목구멍에서 조금씩 흘러나왔다. 온몸의 솜털이 곤두서고 내장이 쪼그라들었다.

피로 보이는 얼룩이 곳곳에 묻어있는 하얀색 주름치마와 반 여학생 모두가 부러워하던 비단결 같은 긴 머리를 거칠게 휘날리며 와타마키 스미카였던 무언가가 일직선으로 돌진해 왔다.

눈앞의 있는 괴물은 스미카의 모습과 복장을 위장했을 뿐인 다른 생물일지도 모른다. 그런 가능성에 대해 유마는 처음부터 조금도 생각하지 못했다. 그 이유가 비강을 스친 은은한 향기 때문이었음을 유마는 뒤늦게 깨달았다.

감귤의 산뜻함과 우유 같은 달콤함이 섞인 와타마키 스미카의 향기. 매일 교실에서 그녀와 스쳐 지나갈 때마다 느꼈던 향기를 이 얼굴 없는 괴물도 지니고 있었다.

――딱히 짝사랑을 했다든가 하는 것은 아니었지만……
그래도 나는 계속 존경하고 있었다. 동경하는 존재였다.

그런 생각에 사로잡힌 유마는 스미카의 이름을 중얼거렸다.
"……와타마키……."

직후, 스미카가 몸을 훅 숙이며 도약하려는 움직임을 보였다.

"으아아아아아아아!"

그렇게 외친 것은 유마가 아니었다.

누군가가 오른쪽에서 유마를 추월하더니 스미카에게 돌진했다.

그에 반응한 스미카가 오른손에 쥐고 있는 팔을 거세게 휘두른다.

인간 팔 한 자루의 무게는 전체 체중의 6% 정도라고 어딘가에서 읽은 기억이 있었다. 저 팔이 초등학교 6학년 남자아이 것이라면 평균 체중은 대략 40kg. 그 6%라면…… 2.4kg. 아이의 팔 하나라고는 해도 2리터짜리 페트병보다 무거웠다. 그런 것으로 있는 힘껏 얻어맞으면 누구라고 해도 무사하진 못할 것이다…….

찰나의 시간 속에서 유마는 그런 생각을 했다.

유마를 구하려던 누군가의 정수리를 향해 곤봉 대용으로 휘둘러진 팔이 엄청난 기세로 내려왔다. 쿵! 하는 무거운 소리가 울렸다. 누군가가 벌러덩 뒤로 쓰러지는 광경을 유마는 예상했다. 그러나 그런 일은 벌어지지 않았다.

괴물에 맞선 누군가는 양손에 쥔 가늘고 긴 막대기로 팔을 제대로 막아낸 것이다.

유마의 위치에서는 거의 실루엣밖에 보이지 않는 누군가가 고개를 살짝 돌리며 한 번 더 소리쳤다.

"도망가, 유우! 밖에 나가서 어른들 좀 불러와 줘!"

그 소리를 듣고 나서야 누구인지 깨달았다.

절친인 콘도 켄지—— 콘켄이다. 이미 플레이룸 밖으로 탈출한 줄 알았던 그도 아직 실내에 남아 있었던 것이다. 그리고 유마를 구하러 왔다. 저학년 때부터 몇 번이나 그래왔던 것처럼.

"콘켄……."

잔뜩 쉰 목소리로 이름을 부르며 유마는 바닥에 두 손을 짚고 필사적으로 몸을 일으키려 애썼다. 도망치기 위해서가 아니라 소중한 친구를 도와주기 위해.

여전히 상황은 이해할 수 없었지만 적어도 한 가지 확신, 아니, 결심한 것이 있었다.

여기는 가상 세계가 아니다. 살아 있는, 생생한, 현실 세계다. 그렇게 생각하고 행동하지 않으면 자신이나 콘켄, 혹은 둘 다 죽을 것이다. 스미카가 쥐고 있는 팔의 주인처럼.

각오를 끝낸 덕분인지 이번에는 가까스로 다리가 뇌의 명령을 따라 주었다. 유마는 비틀거리면서 몸을 일으켰다.

재빨리 주변의 바닥을 둘러보다가 파괴된 칼리큘러스 파편으로 보이는 길이 50cm 정도의 금속 파이프를 발견하고는 들어 올렸다. 알루미늄답게 가볍고 길이도 짧았지만, 맨손보다는 훨씬 나았다.

전방에서는 콘켄이 유마의 것보다는 단단해 보이는 금속 파이프로 스미카의 공격을 간신히 막아 내고 있었다. 오른손에 쥐어진 곤봉 대용 팔과 갈고리처럼 날카롭게 자라난 왼손의 맹공을 막대기 하나로 계속 막아 내는 것이 반대로 놀라울 정도였다.

하지만 오래가지는 않을 것이다. 초등학교 6학년치고는
꽤 체격이 좋다고는 해도 콘켄도 어느 쪽인가 하면 인도어
파로 검도나 격투기 경험이 있지는 않았다.

"코…… 콘켄! 조금만 더 힘내 줘!"

알루미늄 파이프를 움켜쥐고 유마가 소리치자 콘켄이 힘
겨운 목소리로 대답했다.

"뭐 하는 거야, 유우, 빨리 밖으로……."

"너를 두고 어떻게 도망가!"

──설마 현실에서 이런 대사를 외칠 날이 오다니.

머리 한 켠으로는 그런 생각을 하면서도 유마는 왼쪽 벽
에 붙어 아슬아슬한 라인을 따라 나아갔다. 스미카는 통로
안쪽에 있었기에 이 위치를 유지한다면 팔 곤봉의 휘두르기
공격도 사정권 밖이었다.

한없이 게임스러운 발상이었지만, 지금은 그렇게라도 생
각하지 않으면 다리가 움직이지 않을 것 같았다. 얕은 호흡
을 반복하면서 가까스로 5, 6m 정도를 이동하여 스미카의
뒤로 향했다.

예상대로 등 쪽은 완전히 무방비한 상태였다. 그렇다기보
다 뒷모습은 본래의 와타마키 스미카와 아무런 차이가 없었
다. 결 좋은 검은 머리, 놀라울 정도로 가느다란 등과 허리,
날씬하고 긴 다리.

유마가 쥔 알루미늄 파이프는 무언가 강한 힘에 의해 찢

어진 것처럼 끝이 날카롭고 뾰족했다. 스미카의 몸통 어느 곳이든 이것을 있는 힘껏 찌르면 공격은 멈출 것이다.

……아니. 아마 그 이상의 일이 벌어지겠지. 크게 다친다 거나…… 아니면 죽을 것이다.

달려들기 위해 앞으로 기울었던 유마의 몸이 다시금 얼어 붙었다.

──죽인다니…… 와타마키 스미카를?

아니. 저것은 이제 와타마키가 아니다. 무슨 일이 일어났 는지는 모르겠지만 와타마키는 괴물이 되어 버렸다. 누군가 를 죽인 뒤 그 팔을 들고 자신과 콘켄도 죽이려 하고 있다. 그러니까…… 그러니까…….

"유우, 빨리 도망가!"

필사적으로 방어를 유지하던 콘켄이 다시 한번 외쳤다.

스미카의 등에서 절친의 얼굴로 시선을 옮긴 순간, 유마 는 두 눈을 크게 떴다.

콘켄의 얼굴과 가슴, 양손에 베인 상처가 무수히 나 있었 고 그곳에서 계속 피가 흐르고 있었다. 평소 좋아하던 나일 론 후드도 이곳저곳 찢어져 만신창이였다. 팔 곤봉을 막는 것만으로도 벅차 왼손의 갈고리 손톱이 휘두르는 공격을 완 전히 막지 못한 모양이었다.

아직까지 중상은 입지 않은 것 같지만 이대로라면 머지않 아 그렇게 될 것이다. 스미카의 무시무시한 괴력과 스피드 로 쏟아지는 연속 공격을 불안정하게나마 막아 내고 있는 것이 이미 기적이었다.

여기서 절친을 버릴 수는 없었다.

설령 그것으로 인해 와타마키 스미카를 죽인다 해도.

"싫어!"

콘켄의 말에 짧게 대답한 유마는 이번에야말로 바닥을 박찼다.

불과 3m 거리가 터무니없이 길게 느껴졌다. 하지만 한 발짝 앞으로 나설 때마다 스미카의 등은 착실히 다가왔다. 짧은 기장의 재킷 자락에서 흰 셔츠가 언뜻 들여다보였다. 그곳을 향해 알루미늄 파이프의 뾰족한 끝을 내밀었고——.

크게 휘날린 검은 머리에서 다시금 달콤한 향기가 풍겼다.

유마의 두 팔이 의지와는 다르게 멈칫했다.

찰나의 망설임을 꿰뚫어 본 것일까, 스미카가 오른손에 쥔 곤봉 대용 팔을 거세게 휘둘렀다. 그 움직임은 유마에게는 거의 보이지 않았다.

"윽……."

오른쪽 어깨에 강렬한 충격이 엄습했고, 그대로 맥없이 날아간 유마는 칼리큘러스를 지탱하고 있는 금속 프레임에 등을 부딪혔다. 오른손에서 떨어진 알루미늄 파이프가 힘없는 소리를 내며 바닥을 굴렀다.

한 바퀴 돌아간 팔 곤봉은 그대로 콘켄을 내리치며 통로 반대편 벽까지 날려버렸다.

오른쪽 어깨와 등이 타들어 가는 것 같은 격통에 몸을 웅크린 채 숨을 헐떡이는 유마의 정면에서.

"후쉬이이익……."

그런 기괴한 목소리가 울려 퍼졌다.

필사적으로 고개를 움직여 눈꺼풀을 들어 올렸다. 흐릿한 시야 속에서 새하얀 얼굴이 천천히 다가왔다.

무수한 송곳니가 난 거대한 입밖에 없는 그 얼굴에, 과거 와타마키 스미카의 얼굴이 겹쳐 보였다.

미소를 띤 스미카의 얼굴이── 연분홍빛으로 빛나는 입술이 이미 눈앞에 다가와 있었다.

"유우……!"

자신의 이름을 부르는 절친의 목소리도.

"쉬이익……."

굶주린 듯한 숨결도 유마에게는 들리지 않았다. 그저 멍하니 눈을 뜬 채 그때가 오기만을 기다렸다.

스미카의 입술이 유마의 얼굴에 닿으려고 한──

그 순간.

"플람마(불이여)!"

새로운 목소리가 크게 울려 퍼졌고, 스미카가 거칠게 고개를 들었다.

또다시 들려오는 외침소리.

"사지타(화살이 되어)!"

이 목소리를 착각할 리가 없다. 태어나서 오늘까지 몇천, 아니 몇만 번이나 들었던 쌍둥이 여동생 사와의 목소리였다.

그런데 사와는 왜, 액추얼 매직에서 마법을 쓸 때나 사용하는 속성사나 형태사를 외치고 있는 것일까. 이곳은 현실 세계다. 무슨 일이 일어날 리가 없지 않나.

유마의 순간적인 사고를 세 번째 단어인 발동사가 날려 버렸다.

"이그니스(날아라)!"

시야 왼쪽이 눈부신 오렌지색으로 빛났다.

굉음과 함께 날아온 길이 30cm 정도의 '파이어 애로(화염의 화살)'가 스미카의 왼쪽 어깨에 박혔다.

공중으로 날아가며 쓰러진 스미카는 몇 번을 구르다가 움직임을 멈췄다. 어깨에 박힌 마법 화살은 한동안 타오르다 사라졌다. 역한 냄새가 연기를 타고 피어올랐다.

무슨 일이 일어난 것인지, 한동안 이해하지 못했다.

옆으로 쓰러진 스미카에게서 시선을 떼고 왼쪽을 올려다 보았다.

조금 떨어진 곳, 뚜껑이 열린 칼리큘러스 캡슐 안에 누군가 서 있었다.

비상등이 비친 범위를 벗어난 탓에 사람의 그림자밖에 보이지 않았다. 그러나 쌍둥이 유마는 그것이 사와의 실루엣이라는 것을 금세 알 수 있었다.

하지만 사와는 다른 학생들과 마찬가지로 유키하나초 교

복을 입고 있었다. 그런데 눈앞의 사람 그림자는 호리호리한 몸의 라인이 다 드러나 있었고, 게다가 등의 양쪽으로는 무언가 기묘한…… 작은 날개처럼 보이는 것까지 나 있었다.

"……사와……?"

힘없는 유마의 쉰 목소리를 들은 것일까. 실루엣이 곧바로 이쪽으로 고개를 돌렸다. 다시금 들려오는 날카로운 목소리.

"오빠, 액추얼 매직을 실행해!"

틀림없는 사와의 목소리였다. 하지만 들은 말을 이해할 수 없었다.

풀다이브형 VRMMO RPG인 액추얼 매직은 칼리큘러스 안이 아니면 실행할 수 없었다. 실제로 오리엔테이션 도중에 크레스트에 설치된 클라이언트 프로그램을 몰래 켜보려고 했을 때에도 경고 메시지만 떴을 뿐이었다.

하지만 사와가 이 상황에서 무의미한 지시를 내릴 것 같지는 않았다. 게다가 그녀가 유마를 '오빠'라고 부르는 것은 무언가에 완전히 신경이 쏠린 탓에 본래 성격이 나왔을 때뿐이었다.

"아…… 알았어."

거의 소리도 내지 못하고 입 모양만으로 간신히 대답한 유마는 눈앞의 왼쪽에서 오른쪽으로 오른쪽 손바닥을 움직였다. 가상의 데스크톱이 펼쳐지며 크레스트에 설치된 스무 개 이상의 애플리케이션 아이콘이 죽 떠올랐다.

그 우측 하단에 표시된 최신 아이콘—— 이중 원과 오망성이 합쳐져 있는 액추얼 매직 아이콘을 유마는 별생각 없이 꾹 눌렀다.

아이콘이 반짝 빛나며 하늘색 불꽃으로 변해 타오르다가 곧 사라졌다.

"앗⋯⋯?!"

설마 삭제된 걸까 싶어 유마는 당황했다. 하지만 그 직후, 예상치 못한 현상이 덮쳐와 다시 한번 목소리가 새어 나왔다.

"윽⋯⋯ 으⋯⋯!"

왼손이 타는 듯이 뜨거웠다.

교복 재킷과 셔츠 소매를 팔꿈치 위까지 걷어 올리자 그곳에서 푸른 빛이 쏟아졌다. 손등에 달린 크레스트 안에서 복잡한 문장처럼 보이는 회로 패턴이 선명한 블루로 빛나고 있었다.

크레스트 본체인 다중 적층 박막에 이상이 생긴 것일까. 그렇게 생각한 유마는 반사적으로 그것을 손등에서 떼어 내려고 했다. 크레스트의 두께는 겨우 0.3mm밖에 되지 않았지만, 반복적으로 붙였다 뗄 수 있을 정도로 충분한 유연성과 내구성을 갖추고 있었다.

하지만 오른쪽 손가락으로 몇 번이나 손등을 긁어 보아도 박막의 가장자리를 찾을 수 없었다. 푸른 빛도, 불에 달군 금속으로 압박하는 듯한 통증도 점점 강해져 유마는 크레스트를 벗기려다 결국 꽉 움켜쥔 왼손에 오른손을 포개고 품에 끌어안았다.

사와의 기묘한 모습도, 쓰러져 있는 스미카와 콘켄의 일도 머릿속에서 날아가 버리고, 그저 빨리 가라앉아 줘…… 라는 생각만이 맴돌았다. 하지만 그런 유마를 비웃기라도 하듯이 크레스트가 발하는 빛도 열도 한없이 높아지며 흘러넘쳤고──.

그리고, 유마는 보았다.

본래 지름 5cm 정도밖에 되지 않던 크레스트의 회로 패턴이 선명한 푸른 빛으로 맥박치며 왼손 손등에서 손목으로, 그리고 팔로 뻗어 나갔다. 마치 살아있는 생물처럼.

"으아악……?!"

경악이 담긴 비명을 내지르며 유마는 왼쪽 손목을 꽉 움켜쥐었다. 하지만 회로 패턴의 비대화는 멈추지 않았다. 아래팔 부분에서 팔꿈치 근처까지 기어 올라가더니 양쪽으로 빙 돌아간 후, 그제서야 겨우 멈춘다. 푸른 빛이 희미해지며 불에 타는 듯한 통증도 서서히 줄어들었다.

화려한 문신처럼 변해 버린 크레스트를 유마는 입을 떡 벌린 채 바라보았다.

이런 일이 일어날 리가 없다. 크레스트는 박막형 컴퓨터, 즉 전자 디바이스다. 피부 위에서 변형되거나 거대해지는 기능 따위 존재하지 않는다. 절대로.

본능적인 거부감에 휩싸여 오른손으로 왼팔을 몇 번이고

긁었다. 하지만 평소 같으면 바로 벗겨졌어야 할 크레스트 장비가 아무리 세게 긁어도 손톱에 걸리지 않았다.

……피부에, 융합된 건가……?

왼팔을 주의 깊게 바라보며 더 강하게 손가락을 움직이고 있을 때였다.

"지금 그러고 있을 때가 아니야, 오빠!"

재차 긴박감이 담긴 사와의 목소리가 들려왔다. 거기에 겹치듯이 무언가가 삐걱이는 소리도.

흠칫 놀라 고개를 든 유마의 정면으로——.

와타마키 스미카가 천천히 몸을 일으키고 있었다.

불타는 화살을 맞은 왼쪽 어깨는 처참하게 불타 버려 그곳에서 배어 나온 끈적끈적한 액체가 팔을 타고 바닥에 뚝뚝 흘렸다. 심각한 부상이긴 했지만, 사와의 공격 마법이 직격했음에도 아직 움직일 수 있는 것을 보면 역시 스미카는 더 이상 인간이…… 적어도 초등학교 6학년 여자아이는 아니었다.

멍한 머리로 거기까지 생각한 뒤, 유마는 자신의 사고를 조금 전으로 되감았다.

"……마법……?"

어색하게 고개를 돌려 뒤쪽 칼리큘러스 안에 서 있는 여동생을 보았다.

사와는 분명 마법을 썼다. 액추얼 매직의 테스트 플레이 중에 여러 번 쏘았던 화속성 기본 공격 마법인 '파이어 애로'를.

하지만 이곳은 액추얼 매직 안이 아니다. 유마 일행이 11년을 살아온 현실 세계였다. 불변하는 물리법칙의 지배를 받는, 마법도 기적도 존재하지 않는 세계.

시선을 오른쪽으로 움직이자 유마와 동시에 날아갔던 콘켄이 통로 반대편에 쓰러져 있었다. 정신을 잃은 것인지 축 늘어진 채 움직이지 않았지만 출혈을 동반한 부상은 없어 보였다.

다시 정면을 바라보았다.

왼팔에서는 인간의 피로는 보이지 않는 액체를 뚝뚝 떨구며, 오른손에는 여전히 누군가의 팔을 잡은 와타마키 스미카가 입밖에 없는 얼굴로 유마를 바라보고 있었다.

그 머리 위로 수십 초 전에는 존재하지 않았던 무언가가 떠올라 있다는 것을 깨달았다.

가로로 긴 노란 막대. 희미한 어둠 속에서 선명하게 발광하는 그것은 물리적 실체가 아니었다.

아이렌즈에 의해 투영된 HP바였다. 디자인도 액추얼 매직에서 본 것과 똑같았다. 바 아래에는 일본어로 [와타마키 스미카]라는 이름까지 적혀 있었다.

본래 푸른색을 띠고 있어야 할 막대가 노란 것은 수치가 절반으로 줄어들었기 때문이었다. 사와의 '파이어 애로' 한 방에 그렇게까지 줄어든 것인지, 아니면 처음부터 어느 정도 줄어 있었는지는 알 수 없다. 그러나 그 표시가 맞다면 괴물로 변한 스미카도 결코 불사신은 아니라는 뜻이었다.

……그렇다면, 나는……?

그렇게 생각한 유마는 얼굴을 정면으로 고정한 채 조심스레 시선을 왼쪽 위로 돌렸다.

그러자 그곳에 자기 자신의 HP/MP바가 나타나 있었다.

표시된 이름은 [아시하라 유마]. 액추얼 매직에서 사용하던 캐릭터 이름이 아닌 본명이지만, 바의 디자인이나 글씨체는 역시 동일했다.

……여기는 아직 게임 액추얼 매직 속인가……?

……이것도 혹시 게임의 연출? 고약한 서프라이즈 이벤트인가……?

처리 속도가 크게 저하된 머리로 유마는 그런 생각을 했다.

하지만 마치 그 생각을 읽기라도 한 것처럼 등 뒤에서 날카로운 사와의 목소리가 직격했다.

"오빠, 여긴 현실이야! 만약 죽으면 진짜로 죽는 거라고!"

여동생이 거짓말이나 농담을 하고 있지 않다는 것을 쌍둥이 유마는 곧바로 알아차렸다.

현실 세계.

그런데 마법을 쓸 수 있다. 그런데도 HP바가 보인다.

아니……. 아니다. 그런 것은 사소한 이상 현상에 지나지 않는다. 그렇게나 귀엽고 상냥했던 와타마키 스미카가 사람을 덮친 괴물이 되어 버린 것에 비하면.

믿을 수 없을 만큼 이상한 일이 벌어지고 있었다.

하지만 우선은 이 상황을 빠져나가야 했다. 스미카는 분명 유마를 죽일 것이고, 그 후에는 콘켄을, 그리고 사와에게도 덤벼들 것이다. 그런 짓을 하게 둬서는 안 된다. 절친이나 여동생을 위해, 그리고 스미카 본인을 위해서라도.

조금씩 다가오는 스미카를 응시하며 유마는 사력을 다해 몸을 일으켰다. 스미카의 팔 곤봉에 직격한 오른쪽 어깨와 칼리큘러스 프레임에 부딪힌 등에 둔탁한 통증이 느껴졌지만 움직일 수 없을 정도는 아니었다.

"오빠!"

뒤에서 또다시 사와가 소리쳤다.

"다시 마법을 쏘려면 앞으로 50초는 걸려! 그때까지 어떻게든 그 애 HP를 레드존까지 줄여 줘!"

"어, 어떻게든 줄이라니⋯⋯."

"괜찮아. AM을 켰으니까 오빠의 스테이터스도 올라갔어. 오른쪽에 떨어진 쇠막대를 주워!"

"오, 오른쪽⋯⋯?"

그녀의 말에 따라 시선을 내리니 통로 끝에 길이 50cm 정도의 쇠 파이프가 나뒹굴고 있었다. 급히 다가가 그것을 주워들었다.

파괴된 칼리큘러스를 지지하고 있던 자재일까. 어딘가로 날아가 버렸을 알루미늄 파이프보다는 훨씬 묵직했다. 게다가 파이프가 아닌 넙적한 막대로, 부러진 끝은 검처럼 뾰족했다.

본래 유마의 완력이라면 무게 1kg은 족히 넘는 쇠파이프를 휘두르는 짓은 절대로 불가능했다. 하지만 두 손으로 잡은 쇠 파이프는 마치 액추얼 매직 속에서 장비한 무기처럼 팔에 착 달라붙었다. 사와의 '스테이터스가 올라갔다'라는 말의 의미는 아직 모르겠지만, 이거라면 싸울 수 있을 것 같았다.

──싸운다고?

──와타마키 스미카와……?

그런 생각이 뇌리를 스쳤다. 아니, 저것은 더 이상 와타마키가 아니다. 그런 말로 스스로를 타이르던 그 순간.

"샤아아아악!"

기괴한 포효를 내뱉은 스미카가 강하게 바닥을 박차고 덤벼들었다.

오른손에 쥔 팔 곤봉을 바로 위에서 휘두른다. 아까는 잠시도 버티지 못하고 날아가 버린 그 일격을 머리 위로 들어 올린 쇠 파이프로 받아쳤다.

극심한 충격. 부상당한 오른쪽 어깨에 날카로운 통증이 일었다. 하지만 유마는.

"우……오오오!"

현실에서는 한 번도 내본 적 없는 큰 고함 소리와 함께 스미카의 팔 곤봉을 쳐냈다. 스미카가 크게 뒤로 날아갔다. 마음을 단단히 먹고 불에 탄 왼 어깨에 쇠 파이프를 내리쳤다.

"구쉬이잇!"

비명 섞인 소리와 둔탁한 타격음이 동시에 울려 퍼졌다.

또다시 비틀거리는 스미카의 머리 위에 뜬 HP바가 10% 가까이 감소했다.

괴물이 된 스미카는 완력 자체는 대단했지만 방어력은 별로 높지 않아 보였다. 이 정도면 한 방에 HP를 레드존까지 줄일 수 있을 것이다.

사와에게 50초라고 들었던 대기시간도 절반은 지났을 것이다. 한 번 더 공격한 뒤, 공격이 멎은 타이밍에 사와의 '파이어 애로'로 숨통을——.

……숨통?

……난 지금 와타마키를 죽이려 하고 있는 건가……?

그런 자문에, 또 한 명의 자신이 되받아쳤다.

——어쩔 수 없잖아! 그렇지 않으면 나도 콘켄도, 사와도 다 죽을 거라고!

하지만 망설임은 사라지지 않았다.

……정말 그럴까? 정말로, 이제 그것밖에 없는 걸까?

……와타마키를 죽이면, 그러면 끝낼 수 있는 걸까……?

"샤아아아악!"

유마의 망설임을 알아챈 것처럼 스미카가 울부짖었다.

자세를 회복하고는 오른손에 든 팔 곤봉과 왼손의 갈고리 손톱을 휘두르며 덤벼든다.

망설임이 사라진 것은 아니지만 몸이 마음대로 움직였다.

이번에는 곤봉을 받아치지 않고 오른쪽으로 뛰어서 피했다. 계속해서 덮쳐오는 갈고리 손톱은 몸을 뒤로 젖혀 받아

넘겼다.

곧바로 유마는 배트를 휘두르듯 쇠 파이프를 휘둘렀다. 묵직한 강철이 스미카의 왼쪽 옆구리를 강타하며 갈비뼈가 부러지는 오싹한 감촉이 양손으로 전해졌다.

"그아악!"

고통스러운 비명과 새카만 색의 점액을 입에서 흩뿌리며 스미카가 날아갔다. 그대로 바닥에 튕기며 나동그라지더니 더는 움직이지 않았다. 노란색이던 HP바는 20% 아래로 내려가며 새빨갛게 물들었다.

"오빠, 비켜! 마법으로 숨통을 끊을 거야!"

사와의 목소리가 울려 퍼졌다.

유마는 쓰러진 스미카를 바라보며 여동생에게 받아쳤다.

"기다려, 사와! 죽이는 건 안 돼!"

"무슨 소리야! 죽이지 않으면 그 녀석은 계속 덤빌 거라고!"

그것은 사실이었다. 괴물로 변한 스미카를 원래의 와타마키 스미카로 되돌릴 방법이, 적어도 지금은 없었다.

하지만 스미카에게 쇠 파이프로 큰 타격을 입힌 순간 유마의 머리에 하나의 아이디어가 떠올랐다.

완력에 조금도 자신이 없는 유마가 1kg는 되어보이는 강철 막대를 자유자재로 휘두를 수 있는 이유. 그것을 사와는 '액추얼 매직을 실행했기 때문'이라고 했다.

그렇다면——.

게임 세계의 완력뿐만 아니라.

사와와 마찬가지로, 마법도 사용할 수 있지 않을까.

"테네브리스(어둠이여)!"

쇠 파이프에서 뗀 왼손을 앞으로 내밀며 유마가 외쳤다.

손등에서 팔꿈치 근처까지 늘어난 크레스트의 회로 패턴이 선명한 라이트 블루색으로 빛나며 손바닥 끝에 청자색 광구가 출현했다.

"오……오빠?!"

뒤쪽에서 사와가 소리쳤다. 여동생에게 "나한테 맡겨"라고 말한 뒤 다음 주문── 형태사를 외쳤다.

"카페레 아니마(영혼을 낚는 손이 되어)!"

청자색 광구가 모양을 바꿔 거대한 손을 만들어 냈다.

갑자기 시야가 흐릿해졌다. 마치 마법의 손으로 에너지가 빨려 들어가는 것처럼 온몸에서 힘이 빠져나갔다. 오른쪽 무릎이 꺾이며 몸이 푹 내려앉았다.

하지만 유마는 필사적으로 버텼다. 여기서 실패하면 사와는 유마를 지키기 위해 스미카를 죽여야 한다. 여동생에게 그런 짓을 시키고 싶지는 않았다.

흔들리는 시야 초점의 중앙으로 십자로 된 조준선이 나타났다. 왼손을 움직여 그것을 쓰러진 스미카의 몸에 맞추고──.

"——이그니스(날아라)!"

발동사.

청자색의 손이 날카로운 공명음을 내며 비상하더니 스미카의 가슴에 명중했다.

날카롭고 뾰족한 손가락이 심장을 움켜쥐듯 닿힌, 그다음 순간.

무쿠를 포획했을 때와는 전혀 다른, 거대한 유리덩어리가 부서지는 듯한 소리가 요란하게 울려퍼지며 스미카의 몸이 청자색 빛에 감싸여 소멸했다.

동시에 눈앞이 어두워지면서 유마는 뒤를 향해 쓰러졌다.

"오빠!"

사와의 목소리도 아득하게 들렸다. 의식이 희미해져 갔다.

하지만 기절하기 직전, 한 가지 더 해야 할 일이 있었다.

가까스로 두 눈을 뜬 유마는 왼손을 뻗었다.

상공에서 무언가가 반짝반짝 빛나며 떨어졌다. 그것은 투명한 보라색으로 된 한 장의 작은 카드.

'마물사' 클래스인 유마가 포획주문으로 몬스터 '와타마키 스미카'를 캡처했다는 증거.

떨리는 왼손으로 카드를 움켜쥔 직후, 이번에야말로 유마는 의식을 잃었다.

4

똑. 똑.

차가운 액체가 입 안으로 한 방울씩 떨어졌다.

의식이 완전히 회복되지 않은 유마는 반사적으로 뱉으려 했지만, 뱉기 직전 액체가 묘하게 맛있다는 것을 깨달았다. 단맛은 적지만 레몬 필 같은 상큼한 신맛이 나서 탐욕스레 받아넘겼다.

액체가 몸에 스며들자 의식이 조금씩 선명해지며 유마는 감고 있던 두 눈을 뜨려 했다. 그 순간 오른쪽 어깨와 등에 타는 듯한 통증이 느껴져 낮게 신음했다.

"으……."

"아직 움직이지 말고, 좀 더 마셔."

얼굴 바로 근처에서 누군가 속삭였고, 다시 입에 똑똑 새콤하면서 쌉싸래한 물방울이 떨어졌다. 그것을 최선을 다해 목구멍으로 흘려보내고 있자 통증이 서서히 가라앉는 것이 느껴졌다.

"이 정도면 되겠지……."

다시 목소리가 들려왔다. 떨어지던 것이 멈추자 유마는 눈꺼풀을 감은 채 쉰 목소리로 더 달라고 요구했다.

"조…… 조금만 더……."

"나중에, 콘켄도 치료해야 해."

목소리의 주인이 일어서는 기척. 조용한 발소리가 멀어져
갔다.

——콘켄.

——그래…… 그 녀석도 다쳤지…….

아직 반쯤은 멍한 머릿속에 갑자기 몇 개의 정경이 되살
아났다.

유마에게 등을 돌린 채 양손으로 쇠파이프를 든 콘켄. 듬
직했던 그 모습이 인형처럼 맥없이 날아간다. 안쪽의 어둠
속에서 낯익은 교복을 입은 머리 긴 여자아이가 모습을 드
러낸다. 그 오른손에는 기묘한 형태를 한 창백한 막대가 쥐
어져 있다…….

"……콘켄…… 와타마키……!"

이번에야말로 두 눈을 부릅뜬 유마는 용수철처럼 몸을 일
으켰다. 다시금 오른쪽 어깨와 등이 쑤셔왔지만 아까보다는
훨씬 나았다.

주위를 둘러보자 금속과 수지 잔해가 흩어진 어슴푸레한
통로와 머리 위에 죽 늘어선 대형 캡슐이 눈에 들어왔다. 이
곳은—— 대규모 오락 시설 '아르테아'의 1번 플레이룸. 그
리고 캡슐은 VRMMORPG '액추얼 매직'을 플레이하기 위
한 풀다이브 머신 '칼리큘러스'.

시선을 자신의 왼손으로 떨어뜨리자 은은하게 빛을 내는
푸른색 회로 패턴이 팔꿈치 근처까지 뻗어 있었다. 손등에
붙어 있던 양자 박막 디바이스인 '크레스트'가 거대화한 것

이었다.

그리고 그 왼손에는 한 장의 카드가 쥐어져 있다.

"……꿈이, 아니었던 건가……."

유마의 중얼거림에 조금 전 들렸던 목소리가 겹쳤다.

"괜찮아…… 정신을 잃은 것뿐이네."

고개를 돌리자, 5m쯤 떨어진 곳에서 등을 돌린 채 쪼그려 앉아 있는 호리호리한 사람의 모습과 통로 바닥에서 대자로 뻗어 있는 또 다른 사람이 보였다. 쓰러져 있는 것은 콘켄인 콘도 켄지. 그리고 그의 얼굴을 살피고 있는 것은——.

"……사와!"

쌍둥이 여동생의 이름을 부르며 유마가 벌떡 몸을 일으켰다.

오른손에 계속 쥐고 있던 쇠 파이프를 내던지고 왼손 카드를 윗옷 주머니에 조심스럽게 집어넣었다. 그리고 두 다리를 앞으로 내밀고 무릎을 꿇은 상태에서 바닥에 손을 대지 않고 신체의 반동만을 이용해 몸을 일으켰다. 그 동작은 완전한 인도어파인 유마로서는 도저히 불가능한 재주였지만, 그것을 의식하지도 못한 채 여동생에게 달려갔다.

"사와! 콘켄은……."

괜찮은 거야, 라는 말은 목구멍에 걸려 나오지 않았다.

쌍둥이 오빠보다 조금 더 날카로운, 좋게 말하면 시원하고 나쁘게 말하면 건방져 보이는 옆모습은 11년하고도 8개월 동안 지켜본 틀림없는 여동생의 모습이었다. 하지만 오늘 아침 집을 나설 때부터 아르테아에 도착해 칼리큘러스에 들어간 순간까지 입고 있었던 유키하나초 교복은 위아래 모두 사라져 있었다.

그 대신 입은 것은 몸에 딱 붙은 암적색 수영복 같은 의상. 가슴과 허리 아래만 가려진 채였고 양팔과 옆라인에는 하얀 피부가 드러나 있었다. 마찬가지로 왼손의 크레스트가 대형화한 상태였지만, 빛나는 색은 붉은색이고 문장도 팔꿈치 위에까지 뻗어 있었다.

사와의 변화는 의복과 크레스트뿐만이 아니었다. 수영복의 등 쪽에는 작지만 박쥐를 닮은 비막형 날개가 튀어나와 있고, 늘 차고 다니는 뿔 달린 머리띠의 뿔도 평소보다 더 커진 상태였다. 역시나 꼬리는 없지만 전체적인 인상은 인간이라기보단⋯⋯.

생각을 거기서 억지로 끊고 여동생에게서 떨어뜨린 시선을 바닥에 누워 있는 콘켄에게로 향했다.

이쪽은 접속 전과 같은 차림으로 날개도 뿔도 없었다. 하지만 트레이드마크인 나일론 후드는 요란하게 찢어져 있고 얼굴이나 가슴, 소매를 걷어 올린 팔뚝에는 긁힌 상처가 무수히 나 있었다. 팔 곤봉에 직격한 왼쪽 팔뚝에는 커다란 핏자국까지.

이 모든 것이 괴물이 되어 버린 6학년 1반의 아이돌, 와타마키 스미카에 의해 입은 상처들이었다.

유마가 멍하니 서 있자 콘켄의 상처를 확인하던 사와가

날개 돋친 등을 돌린 채 말했다.

"호흡은 붙어 있고, 내장 쪽이 잘못된 것 같지도 않아. 하지만…… 왼팔이 부러졌어."

"부, 부러졌다니…… 골절됐다는 거야……?"

"방금 그렇다고 말했잖아."

짧게 한숨을 내쉰 사와는 잠시 얼굴을 왼쪽 위로 향했다. 유마도 덩달아 그쪽을 올려다보았지만 플레이룸의 어두운 천장이 있을 뿐이다.

"……?"

시선을 되돌린 사와가 콘켄의 얼굴에 오른손을 뻗었다. 괴로운 듯 굳게 다물린 입을 잡아 살짝 벌리더니 그곳으로 왼손 검지를 가져간다.

"자, 잠깐, 사와, 뭘 하려고……."

"잔말 말고 보고 있어."

유마의 말을 가로막은 사와는 날카롭게 숨을 들이마시는가 싶더니──.

"사크라(축복이여)."

사와의 왼팔에 난 문양── 크레스트 회로 패턴이 분홍빛 섞인 보라색으로 빛났다.

"로스(방울이 되어)."

연분홍빛이 손가락 끝에 고이더니 액체처럼 흔들린다.

"카수스(떨어져라)."

세 번째 말이 울려 퍼짐과 동시에 연분홍빛으로 빛나는

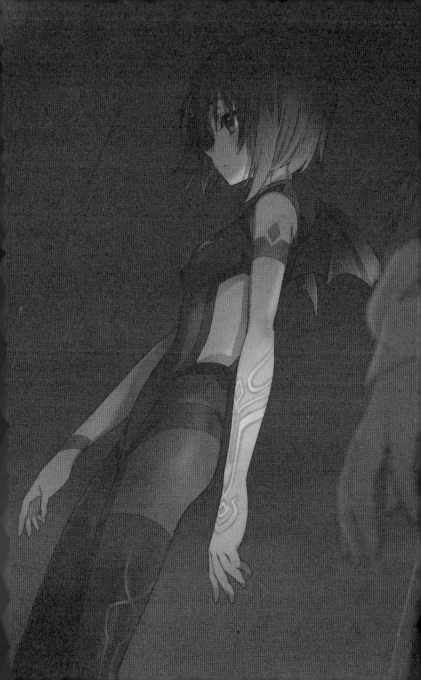

물방울이 손가락 끝에서 떨어져 콘켄의 입으로 흘러 들어갔다. 처음에는 전혀 반응이 없었지만 두 방울, 세 방울로 이어지자 입술이 작게 떨리고 목이 움직이기 시작했다.

그 모습을 보고 유마는 비로소 깨달았다. 몇 분 전 콘켄과 마찬가지로 정신을 잃고 있던 유마의 입으로 흘러들어온 새콤쌉싸름한 액체는 이것이었다. 그리고 사와가 외친 세 단어는 액추얼 매직 세계에서 마법을 사용하기 위한 주문. 그것이 무슨 마법인지도 유마는 알 수 있었다.

"사와…… 너 그거, '힐링 드롭(치유의 방울)' 마법이지……? 근데 여기는 현실 세계인데……."

"유우. 이제 와서 무슨 소릴 하는 거야?"

콘켄의 입에 빛의 방울을 떨구던 사와가 어이없는 어조로 말했다.

"내가 아까 '파이어 애로'도 썼잖아. 그리고 그 전에 유우도 '그래스핑 핸드(붙잡는 손)'를……."

거기서 사와가 부자연스럽게 말을 끊었다. 하지만 세 번째 마법명을 들은 순간 유마는 날카롭게 숨을 들이마셨다.

'그래스핑 핸드'는 '마물사' 클래스만이 사용할 수 있는 포획주문이었다. 사거리는 불과 10m. 자동 조준 기능도 없지만 HP가 일정치 감소한 몬스터에게 명중시키면 카드화하여 패밀리어로 만들 수 있었다.

기절하기 직전 유마는 확실히 그 마법을 사용했다. 대상은 몬스터가 아니라 유마와 콘켄을 크게 다치게 한…….

"으…… 으윽……."

불현듯 낮은 신음소리가 들려와 유마는 발아래를 쳐다보았다.

통로에 드러누워있던 콘켄이 미간을 움찔거리며 입을 오물거렸다. 뚝뚝 떨어지는 물방울을 탐욕스레 받아마시는 모습은, 자신도 설마 이러했을까 하는 걱정이 들 정도로 어린아이 같았다.

──이건 무조건 녹화해 두고 나중에 협박할 때 써먹어야지. 근데 크레스트가 이렇게 된 상태에서도 제 기능을 쓸 수 있는 걸까.

멍하니 그런 생각을 하고 있는데 콘켄이 두 눈을 번쩍 떴다.

"마…… 마…… 맛있어~!"

광선이라도 내뿜을 기세로 외치는 입을 사와가 왼손으로 꾹 눌렀다.

"큰 소리 내지마! 위험한 게 다가오면 어떡해!"

낮은 목소리로 혼이 난 콘켄이 열 번 정도 눈을 깜빡이는가 싶더니, 가장 먼저 사와를, 다음으로 유마를 보았다.

"……으브븝…… 으븝……?"

뭔가 말하고 싶어하는 콘켄의 입을 더욱 굳게 다물게 한 사와는 "한 번 더 큰 소리를 냈다간 '사일런스(침묵)' 마법을 걸어 버릴 거야"라고 속삭인 뒤에야 왼손을 뗀다.

"……사와랑…… 유우……?"

다시 한번 똑같은 말을 되풀이한 콘켄에게 쌍둥이가 동시에 고개를 끄덕였다. 5년 이상 알고 지낸 절친이 두 사람을 번갈아 쳐다보며 이어서 중얼거렸다.

"……근데…… 너희들, 뭔가 느낌이……."

사와를 보고 그렇게 생각하는 것은 당연하다. 머리에는 뿔, 등에는 날개, 교복은 수영복으로 되어 있으니까. 하지만 유마에게 일어난 이변은 왼팔의 대형화된 크레스트뿐이고, 그것마저 지금은 소매 속에 가려져 있다.

그런 생각을 하면서 자신의 몸을 내려다보자, 유키하나초 교복인 흰색 셔츠에 하늘색 노카라 재킷, 짙은 청색의 칠부 팬츠라는 모양새에는 변화가 없었다.

"그것보다 콘켄, 몸은 좀 괜찮아?"

의문에 답하지 않고 그렇게 묻자, 콘켄은 두 손으로 자신의 얼굴과 가슴팍을 몇 번이나 쓰다듬었다. 그걸 보고 나서야 유마도 그렇게나 심했던 콘켄의 얼굴과 가슴의 긁힌 상처가 희미하게 흔적만 남았고 골절된 왼팔도 문제없이 움직이고 있다는 것을 깨달았다. 찢어진 나일론 후드는 그대로였지만.

"어…… 응, 왼팔이 아직 좀 아프긴 하지만, 뼈는 멀쩡한 것 같아. 와타마키한테 맞았을 때 뼈가 부러졌던 것…… 같은데……."

거기까지 말한 콘켄은 순간 멍한 표정을 짓는가 싶더니, 서서히 얼굴이 창백해졌다.

"……와타마키……. 유우, 그거, 와타마키였……어……?"

절친의 매달리는 듯한 눈빛에 유마는 반사적으로 "아니야"라고 대답하려던 입을 꾹 다물었다.

1반 남자 중 한 명인 콘켄도 예외 없이 유키하나초 제일의 미소녀를 동경하고 있었다. 서로 연애에 관한 이야기를 하는 사이는 아니었지만, 지난해 운동회 때 스미카와 함께 찍는 것에 성공한 단 한 장의 투샷 사진을 콘켄이 크레스트 깊숙한 곳에 간직하고 있다는 것을 유마는 알고 있었다.

하지만 여기서 얼버무려 봤자 나중에 더 큰 충격을 줄 뿐이다. 절친이기 때문에 더더욱 진실을 전해야 했다.

"……응, 그건 와타마키가 맞아."

"그치만…… 그치만 얼굴이 없었잖아……. 게다가 나랑 유우를 막대로 때렸는데……."

콘켄은 아직 기억이 모호한 것 같았다. 스미카가 휘두른 것은 평범한 막대가 아니라 어깨부터 찢어진 인간의 팔이었다. 게다가 아마도 6학년 1반 중 한 명의 것이겠지.

그렇게 말해야 하나 말아야 하나 망설이고 있을 때, 콘켄이 왼팔을 감싸며 일어나려고 했다. 그것을 도와 천천히 그를 일으켜세웠다.

"……유우. 와타마키는 어떻게 됐어?"

삐죽삐죽 솟은 앞머리 아래의 얼굴이 본 적 없을 정도로 불안하게 굳어진 것을 보고 유마는 마음을 다잡았다.

"죽이지는…… 죽이지는 않았어."

"그, 그렇구나……. 하지만 그렇다면 둘이서 와타마키를 물리친 거야? 말도 안 되게 강했는데, 대체 어떻게……."

거기까지 말한 콘켄은 그제서야 사와의 이변을 알아차린 것인지 몇 차례 눈을 깜빡였다. 이어서 조금 전 본인을 치유한 액체의 맛을 다시금 확인하듯 입을 우물거렸다.

"……마법? 사와, 너 아까 나한테 회복 마법을 썼지? ……그렇다는 건 여긴 아직 가상 세계인 건가? 와타마키도 마법으로 괴물로 변한 거야……?"

"……."

눈도 코도 없는 괴물이 되어버린 스미카를 목격한 순간, 유마도 가장 먼저 그렇게 생각했다. 칼리큘러스에서 나왔다고 생각했는데 실은 아직 캡슐 안에 있는 것이 아닐까. 여기는 정밀하게 재현된 가상의 아르테아가 아닐까, 하고.

사실 지금 유마의 시야 왼쪽 상단에는 아시하라 유마라는 이름과 푸른색의 HP바, 녹색의 MP바가 표시되어 있었다. HP바는 약 20%, MP바는 30% 넘게 줄어 있었지만 그것은 오른쪽 어깨와 등의 타박상이 완치되지 않았기 때문이었다. 그리고 '그래스핑 핸드' 마법을 사용했기 때문일 것이다.

불현듯 아아, 그런 거였나…… 라는 생각이 들었다. 아까 콘켄을 마법으로 치료하기 직전, 사와가 시선만 왼쪽 위로 움직였던 것은 천장을 본 것이 아니라 자신의 HP/MP바를 본 것이다. 즉 여동생의 시야에도 유마와 마찬가지로 액추얼 매직 UI가 표시되어 있다는 뜻이다.

"……사와."

유마는 돌아서서 여동생의 이름을 불렀다.

"왜?"

"너 아까 내가 AM을 켰을 때 여기가 현실이라고 그랬지. 여기서 죽으면 정말 죽는다고…… 그건 뭔가 근거가 있는 거야?"

그러자 뿔과 날개가 자라난 여동생은 보기 드물게 시선을 돌리며 고개를 끄덕였다.

"응…… 있어."

"어떤 건데……?"

그렇게 물어온 것은 벽에 기대고 있던 콘켄이었다. 사와는 눈을 내리깐 채 빠르게 대답했다.

"너희들도 알겠지만, 이……."

오른손 엄지손가락으로 통로 위에 비스듬히 놓여 있는 캡슐들을 가리킨다.

"……칼리큘러스가 플레이어에게 주는 가상감각은 신체 감각과 평형 감각뿐이야. 시각은 크레스트의 아이렌즈로, 청각은 이어피스로 입력되지만 미각과 후각은 아직 지원되지 않지. 다시 말해 맛이나 냄새가 느껴진다면 더는 가상 세계가 아니라는 거야."

"……."

사와의 말을 듣자마자 유마와 콘켄은 동시에 냄새를 맡았다.

그것을 알고 냄새를 맡자 어슴푸레한 플레이룸의 공기 속에는 방대한 냄새가 떠돌고 있었다. 신형 기계류가 내뿜는 윤활유 냄새, 수지나 접착제의 화학성 냄새, 그리고…… 비릿한 피 냄새. 확실히 이런 감각은 액추얼 매직의 초원이나 던전에는 없었던 것이다.

그러나 한편으로는, 이 정도의 이상 사태가 벌어졌으니 어쩌면 칼리큘러스의 성능이 달라졌다고 해도 이상하지 않겠다는 생각도 들었다. 아니…… 이런 상황을 현실이라고 받아들이기보단 칼리큘러스가 아무도 모르게 업데이트된 것이라고 생각하는 편이 그나마 설득력이 있다고 해야 할까.

자신의 눈으로 보고 있음에도 믿을 수 없다니…… 멍하니 그렇게 생각한 때였다.

유마는 더 손쉽게 가상과 현실을 구분할 수 있는 방법이 있다는 것을 깨닫고 목소리를 냈다.

"아…… 뭐야, 그렇네……."

"왜 그래, 유우?"

얼굴을 바라보는 콘켄을 향해 자신의 눈을 가리켜 보였다.

"아이렌즈 말야. 만약 우리가 보고 있는 광경이 디지털 데이터라면 아이렌즈를 벗으면 전부 사라지겠지."

"오…… 오오, 그것도 그렇네."

콘켄의 중얼거림과 동시에 유마도 가상 데스크톱 왼쪽 하단에 있는 시스템 메뉴 아이콘을 눌렀다.

다중 적층 박막 컴퓨터 '크레스트'는 피부에 붙이는 본체와 양쪽 눈에 장착하는 아이렌즈, 양쪽 귀에 장착하는 이어피

스가 세트로 구성된 디바이스다. 시각정보를 입력하기 위한 아이렌즈를 빼면 현실이 아닌 것은 모두 보이지 않게 된다.

형상이나 재질적으로 상당히 유사한 소프트 콘택트렌즈를 제거하려면 본인의 손가락을 넣어 안구 표면에서 직접 떼어내야 한다고 들었지만, 크레스트의 아이렌즈에 그런 무서운 과정은 필요 없었다. 아래를 향한 채 눈 밑에 손바닥을 두고, 다른 한 손으로 메뉴에 있는 아이렌즈 박리 버튼을 누르면, 흡착력이 사라지면서 눈에서 뚝…….

"……어라."

떨어지지 않는다. 오른쪽 눈 렌즈의 박리 버튼을 반복적으로 눌러보았지만, 렌즈가 눈에서 스르륵 벗겨지며 떨어지는 감각도, 손바닥에 작은 렌즈가 떨어지는 감각도 들지 않았다.

"헛수고야."

옆에서 사와가 그렇게 중얼거렸다. 말뜻을 물으려다 절친의 신음 소리가 들려와 급히 돌아섰다. 벽에서 떨어진 콘켄이 오른쪽 손바닥을 위로 향한 채 인상을 찌푸리며 주위를 둘러보고 있다.

"콘켄, 렌즈를 뺐어?!"

"빼긴 뺐지. 하지만 경치는 그대로야. 부서진 칼리큘러스도, 엉망인 내 후드티도……. 이거 마음에 들었던 건데……."

──즉 이곳은 틀림없는 현실 세계라는 것이다. 90% 정도 그렇지 않을까 생각하던 것이 100%가 되었다는 사실을

받아들이기 위해 심호흡을 하고 있는데, 다시 사와가 중얼거렸다.

"유우의 아이렌즈가 빠지지 않는 건 크레스트와 마찬가지로 몸과 융합됐기 때문이야. 미리 말해두는데 이어피스도 마찬가지니까 억지로 빼려고 하지 마."

"앗……."

황급히 오른쪽 귀를 손가락 끝으로 더듬어 보았다. 귓바퀴 홈에 끼워둔 초소형 마이크 겸 스피커는 완전히 피부와 융합된 상태였다. 넋이 나간 유마의 손을 잡고 귀에서 떨어뜨린 사와가 콘켄에게 말했다.

"콘켄, 빨리 아이렌즈 다시 껴. 그건 진짜 생명선이니까."

"아…… 어, 응."

고개를 몇 번 끄덕인 콘켄이 렌즈를 다시 두 눈에 끼우고는 몇 번 눈을 깜빡이며 중얼거렸다.

"전부…… 현실, 이라는 건가……."

왼팔을 들어 올려 천천히 구부렸다 펴본다.

"……뭐, 아직 팔꿈치가 욱신거리니까……. 게다가……."

갑자기 자신의 사타구니를 더듬는가 싶더니.

"……달려 있고."

그 행동을 보고 또 다른 것을 깨달았다. 어떤 종류의 배려인지는 모르겠으나 액추얼 매직 아바타에는 있어야 할 것이 재현되어 있지 않았다. 유마는 납득했지만 사와는 싸늘한 얼굴로 콘켄의 오른쪽 정강이를 걷어찼다. 자세히 보니 그

발에 신고 있는 신발도 평소의 스니커즈가 아닌 발끝이 갈고리 모양으로 뾰족하게 튀어나온 부츠로 바뀌어 있었다.

"아야……."

"바보 콘도, 그걸로 납득할 거였으면 내가 신체 감각에 대해 설명하거나 아이렌즈를 뺄 필요도 없었잖아."

"이건 만일을 위한 확인이랄까……."

걷어차인 정강이를 누르며 콘켄이 사와의 얼굴을 뚫어지게 쳐다보았다.

"……뭐야?"

"아니, 그런 차림인데도 진짜 사와구나 싶어서. ……그렇다는 건 그 와타마키도 진짜…… 라는 건가…….."

그가 시선을 유마에게 옮기며 물었다.

"……야, 유우. 와타마키는…… 어떻게 된 거야?"

"……."

2초가량 입술을 깨물고, 유마는 왼손을 상의 왼쪽 주머니에 넣어 카드 한 장을 꺼냈다.

반투명한 보라색 카드에 은빛의 가는 실선으로 그려져 있는 것은 정면을 향해 선 여자아이의 상반신. 긴 생머리, 호리호리한 윤곽, 그러나 얼굴에는 눈도 코도 없고 입만 기묘하게 크다. 유키하나초 교복에 묻은 피의 얼룩까지도 세밀하게 재현되어 있었다.

선화 아래에는 선명한 문자로—— [와타마키 스미카].

유마는 말없이 그 카드를 콘켄의 얼굴 앞에 가져갔다.

의아한 표정으로 미간을 좁힌 절친의 두 눈이 한계까지 휘둥그레졌다. 그대로 입술을 심하게 부들부들 떠는가 싶더니, 무언가 부정하듯 몇 번이고 고개를 젓는다.

"콘켄. 나는 스미카를 막으려면 마법으로 죽이는 수밖에 없다고 생각했어."

사와가 조용히 말을 건네자 콘켄이 창백한 얼굴을 그쪽으로 돌렸다.

"하지만 유우는 그걸 거부했지. 이미 서 있는 것만으로도 한계였는데…… 본인이 죽임을 당할지도 모르는 상황에서도 스미카를 '그래스핑 핸드' 마법으로 캡처했어. 스미카를 돕기 위해서. 그렇지? 유우."

그 질문에 유마는 천천히 고개를 끄덕이며 카드를 자신의 품에 가져갔다.

"응……. 캡처에 성공하면 일단 와타마키의 공격은 막을 수 있고, 카드화한 동안 원래의 와타마키로 되돌릴 방법을 찾을 수 있을지도 몰라. 나는 그 방법을 찾고 싶어. 도와줘, 콘켄."

마지막 한마디가 그의 무언가를 자극한 것일까.

콘켄의 얼굴에 핏기가 돌아오며, 이어서 두 눈에 의지의 빛이 깃들었다.

──이 녀석은 옛날부터 이랬다. 자신을 위하는 것보다, 친구를 위해서 몇 배나 더 노력하는 녀석.

나하고는 꽤 다르다, 라는 생각을 머리 저편에 밀어 놓고 유마는 가만히 절친의 얼굴을 바라보았다.

한번 심호흡을 한 콘켄은 두 손을 들어 자신의 뺨을 힘껏 내려쳤다. 아직 왼팔이 아픈지 순간 얼굴을 찡그렸지만, 차분해진 목소리로 입을 연다.

"알았어. 해 보자, 유우, 사와. 뭐가 어떻게 되고 있는 건지는 전혀 모르겠지만…… 우리는 살아 있고, 걸을 수 있고, 생각할 수 있어. 그럼 언제까지고 침울해 있으면 안 되겠지."

그렇게 말하며 주먹 쥔 오른손을 내밀어 왔다.

"그래."

고개를 끄덕인 유마는 콘켄의 오른손에 자신의 주먹을 부딪쳤다. 늘 하는 가벼운 주먹 인사──였는데.

"아파앗!"

콘켄이 얼굴을 와락 구기며 신음하는 모습에 저도 모르게 쓴웃음을 짓고 만다.

"엄살은…… 그런 개그를 하고 있을 때가 아니잖아."

"개그 아니거든! 진짜로 아프다고…… 너클이라도 쥐고 있던 거 아니야?"

"그럴 리가 없잖아."

오른손을 쫙 펼쳐보이며 콘켄의 코끝에 내밀어 보여주는데, 그 옆에서 사와가 말했다.

"아픈 게 당연해. 지금의 콘켄은 평범한 인간이지만 유우는 마물사니까."

"펴, 평범한 인간이라니…… 왜 그런 당연한 말……을……."

말이 느려지던 콘켄이 유마의 얼굴을 뚫어지게 바라보다가 사와를 힐끔 바라보았다.

"⋯⋯그거 혹시, 코스프레가 아닌 건가⋯⋯?"

"뭐? 이 상황에서 코스프레 같은 걸 할 리 없잖아, 콘도!"

다시 콘켄의 다리를 차는 시늉을 해 보인 사와가 유마를 보며 말했다.

"나는 이 바보를 각성⋯⋯ 잡 체인지 시켜 놓을 테니까 유우는 나기를 깨워 줘. 아직 칼리큘러스 안에 있을 거야. 더는 괴물은 나오지 않겠지만 일단 조심해."

"아⋯⋯ 으, 응."

고개를 끄덕이며 통로를 걷기 시작한 유마의 등 뒤에서 콘켄이 "잡체인이 뭐야?"라며 겁먹은 목소리를 내고 있다. 그 단어를 들은 뒤에야 유마도 아까 콘켄이 주먹 인사에 아파한 이유를 깨달았다.

유마의 크레스트가 커진 것은 사와의 지시를 듣고 액추얼 매직을 실행했기 때문이었다. 그 이후 시야 왼쪽 위에는 자신의 HP/MP바가 계속 표시되어 있고, 와타마키 스미카와 싸우고 있을 때에는 그녀의 HP도 보였다. 아마도 아까의 주먹 인사로 콘켄을 다치게 했다면, 즉 HP를 줄였다면 그의 HP바도 머리 위에 나타나지 않았을까.

그것을 생각하면 사와가 말하는 각성 혹은 잡 체인지 뒤에 무게가 1kg 정도는 나가 보이는 쇠 파이프를 가볍게 휘두를 수 있었던 이유도 짐작이 갔다.

그때 사와는 "AM을 실행했으니 오빠의 스테이터스도 올라갔어"라고 말했었다. 즉 지금의 유마는 운동능력이 떨어지는 초등학교 6학년 남학생이 아닌, 레벨 7 마물사로서의 능력을── '그래스핑 핸드' 마법뿐만 아니라 몬스터와 싸울 수 있는 체력까지 얻은 상태라고 추측해 볼 수 있었다.

마찬가지로 사와도 레벨 7의 마술사로 각성했으니 '파이어 애로'나 '힐링 드롭' 마법을 사용할 수 있다고 생각해도 좋을 것이다. 유마와 달리 옷차림까지 변화하거나 뿔과 날개가 자라난 이유에 대해서는 아직 수수께끼였지만, 본인이 조금도 개의치 않는 것을 보면 그것도 어느 정도 예상하고 있던 일이 아닐까.

생각을 이어가며 10m쯤 걸어 나기── 사노 미나기가 사용하고 있는 칼리큘러스 앞까지 다다랐을 때, 후방에서 "흐갸악!" 하는 한심한 비명 소리가 들려왔다. 뒤돌아보자 꺾인 통로 끝에서 주황색 빛이 맥박치고 있었다. 콘켄이 액추얼 매직을 실행하여 바로 지금 왼손의 크레스트가 거대해지고 있는 와중이겠지.

이것으로 콘켄도 평범한 초등학교 6학년에서 레벨 7의 전사로 잡 체인지 했을 것이다. 마법은 못 쓰겠지만 체력은 유마보다 훨씬 강해질 테니 앞으로 주먹 인사를 할 때는 반대로 이쪽이 조심해야 했다.

아무튼 이제부터 나기를 레벨 7의 성직자로 각성시키기만 하면 액추얼 매직 세계를 모험하던 때의 편성이 현실 세계에서도 재현된다. 물리, 마법, 회복, 포획이라는 균형 잡힌 4인 파티가.

반 남자애들과 여자애들이 진급하면서 거리가 멀어지는 와중에도 유마, 사와, 나기, 콘켄은 줄곧 함께 놀았다. 네 사람이 모이면 이변의 이유를 알아내고 와타마키 스미카를 본래의 모습으로 되돌리겠다는 목표를 이룰 수 있을 것이다.

왼손에 든 카드를 들여다보며 반드시 원래대로 되돌려 줄 테니까 걱정 마, 라고 조용히 속삭인 유마는 그것을 재킷 왼쪽 주머니에 다시 넣었다. 액추얼 매직 세계에서 가슴에 장비하고 있던 전용 카드홀더가 간절했지만, 역시나 그런 물건을 현실 세계에서 찾을 수는 없었다.

짧은 계단을 뛰어올라 램프를 걸어 나기의 칼리큘러스 캡슐 측면에 섰다.

콘켄과 유마, 사와가 자력으로 탈출한 것에 반해 나기가 아직까지 나오지 않은 이유는 잘 모르겠지만, 아마도 잠들어 버린 것이 아닐까 싶었다. 옛날부터 나기는 자는 것을 좋아해서 같이 놀 때 묘하게 조용하다 싶으면 꾸벅꾸벅 졸고 있는 경우가 많았다. 그렇지만 머리 회전이 빠르고 성적도 사와만큼 좋으니 깨운다 해도 금방 상황을 파악해 줄 것이다.

우선 캡슐을 손등으로 가볍게 두드리며 불러보았다.

"나기…… 일어나, 나기."

그러나 반응은 없었다. 아무래도 숙면을 취하는 모양이었다.

캡슐을 세게 쾅쾅 치면 일어나긴 하겠지만, 아직 광대한 1번 플레이룸을 샅샅이 다 탐색한 것이 아니다. 괴물화된 스미카만큼 위험한 무언가가 숨어 있다가 소리를 듣고 가까이 올 수도 있었으니 가급적 조용히 깨우고 싶었다.

이러면 남은 수단은 캡슐을 강제로 개방하는 것뿐이다.

집이 옆집이고 저학년 때까지만 해도 함께 목욕도 했던 사이라지만, 여자가 자고 있는 곳의 문을 함부로 여는 것은 내키지 않았다. 하지만 지금은 초비상 사태다. 속으로 사과한 뒤 쪼그려 앉아 캡슐 측면 하부에 마련된 비상 개방 레버를 잡았다.

끄트머리의 버튼을 눌러 잠금을 해제한 후 잡아당겼다.

덜컹, 하는 소리를 내며 캡슐 뚜껑이 5cm 가량 떠올랐다.

그 틈새로 손가락을 넣어 천천히, 천천히 들어 올려 나갔다.

"나기……."

다시 한번 부르려던 유마의 목이 바싹 조여들었다.

심박수가 치솟고 온몸에 땀이 솟아났다. 부릅뜬 두 눈으로 캡슐 내부를 샅샅이 살펴보았지만 결론은 바뀌지 않았다.

캡슐은 텅 비어 있었다.

사노 미나기는 그 어떤 흔적도 남기지 않은 채 사라져 버렸다.

5

"……바깥쪽 비상 개방 레버가 안 쓰였던 건 확실해?"

달려온 사와의 물음에 유마는 크게 고개를 끄덕였다.

"응…… 확실해. 그때 분명 한번 써버리면 칼리큘러스를 재실행하기 전까지는 다시 되돌릴 수 없으니까 멋대로 만지지 말라고, 오리엔테이션을 해준 누나가 말했었지……?"

"응, 그랬지."

그렇게 대답한 것은 콘켄이었다. 처참하게 찢어진 나일론 후드에 교복 7부 팬츠 차림은 변함없었지만, 왼손 크레스트가 유마처럼 팔꿈치 가까이까지 뻗어 있었다. 회로 패턴의 색상은 밝은 오렌지. 사와처럼 수영복이 되거나 뿔이 나지는 않은 것 같다. 그렇게 생각하면 왜 사와만 변신해 버린 것인지 이유를 알 수 없었다.

하지만 지금은 사라진 나기의 일이 우선이다.

몸을 내밀어 캡슐 내부를 살피던 사와가 고개를 돌려 말했다.

"내부에 있는 비상 탈출용 레버도 쓴 흔적이 없어. 다시 말해…… 이 칼리큘러스는 유우가 열기 전까지 밖에서도 안에서도 열리지 않았다는 뜻이야."

"아니…… 하지만 말이 안 되잖아."

사와와 캡슐을 번갈아 바라보던 콘켄이 반박했다.

"나기는 우리랑 같이 AM 테스트 플레이를 하고 있었으니까 여기엔 무조건 들어가 있었을 거 아냐? 그리고 보스 드래곤을 쓰러뜨리고, 무슨…… 무슨 일이 있어서……."

거기서 말을 더듬거리더니, 아직 옅게 긁힌 상처가 남아 있는 오른쪽 눈썹을 씰룩인다. 이것은 콘켄이 옛날부터 필사적으로 머리를 굴릴 때의 습관이었다.

"……그러고 보니 나기가 비…… 비 뭐라고 하지 않았나? 비스, 도 아니고…… 비썬도 아니고……."

"BSIS야. 브레인 시그널 인터럽트 앤드 스캔…… 그러니 칼리큘러스의 전원이 꺼지기 전까지 나기도 우리와 마찬가지로 본인의 몸을 움직일 수 없었을 거야."

유마가 해석을 덧붙이자 콘켄이 크게 고개를 끄덕였다.

"그래, 그거, 뭔시스. 그리고 그 얘기를 한 직후에 보스 방의 바닥이 빨갛게 빛났고, 갑자기 바닥이 사라지면서 검은 구멍으로 떨어졌고……. 깨닫고 보니 칼리큘러스 안으로 돌아와 있었어. 불러 봐도 아무도 안 오길래 레버를 써서 밖으로 나온 거야."

유마의 기억도 비슷했다. 그러나 딱 하나. 가상의 어둠 속에서 떨어진 끝에 무언가를 본 것 같은…… 무슨 일이 일어난 것 같다는 생각이 드는데, 아무리 애를 써도 생각나지 않았다. 뇌가 기억의 재생을 거부하기라도 하듯 지끈거리는 통증에 결국 사고를 중단하고 대답했다.

"……나도 마찬가지야. 비상 탈출용 레버를 당기고 뚜껑을 열고 밖으로 나갔는데…… 그랬더니 이미 콘켄의 캡슐은 열려 있었고, 사와랑 나기 건 닫혀 있었어. 그래서 둘 다 아직 안에 있다고 생각했는데…….”

기억을 더듬으면서 거기까지 말하고, “음……?” 하고 미간을 좁혔다.

“왜 그래, 유우?”

마치 머릿속을 들여다보기라도 하는 것처럼 얼굴을 내밀어 오는 사와를, 유마도 뚫어지게 쳐다보았다. 지척에서 자세히 바라보자 예전에는 새까맣던 머리도 미묘하게 보라색으로 변해 있었고, 눈동자에도 붉은색의 선이 생겨난 것을 알아차렸다. 사와의 아이렌즈도 각막과 융합되었을 텐데 그 영향일까.

무의식 중에 오른손을 들어 여동생의 머리를 손가락 끝으로 쥐어보자 감촉도 예전과 같지 않았다. 최근 몇 년간 머리를 만질 기회는 없었지만, 놀라울 정도로 가늘고 매끄럽고, 금속처럼 서늘한 감촉이 손가락 끝을 부드럽게 스쳐 지나갔다.

“잠깐…… 뭐 하는 거야, 이 바보오빠!”

역시나 최근 몇 년간 들어보지 못한 욕설을 퍼부으며 물러난 사와가 갈고리 발톱이 달린 부츠로 유마의 운동화를 가볍게 걷어찼다.

“그래서, 뭐라도 생각났어?”

“아…… 으, 응. 캡슐에서 나오기 직전에 누군가의 비명 소리를 들은 것 같았거든. 어라? 네 소리였어, 콘켄?”

"엥? 비명……?"

팔짱을 끼고 있던 콘켄의 얼굴이 순식간에 흐려졌다.

"아아, 그러고 보니……. 아니, 난 아니야. 아마 난 유우보다 아주 조금 더 일찍 칼리큘러스에서 나왔을 거야……. 근데 뭔가 어두컴컴하고 이상한 냄새도 나서, 부끄럽지만 아래쪽 통로에 내려가자마자 놀라서 몸이 굳어 버렸거든. 그래서 내 칼리큘러스 밑에 숨어서 계속 쪼그려 앉아 있었어."

"너 의외로 겁쟁이구나."

사와의 가차없는 지적에 콘켄은 저학년 수준의 반론을 시도했다.

"시끄러! 그런 거 아니거든!"

"그으래? AM에서 던전에 들어갈 때도 겁먹지 않았어?

"그건 그, 파티 리더로서 배려심을 발휘했던 거지……. 어쨌든, 숨어 있을 때 비명 소리는 나도 들은 것 같아. 그래서 숨어 있다가 바로 나온 건데 유우가 와타마키랑 싸우고 있길래……. 그 비명, 유우가 지른 거 아니었어?"

갑자기 물어온 그 질문에 유마는 다시금 기억을 더듬었다.

"음…… 와타마키 얼굴을 봤을 때 나도 소리를 지른 것 같긴 한데, 그 전에도 누군가의 비명을 확실히 들은 것 같아."

"남자? 여자?"

사와의 간략화된 질문에 작게 머리를 저었다.

"날카로운 목소리이긴 했지만, 캡슐 너머였으니까……."

"그래……."

고개를 끄덕인 여동생의 얼굴에서 희미한 우려의 기색을 발견한 유마는 순간 숨을 멈췄다가 다시 조심조심 입을 열었다.

　"사와, 설마…… 그 비명, 나기의……."

　"모르겠어, 나도!"

　사와가 격한 감정을 드러냈지만, 그것도 금세 사라져 버렸다.

　"……아마 아닐 거야. 나기가 캡슐에서 나왔다면 분명 안이나 바깥의 비상 개방 레버가 쓰였을 거야. 그렇지 않다는 건 분명…… 나기는 여기서 나오지 않았다는 거지."

　그럼 어디에 갔느냐. 그런 당연한 질문을 유마도 콘켄도 하지 못했다.

　현재 아르테아에서는 현실 세계의 상식과 원칙을 모조리 뒤집어엎은 것 같은 이상 사태가 잇따르고 있었다. 밀폐된 칼리큘러스 속의 나기가 사라진 것도 절대 불가능한 일이라고는 단언할 수 없다. 하지만 그렇다고 해도——.

　"……그렇다고 해도 어딘가에는 있겠지."

　유마의 중얼거림에 사와는 루비색을 띤 눈동자를 부릅뜨더니, 깊이 고개를 끄덕였다.

　"그건 그래. 나도 그렇게 생각해."

　"그럼 찾으러 가야겠네. 울보나기 녀석, 또 울고 있을걸."

　그렇게 말한 것은 콘켄이었다. 옛날에는 울보라고 할 때마다 '울보 아니야!'라며 울상을 짓던 나기도 최근 1, 2년 사이에 갑자기 어른스러워진 느낌이었지만, 그들이 보기엔 여전히 눈물 많은 소꿉친구임에는 변함없었다.

"찾으면 네가 울보나기라고 했다는 거 이를 거야."

사와의 말에 "지금 말 취소, 취소!"라며 당황하는 콘켄의 등을, 유마가 가볍게 두드렸다.

"목표가 추가됐네. 와타마키를 원래대로 되돌리는 것과 나기를 찾는 것."

"그래."

뒤를 돌아 두 번째 주먹 인사. 상당한 힘이었지만 이번에는 콘켄도 아파하지 않았다. 씨익 웃는가 싶더니, 그 손을 공중에 둔 채 멍하니 입을 벌린다.

"……왜 그래? 콘켄."

"아니…… 지금 생각났는데, 크레스트를 쓸 수 있다면 메일이나 전화를 쓰면 되는 거 아냐?"

"아."

유마도 눈과 입이 동그래졌다.

그의 말이 맞다── 왜 그것을 가장 먼저 떠올리지 못했는지 의아할 정도였다.

가상 데스크톱 레이아웃은 액추얼 매직을 실행한 탓에 게임 화면으로 되어 있었지만, 왼쪽 하단에는 크레스트 기능을 호출하기 위한 시스템 메뉴 아이콘이 있었다. 콘켄과 동시에 그것을 누르고 열린 홈 화면에서 전화 아이콘을 눌렀다.

그리고 둘 다 동시에 "하아……" 하는 한숨을 내쉰다. 전화 앱에는 인터넷에 접속되어 있지 않음을 나타내는 빨간색 마크가 표시되어 있었다. 이래서는 나기에게는 물론 다른 반 아이들에게도, 담임교사에게도, 학교에도, 집에도 연락할 수 없었다.

"……너희 둘 다. 내가 그걸 제일 먼저 시도해 보지 않았을 리가 없잖아."

사와가 어이없다는 목소리로 그렇게 말하자, 두 사람이 동시에 고개를 끄덕이며 홈 화면으로 돌아왔다.

"……역시 편리한 수단을 찾을 게 아니라 내 발로 직접 움직여야겠지."

"그러게."

콘켄과 영양가 없는 대화를 나누고는, 남몰래 머릿속 메모장에 '유선통신 단말기를 찾아 시도해 볼 것'이라는 것을 적어 두었다.

칼리큘러스 램프에서 통로로 돌아온 유마는 겉옷을 벗어 사와에게 내밀었다. 수영복이나 다름없는 차림을 한 당사자는 조금도 부끄러워하는 기색이 없었지만, 적어도 춥지 않을까 걱정되었기 때문이다. 하지만 "됐어"라는 즉답이 돌아왔다. 이럴 때 사와에게는 무슨 말을 해도 소용없다. '어디선가 사이즈가 맞을 법한 옷을 찾아볼 것'이라는 목표를 뇌내 메모에 추가해 두고 다시 재킷을 걸쳤다.

다시 대화를 나눈 세 사람은 우선 이 1번 플레이룸을 샅샅이 뒤져보기로 했다. 원형 방의 직경은 약 30m. 그렇다면 벽에 접한 바깥 통로의 길이는 곱하기 3.14이니 약 94m 전후. 아직 그 4분의 1 정도밖에 조사하지 않았고 심지어 통로는 안쪽에 하나가 더 있었다.

"……손전등 같은 게 있으면 좋을 텐데……."

바깥 통로를 시계 반대 방향으로 걷기 시작한 지 불과 5초 만에 콘켄이 불만을 토로했다. 천장의 비상등은 어둑한 데다 비추는 범위가 좁아 아이렌즈의 암시 보정 기능을 켜고 있어도 통로 왼쪽에 늘어선 칼리큘러스의 아래쪽 어둠까지는 내다볼 수 없었다. 만일 누군가, 혹은 무언가가 숨어 있다 해도 바로 지척까지 가지 않으면 눈치채지 못할 것이다.

그러나 선두를 성큼성큼 걸어가는 사와의 걸음은 어둠 속이 훤히 보이는 것처럼 거침이 없었다. 이윽고 유달리 심하게 파괴된 캡슐 앞에서 멈춰 선다. 조사하는 건가 싶었는데 통로까지 튀어나온 잔해 더미에서 본래 캡슐을 지탱하는 프레임의 일부로 보이는 긴 쇠 파이프를 잡아 뺐다. 길이가 족히 1m는 될 것 같은 그것을 오른손 하나로 들어 올리며 내밀어 온다.

"콘켄, 이거 받아."

"아…… 응."

받아든 콘켄은 "무겁!"까지 말하다가 양손으로 몇 번 흔들어 보더니 "……지는 않네"라는 말을 덧붙였다.

유마도 스미카와 싸울 때 발견한 50cm 가량의 쇠 파이프를 다시 주워왔지만, 솔직히 자유자재로 휘두르려면 이 정도가 한계였다. 아무래도 AM 세계에서 전사였던 콘켄 쪽이 잡 체인지 했을 때 근력치가 더 크게 올라간 모양이었다.

그런 생각을 하고 있으려니 머리가 아파왔다. 이곳은 현실 세계인데, 클래스니 스테이터스니 하는 개념이 적용되는 상황이 아직도 잘 와닿지 않았다.

"……나 참, 게임도 아니고……."

작은 소리로 중얼거리자 다가온 사와가 진지한 얼굴로 속삭였다.

"게임이야. 하지만 죽으면 거기서 끝이지."

"뭐……?"

"AM이라면 죽어도 마을로 돌아갈 뿐이었지만 지금 우리 몸은 아바타가 아니라 진짜. 유우의 부상도 아직 완전히 낫지 않았지?"

확실히, 아직 몸을 크게 움직이면 오른쪽 어깨와 등에 둔탁한 통증이 느껴졌다.

사와는 조금 목소리를 높여 말을 이었다.

"콘켄도 제대로 머리에 새겨 둬……. 현실 세계에서는 '사망귀환' 같은 건 할 수 없고 소생마법도 기능할 거라는 보장은 없어. 애초에 레벨이 턱없이 부족하기도 하고…… 그러니까 어떤 상황에서든 살아남는 걸 최우선으로 해."

"……응."

절친과 동시에 고개를 끄덕이면서도 유마는 희미한 의문을 느꼈다.

쌍둥이임에도 사와는 언제나 유마보다 냉정하고 판단도 정확했다. 필연적으로 둘이서 MMORPG를 플레이할 때는 사와가 후위인 마법직, 유마가 전위인 전사직이 되는 경우가 많았다. 그래서 이런 이상 사태에 직면한 후에도 사와에게 이런저런 지시를 받는 상황에 위화감은 없었다. 하지만 그렇다고 해도 사와는 너무 침착한 것 아닌가. 마치 유마와 콘켄이 모르는 것을 알고 있는 것처럼…….

──아니, 지나친 생각이다. 사와는 옛날부터 머리가 좋았고 그 이상으로 지기 싫어하는 성실한 노력가였다. 여기서 본인이 흐트러지면 전부 죽을 것이라는 생각에 필사적으로 리더 역할을 해내려는 거겠지.

그렇다면 유마도 오빠로서 그런 사와를 받쳐 주어야 했다. 좀 더 자신의 머리를 움직여서 이 아르테아에…… 액추얼 매직 테스트 플레이어들에게 무슨 일이 일어난 것인지 생각해야 했다.

"콘켄, 그 막대 좀 빌려줘."

유마가 오른손에 자신의 쇠 파이프를 든 채 왼손을 뻗자 콘켄이 입을 살짝 내밀었다. 하지만 그가 불만스러워한 것은 무기를 건네는 것이 아닌 쇠 파이프를 '막대'라고 부른 점이었다.

"그거, 듀란달이라는 이름을 붙였으니까 앞으로는 아시하라 남매도 그렇게 불러줘."

그런 말과 함께 내밀어 온 쇠 파이프를 유마는 "그래, 그래”라고 대답하며 받았다.

역시 오른손에 든 쇠 파이프보다 배 이상 무겁다. 두 다리로 버티고 서지 않으면 서 있기도 힘들 정도였다. 양손의 하중을 견디며 시선을 왼쪽 위로 향하고는 고개를 끄덕인다.

“……그런 거구나.”

“뭐가 그런 거야?”

“HP/MP바 아래에 장비 중량 오버 아이콘이 붙었어.”

“엑, 진짜로……?”

두 눈을 부릅뜬 콘켄에게 막대, 아니 듀란달을 돌려주자 곧바로 아이콘도 사라졌다. 자신의 짧은 막대를 꽉 쥐고 고개를 끄덕였다.

이 공간은…… 아마도 아르테아의 내부 전체가 액추얼 매직의 게임 시스템에 말 그대로 ‘침식’된 것이다. 현실 세계의 물리법칙이나 신체능력이 시스템에 의해 확장 혹은 왜곡된 상태. 그래서 마법도 쓸 수 있고 무거운 쇠 파이프도 휘두를 수 있지만, 근본적인 부분…… 이곳이 현실이고 유마 일행의 몸이 실제 몸이라는 원칙은 변하지 않았다. 그것을 잊어버리면 아마 큰 고초를 겪을지도 몰랐다.

“알았어, 사와.”

생각 과정을 생략하고 튀어나온 유마의 말에 여동생은 희미하게 미소를 지으며 고개를 끄덕였다.

“그럼 탐색 재개네. 나도 이제 막 발견했어.”

“어…… 뭐를?”

"여전히 닫혀 있는 캡슐."

그렇게 대답하며 가리킨 손가락 끝은, 뚜껑이 굳게 닫혀 있는 손상되지 않은 칼리큘러스 프레임을 향하고 있었다. 주위를 경계하며 다가가 램프 위로 올라섰다.

"이것도 비상 개방 레버는 그대로야."

캡슐 아래를 들여다본 콘켄이 말했다.

"……열어 볼까?"

"열어 봐."

사와의 지시로 콘켄이 레버를 잡고 당겼다.

덜컹, 잠금장치가 풀리면서 살짝 떠오른 뚜껑을 유마가 조심스럽게 들어 올렸다. 예상은 했지만 나기의 캡슐과 마찬가지로 안은 텅 비어 있었다.

"아마 닫혀 있는 다른 캡슐들도 전부 비어 있을 거야……."

유마가 그렇게 말하자 콘켄은 일어서서 어두컴컴한 공간 내부를 둘러보았다.

1번 플레이룸에는 아마 바깥 통로를 따라 48대, 안쪽 통로를 따라 32대, 총 80대의 칼리큘러스가 설치되어 있을 것이다. 그중 여전히 닫혀 있는 캡슐은 30% 정도. 이 플레이룸에 있던 테스트 플레이어 80명 중 6학년 1반 학생은 41명이니 비율을 그대로 적용한다고 하면 12명 안팎의 학생이 닫힌 캡슐 안에서 연기처럼 소멸해 버렸다는 뜻이 된다.

"그럼 뚜껑이 열린 캡슐 안에 있던 애들은 우리처럼 밖으로 나올 수 있었을 거 아냐. 그 녀석들은 어디로 간 건데……?"

콘켄의 의문에는 사와가 답했다.

"평범하게 생각하면 1층 로비로 돌아갔겠지."

무사히 돌아왔다면, 하고 작은 목소리로 덧붙였지만 콘켄에게는 들리지 않은 모양이었다.

"아, 아아 그렇구나, 이 방에도 출구는 있을 테니까……."

그렇게 중얼거리고는 세 사람이 현재 서 있는 위치의 반대편——플레이룸 남쪽으로 고개를 돌렸다. 한층 높게 솟은 안쪽 통로의 칼리큘러스에 가려 보이지 않았지만, 그곳 벽에는 엘리베이터 홀로 이어지는 문이 있을 것이다.

"그럼 우리도 로비에 가야 되는 거 아니야? 지금쯤 에비샘이랑 독일이 1반 녀석들을 모아 뒀을지도……."

그 별명을 듣고 유마는 뒤늦게 1반을 인솔하던 담임교사 에비사와 유카리를 떠올렸다. 에비샘과 '독일'이라는 유래불명의 별명을 가진 교감 하라기시 미네지는 테스트 플레이에 참가하지 않고 1층 로비의 카페 코너에서 학생이 돌아오기를 기다리고 있을 것이다.

물론 아르테아에는 에비샘과 독일 이외에도 칼리큘러스에 들어가지 않은 어른들이 많이 있었다. 시설 직원이나 매점 점원, 엔지니어, 경비원…… 전부 합치면 백 명은 족히 될 텐데. 이들은 도대체 어떻게 된 것일까.

——아무 일도 없을지도…… 모른다.

이변이 일어난 것은 이 1번 플레이룸뿐이고, 남쪽 문으로 나와 엘리베이터를 타고 로비로 나가면 그곳은 마법도 괴물도 존재하지 않는 평화로운 세계가 태연하게 펼쳐져 있는 것은 아닐까.

불현듯 뇌리를 스치고 간 근거 없는 희망에 매달리고 싶어지는 사고를 유마는 이를 악물고 뿌리쳤다.

모든 남자아이들의 동경의 대상이었던 와타마키 스미카는 괴물이 되어 유마와 콘켄을 죽이려 했고, 지금은 카드에 봉인되어 주머니에 들어 있다. 아주 어린 시절부터 소꿉친구였던 사노 미나기는 칼리큘러스 속에서 사라져서 어디로 갔는지조차 모른다. 쌍둥이인 사와도 뿔과 날개까지 자라나 버렸다. 그런 상황에서 일상으로 돌아갈 수 있을 리가 만무하다.

"……로비에는 가보겠지만, 그 전에 이 1번 플레이룸 조사는 먼저 끝내 두자. 무슨 일이 일어난 건지 알 수 있는 단서를 찾을지도 몰라."

유마가 단호히 그렇게 말하자 콘켄도 알겠다며 진지한 얼굴로 고개를 끄덕였다. 하지만 사와는 반대로 키득거리며 작게 웃는다.

"……뭐야."

"아무것도 아냐."

새침하게 고개를 비트는 여동생의 옆구리를 팔꿈치로 가볍게 찌르자 즉시 반격이 돌아왔다. 쌍둥이가 몇 년 동안 반복해 온 루틴과도 같은 행동. 못 말린다는 얼굴로 어깨를 으쓱하는 콘켄에게도 팔꿈치를 찔러 주고 다음 통로로 내려갔다.

세 사람은 조사를 이어갔지만, 바깥 통로를 따라 세워진 칼리큘러스는 모두 상처 없이 뚜껑만 열려 있거나, 상처 없이 닫혀 있지만 안이 비어 있거나, 혹은 심하게 파손되어 있거나 이 세 가지 패턴 중 하나였다. 파괴된 캡슐도 세세히 조사해 보고 싶었지만 램프에 오르기 위한 계단까지 부서져 있어 접근할 수 없었다.

바깥 통로를 4분의 3 정도 돌자 전방 오른쪽 벽에는 대형 자동문이, 왼쪽에는 안쪽 통로로 이어지는 계단이 나타났다. 흑색의 조광 유리로 된 자동문은 마치 자동차가 들이박은 것처럼 바깥쪽으로 밀려나 있고, 그 안쪽에 있는 엘리베이터 홀 역시 조명이 떨어져 있었다.

"……아니, 대체 뭐에 부딪혀야 저렇게 되는 거야……."

중얼거리며 자동문으로 다가가려던 콘켄의 나일론 후드 자락을 사와가 힘껏 잡아당겼다.

"꾸엑! 뭐, 뭐 하는……."

"콘켄, 유우, 저기 봐!"

날카로운 목소리와 함께 사와가 가리킨 것은 부서지고 밀려난 자동문 바로 앞쪽의 바닥이었다. 자세히 바라보자 뭔가 큰 덩어리가 누워있는 것처럼 보였다. 칼리큘러스의 파편은 아니다. 모양이 일정하지 않고, 크기는 딱 유마의 체격 정도.

크게 공기를 들이마시자, 잊고 있던 금속 비린내가 보다 강하게 풍겨왔다. 등에서 뒤통수까지 욱신거리는 감각이 느껴지며 양팔에 소름이 오소소 돋아났다.

가까이 가고 싶지 않았지만, 조사는 해야 했다.

쇠 파이프를 움켜쥐고 주위를 경계하면서 조금씩 나아갔
다. 불빛이 절실하다 느낀 그때, 옆에서 사와가 조그맣게 속
삭였다.

"플람마(불이여)."

뻗은 왼쪽 손끝에 주황색의 작은 불꽃이 켜지며 주위를
비췄다. 화염계 마법을 발동하기 위한 속성사. 하지만 사와
는 이어지는 형태사를 외우지 않았다. 그제서야 유마도 여
동생의 의도를 알아차렸다.

"그렇구나······. 속성사만 쓰고 멈추면 불빛으로 쓸 수 있
는 건가. 그거 계속 켜놓을 수 있어?"

"안 돼, 10초 안에 형태사를 외우지 않으면 펌블(영창 실패)
로 인식돼서 MP가 줄어."

"그렇다면 서둘러 조사해야겠네······."

두려움을 참으며 유마는 걷는 속도를 높였다.

예감은 어느 정도 있었다. 하지만 주황빛에 비친 검은 덩
어리가 인간── 아이의 몸이라는 것이 밝혀진 순간 두 다
리의 모든 관절이 움직이는 것을 거부했다. 넘어질 뻔한 유
마의 왼손을 사와가 빠르게 잡아챘다.

여동생의 손은 서늘할 정도로 차가웠지만, 피부와 피부가
닿는 감각이 패닉에 빠질 뻔한 유마의 의식을 리셋시켰다.
사와도 사실은 무서울 것이다. 쌍둥이라고는 해도 오빠가

되어서 언제까지고 의지만 하고 있을 순 없다.

"미안."

짧게 중얼거리고 마지막 남은 2m를 성큼성큼 걸어갔다. 그리고 10초가 지나자 사와의 손가락 끝에 맺혔던 불꽃이 푸쉭, 하는 힘없는 소리를 내며 사라졌다. 이번에는 유마가 왼손을 내밀어 빛 계통 마법 속성사를 외웠다.

"루민(빛이여)."

손가락 끝에 하얀빛이 깃들며 발끝을 더욱 밝게 비추었다.

엎드린 채 쓰러져 있는 또래 소년. 걸치고 있는 옷은 하늘색 재킷과 어두운 청색 칠부 팬츠. 즉, 6학년 1반 남학생 중 한 명이다.

더는 살아있지 않다는 것은 잠깐만 봐도 알 수 있었다. 왼쪽 다리는 엄청난 힘에 비틀린 듯 바깥쪽으로 꺾여 있고 부러진 정강이 뼈가 피부를 찢고 튀어나와 있었다. 오른팔은 재킷 소매까지 통째로 사라져 있었고, 거기서 흘러넘친 대량의 피가 시체 밑으로 검붉은 웅덩이를 만들고 있었다. 금속 비린내의 근원은 이것이다.

갑자기 뒤에 서 있던 콘켄이 목에서 이상한 소리를 냈다. 통로 반대편으로 달려가는가 싶더니 심한 토악질을 했다.

무리도 아니다. 유마도 몇 초 전부터 속이 뒤집힐 것 같은 느낌에 사로잡혀 있었다. 하지만 두 눈에 눈물을 글썽이면서도 있는 힘껏 버텼다.

몇 초 동안 구토감을 가라앉히고 마음을 굳혔다. 시체 옆으로 가 몸을 굽힌 채 오른손의 쇠 파이프를 바닥에 내려 두었다. "미안해"라고 말한 뒤 오른팔로 시체를 똑바로 돌리려고 했다.

부드럽고, 미끈하고—— 무겁다.

상상을 훌쩍 뛰어넘는 엄청난 무게다. 따지고 보면 6학년 남자아이의 평균 몸무게는 40kg 정도는 되는 셈이다. 팔이 하나 빠졌다고는 해도 그만한 무게를 한 손으로 뒤집기는 쉽지 않았다.

허리를 깊게 숙이고 양다리로 버티고 서서 시스템으로 인해 확장된 근력을 짜내어 짜내 몸을 뒤집었다.

얼굴을 보기 위함이었는데, 가장 먼저 시선이 쏠린 곳은 가슴이었다. 넥타이와 셔츠, 내의가 한꺼번에 찢겨져 드러난 가슴 중앙에는 거대한 구멍이 뚫려 있었다.

심장이 없다는 것을 직감적으로 깨달았다.

"……을 먹혔네……."

사와가 아주 낮은 목소리로 중얼거린 것과 동시에 다시 10초가 지나며 왼손에 깃들었던 빛이 사라졌다. MP바가 아주 조금 줄었지만 액추얼 매직 시스템이 적용된다면 레벨 7인 유마라도 1, 2포인트 정도는 금세 자연 회복될 것이다.

반면 사와는 와타마키 스미카에게 '파이어 애로'를 한 발 날리고 유마와 콘켄을 치료하기 위해 '힐링 드롭' 마법을 두 번이나 썼기 때문에 아직 MP가 회복되지 않은 상태였다. 서둘러 같은 속성사를 외워 빛을 다시 밝혔다.

위를 향해 누운 시체의 얼굴이 빛에 닿은, 그 순간.

유마는 조금 전보다 더 강하게 치미는 구토감에 오른손으로 입을 꾹 눌렀다.

아는 얼굴이라 그런 것만이 아니었다. 그 얼굴에, 지금까지 살면서 본 적 없을 정도로 선명한 공포가 새겨져 있었기 때문이다.

두 눈은 튀어나올 것처럼 크게 뜨여 있고, 비스듬하게 일그러진 입 사이로는 피에 물든 혀가 튀어나와 있다. 마치 비명을 지르는 와중에 숨이 끊어진 것 같은 모습…….

"……그때 비명…….'

간신히 구토감을 억누른 유마가 잔뜩 쉰 목소리로 말했다.

"……나와 콘켄이 들었던 비명은 이 녀석…… 미우라 거였구나…….'

미우라 유키히사, 출석번호 37. 밝고 장난기 많은 인물로 여학생들에게 짜증을 유발하기도 했지만, 질리지 않고 개그와 농담을 쏟아내며 친한 그룹의 학생들을 웃게 해주었다. 각성 직후 들린 비명은 남자의 것인지 여자의 것인지 판별할 수 없었는데, 그 날카로운 울림이 기억에 있는 미우라의 웃음소리와 위화감 없이 겹쳐졌다.

각성 직후, 칼리큘러스 안에서 미우라의 것으로 보이는 비명을 들은 유마는 곧바로 뚜껑을 열고 밖으로 나갔다. 그리고 통로로 내려가다 괴물화된 와타마키 스미카를 만났다. 그렇다는 것은 아마——.

"······그거, '베로시'야······?"

토할 것이 없어졌는지, 다시 돌아온 콘켄이 쉰 목소리로 물어와 유마는 말없이 고개를 끄덕였다. 교감과 마찬가지로 유래는 알 수 없었지만 미우라는 베로시라는 별명으로 불렸다. 유마와는 거의 접점이 없었지만 콘켄과는 크레스트 미니게임에서 자주 만났을 것이다.

다시 10초가 지나 마법의 빛이 사라졌다. 그러나 더 이상 처절한 죽음의 얼굴과 마주할 엄두가 나지 않아 쇠 파이프를 주워 들고 뒤로 물러서 콘켄 옆에 섰다.

"······혹시, 와타마키가 죽인 건가?"

그것은 몇 초 전에 유마도 생각한 것이었다.

가능성은 낮지 않았다. 아니, 오히려 그렇다고 보는 것이 타당했다. 그때 스미카가 나타난 타이밍이나 방향을 봤을 때 이 상황과 모순 없이 맞아떨어졌다. 그리고······ 어깨 부분에서 찢어진 미우라의 오른팔. 괴물화한 와타마키 스미카는 인간의 팔을 곤봉처럼 휘둘러 유마와 콘켄을 때려눕혔다. 그 팔은 아마──.

"······!"

문득 어떤 사실을 깨닫고 유마는 주머니에서 스미카의 몬스터 카드를 꺼내들었다. 액추얼 매직 안에서는 이 카드를 누르면 패밀리어의 스테이터스 창을 열어 다양한 데이터를 확인할 수 있었다. HP/MP바가 보이는 이상 창으로도 불러낼 수 있을 것이다.

군은 엄지손가락으로 카드를 가볍게 누르자, 경쾌한 효과음과 함께 푸른색 직사각형이 나타났다. 얼굴을 가까이 대고 작은 글씨로 열거된 정보를 읽었다.

[와타마키 스미카]

나이트 핀드

레벨 17

HP 75/270 MP 38/40

충성치 64

스킬

· 강력/숙련도 31

· 검화/숙련도 24

· 비시각 감지/숙련도 48

· 통각 내성/숙련도 42

· 어둠 내성/숙련도 67

· 얼음 내성/숙련도 43

장비

· 숏 재킷/물리방어력 4 · 마법방어력 0

· 긴팔 셔츠/물리방어력 2 · 마법방어력 0

· 주름치마/물리방어력 3 · 마법방어력 0

· 가죽 신발/물리방어력 2 · 마법방어력 1

· 미우라 유키히사의 오른팔/타격공격력 18 · 마법공격력 3

장비란 끝에 적혀 있는 아이템명을 보는 순간 세 번째, 그리고 거역할 수 없는 구토감이 치밀어 올라 유마는 결국 몸을 숙였다. 곧바로 사와가 등을 쓰다듬어 준 덕에 미우라의 시체 위에 토하는 사태만큼은 피할 수 있었지만, 역류한 위산에 목이 타는 듯 뜨거웠다. 물을 마시고 싶다는 생각이 간절했다.

거친 호흡을 반복하며 가까스로 진정을 되찾은 유마 옆에서 스미카의 상태를 들여다보던 콘켄이 낮게 중얼거렸다.

"……베로시 팔이 장비 아이템이라니 뭐야……. 베로시는 게임 캐릭터가 아니라고……."

──아니, 절반 정도는 맞다. 미우라도 나도 콘켄도 사와도 현실 세계에 침식된 액추얼 매직을 강제로 플레이하고 있는 캐릭터였으니.

머리 한구석에서 그런 생각이 들었지만 굳이 입 밖에 내지 않고, 유마는 말없이 고개를 끄덕였다.

"저기, 유우…… 베로시의 팔, 돌려줄 수 없을까…….."

사이가 좋았던 콘켄이 그렇게 생각하는 것은 당연했다. 이런 통로의 한가운데가 아니라, 어딘가 남의 눈에 띄지 않는 장소에 눕혀두고 빼앗긴 오른팔도 본래 있어야 할 장소에 되돌려 둔다…… 클래스메이트로서 적어도 그 정도는 해주고 싶다고 유마도 생각했다. 하지만.

"……그러려면, 와타마키를 카드에서 꺼내야 해."

작은 소리로 말하자 콘켄이 소리없이 입을 열었다가 이내 다물었다. 온갖 감정이 혼재된 절친의 얼굴을 보며 말을 이었다.

"와타마키는 이미 내 패밀리어가 되었을 거고, 충성치도 생각보다 낮지 않으니까 꺼낸다고 해도 덮칠 일은 없을…… 거라 생각해. 하지만 이런 상황에서는 확실하다고 단언할 수 없어. 카드 안에 있는 동안 HP가 상당히 회복됐을 테니까 만약 덮친다면 한 번 더 캡처하기 전에 다시 대미지를 줘야 해……."

"아니…… 미안. 못 들은 걸로 해 줘."

곧바로 고개를 저은 콘켄이 바닥의 시체를 내려다보았다.

"……하지만 적어도 어딘가에 편히 눕혀주고 싶은데……."

"비어 있는 칼리큘러스 안은 어때?"

그렇게 제안한 것은 사와였다. 콘켄과 얼굴을 마주 보고 동시에 고개를 끄덕인다.

"그럼 내가 저기 캡슐을 열 테니까 둘이서 미우라 군을 옮겨다 줘."

차분한 목소리로 말한 사와가 가장 가까이 있는 닫힌 캡슐로 향했다. 유마는 다시 쇠 파이프를 바닥에 내려두고 미우라의 발치로 돌아갔고, 부러진 왼쪽 다리와 무사한 오른쪽 다리를 두 손으로 꼭 끌어안았다. 머리 쪽으로 이동한 콘켄도 듀란달을 내려두고 등 아래로 팔을 뻗었다. 호흡을 맞춰 조심스럽게 들어 올렸다. 그 순간 시야 좌측 상단에 장비 중량 초과 아이콘이 반짝였다.

한 명당 약 20kg의 하중은 이전의 유마였다면 지탱하는 것만이 한계였을 것이다. 잡 체인지로 인해 증가한 근력이 있다 해도 방심하면 무릎이 꺾일 것 같았다.

"……우리 큰형이, 등산을 했었는데."

조심스럽게 뒤로 걸음을 옮기며 콘켄이 중얼거렸다.

"깨어있는 사람은 혼자서도 어떻게든 옮길 수 있는데, 자고 있거나…… 죽으면, 무거워져서 옮기는 게 힘들다고 했었어. 그 이야기를 들었을 때 난 깨어 있든, 자고 있든 사람의 무게가 바뀔 리 없다고 생각했거든……."

절친이 말하고자 하는 바를 유마도 알아차렸다.

교정에서 놀고 있을 때나 체육 수업 중에 반 아이를 업는 일은 종종 있었다. 물론 가볍지는 않지만 한 발자국도 움직일 수 없는 것은 아니다. 그러나 미우라의 몸은 팔이 하나 없고 피도 대부분 빠져나왔고, 심지어 둘이서 옮기고 있는데도 운동화가 바닥에 깊이 박힐 정도로 무거웠다.

그래도 어찌어찌 통로는 지나왔지만, 더 큰 문제는 계단이었다. 겨우 일곱 계단밖에 없었음에도 램프까지 들어 올렸을 때는 둘 다 숨이 턱까지 차올라 있었다. 온 힘을 다해 사와가 비상 개방 레버로 열어준 빈 칼리큘러스 안에 미우라를 조심스럽게 눕혔다.

유마와 콘켄이 헉헉대며 숨을 고르고 있자 사와가 캡슐 안에 상체를 넣어 크게 벌려진 미우라의 입과 눈꺼풀을 감겨 주었다. 애니메이션에서는 살짝 쓰다듬기만 하면 닫히던데, 실제로는 양손을 이용해 수십 초를 눌러 주어야만 했다.

셋이 나란히 서서 잠시 묵도하고 계단을 내려가 자동문 앞까지 돌아왔다.

두 자루의 쇠 파이프를 주워 들고 긴 쪽을 콘켄에게 건넨 유마는 몸을 돌려 1번 플레이룸을 둘러보았다.

바깥 통로에 있는 칼리큘러스 48대는 거의 조사를 마쳤지만, 안쪽 통로의 32대는 손대지 않은 상태였다. 지금까지의 결과로 미루어 봤을 때 칼리큘러스 자체에서 뭔가 새로운 정보를 얻을 것 같지는 않았지만, 뭔가 다른 것을 발견할 수 있을지도 모른다. 예를 들어 다른 동급생의 시체라든가.

같은 생각을 했는지 콘켄이 가라앉은 표정 그대로 입을 열었다.

"……일단 위의 통로도……."

그러나 그 말은 사와의 날카로운 목소리에 가로막혔다.

"쉿!"

입술에 오른손 검지를 갖다 대고는 왼손으로 엘리베이터 홀을 가리킨다.

"무슨 소리가 들렸어."

"어……?"

미간을 좁힌 동시에 유마의 청각도 그것을 포착했다.

지익, 쿠웅, 하는 무겁고 둔탁한 충격음과 가늘고 높은 아이의 목소리—— 아니 비명 소리. 멀지만 방향은 대충 알 수 있었다. 위쪽이 아니라 아래였다. 1층 로비에서 누군가가 무언가에 습격당하고 있다는 것을 직감적으로 깨달았다.

"……가자!"

눌러 죽인 목소리로 소리친 유마가 엘리베이터로 향하려
고 했다. 그러나 사와가 재킷 자락을 움켜쥐고 만류한다.

"잠깐만, 유우. 콘켄도."

고개를 돌린 두 사람이 무슨 말을 하기도 전에 사와가 빠
른 속도로 말을 이었다.

"도와주러 가는 건 좋지만 만약 또 스미카처럼 괴물화된
사람과 마주치면 이번엔 이것저것 생각할 여유는 없어. 설
령 그게 반의 누군가라도 덮친다면 망설이지 말고 싸워. 내
가 사용할 수 있는 회복 마법은 '힐링 드롭'뿐이고, 그건 아
주 더딘 지속 회복이라 순간적인 큰 대미지에는 효과가 없
어. 만약 그럴 것 같으면……."

거기서 말이 딱 멈췄다. 분명 '당장 도망가'라고 말하고 싶
은 것이리라. 유마는 망설임을 떨쳐 내고 크게 고개를 끄덕
였다.

"알았어. ……가자."

이번에는 사와도 말없이 고개를 끄덕였다. 콘켄과도 얼굴
을 마주한 뒤, 밀려난 자동문의 잔해를 밟고 엘리베이터 홀
로 나갔다. 오른쪽 벽에는 대형 엘리베이터 문이 세 개 늘어
서 있었지만 표시등의 빛은 켜지지 않았다. 달려가서 하강
버튼을 연타했지만 반응이 없다.

"아마 다들 계단으로 내려갔을 거야."

사와의 말에 오른쪽을 보니 계단 마크가 붙은 방화문이 반쯤 열려 있었다. 게다가 바닥이나 벽에는 검은 얼룩──아마도 핏자국 같은 것이 여럿 보였다.

"내가 먼저 갈게."

그렇게 선언한 콘켄이 양손으로 듀란달을 잡고 문으로 다가갔다. 잠시 안쪽의 기척을 살피고는 유마 일행에게 고개를 끄덕인다.

방화문 끝에 있는 계단실은 훨씬 더 어두웠지만 벽에 박힌 비상등이 약하게 빛나고 있어 마법을 쓸 필요는 없었다. 층계참 오른쪽으로는 내려가는 계단, 왼쪽으로는 올라가는 계단이 보였다.

위층은 어떻게 되어 있을까, 라는 생각이 잠시 들었지만 지금은 비명 소리가 들린 1층 로비로 가는 것이 먼저였다. 콘켄을 선두로 피 묻은 발자국이 무수히 남은 계단을 빠르게 내려가 역시나 활짝 열려 있는 문을 통해 1층 엘리베이터 홀로 빠져나왔다.

오른쪽에 펼쳐진 로비가 시야에 들어온 순간, 유마는 예상 밖의 광경에 놀라 낮게 숨을 삼켰다.

"어째……서……."

어둡다.

하지만 그럴 리가 없다.

창문이 없는 플레이룸과 달리 아르테아의 1층 로비는 벽 대부분이 유리로 되어 있었다. 실제로 오전 11시에 6학년 1

반 학생들과 아르테아에 발을 들였을 땐 남동쪽 유리에서 오월의 햇살이 가득 들어와 검은색을 바탕으로 한 로비를 환하게 비추고 있었다.

시야 우측 하단에 표시된 현재 시각은 오후 3시 20분. 지금 계절의 태양이 지기에는 아무리 생각해도 너무 빠르다.

그런데도 로비를 둘러싼 거대한 유리벽 너머는 마치 한밤중처럼 어두웠다.

아니, 밤이라고 말할 수준이 아니었다. 완전한 칠흑. 아르테아가 자리한 곳은 14만 명이 사는 노조미시의 중심부다. 비록 한밤중이라 할지라도 인접한 도로나 상업 빌딩의 불빛이 보여야 했다. 그것이 전혀 존재하지 않는다는 것은, 대체 무슨 일이──.

"······아아아아악!"

또다시 아이의 비명 소리가, 이번에는 더욱 선명하게 들려와 유마는 뒤늦게 정신을 차렸다. 지금은 창밖보다도 안쪽······ 로비 어딘가에 있을 반 친구를 우선시해야 했다.

1층 플로어의 남쪽을 차지하고 있는 메인 로비는 반으로 자른 바움쿠헨처럼 되어 있었고 두 장의 벽으로 구역이 나뉘어 있었다. 최남단 입구 정면으로는 티켓 카운터가, 오른쪽에는 쇼핑 구역이, 왼쪽에는 카페 코너가 있다. 카운터 안쪽에 직원의 모습은 없다.

──아니.

비상등의 연약한 빛에 비친 로비 바닥에는 커다란 물체가 여럿 나뒹굴고 있었다. 열이 채 안 되는 숫자였지만 아마도 그 모든 것이 어른의 시체로 보였다.

조금씩 마비되려는 의식을, 또다시 울린 비명과 격렬한 금속음이 다시 작동시켰다.

"저쪽이다!"

소리치며 강제로 다리를 움직였다. 넝마가 된 시체가 곳곳에 널브러져 있는 로비를 가로질러 티켓 카운터 앞을 통과해 쇼핑 구역 쪽으로 향했다. 캉, 캉, 하는 충격음과 여러 명의 비명 소리 위로 새로운 소리가 섞여들었다. 굵고 사나운 짐승 같은 신음소리.

트러스 구조로 된 칸막이 벽 너머 쇼핑 구역의 입구는 금속 파이프가 이어진 그릴 셔터로 봉쇄되어 있었다. 충격음과 신음 소리를 발생시키는 근원은 셔터를 몸으로 부딪혀 파괴하려는 것처럼 보이는 누군가, 아니 무언가였다.

세 사람은 서둘러 칸막이 벽 뒤에 몸을 숨기고 그 무언가에 시선을 집중했다.

크다. 신장은 초등학생임에도 키가 165cm나 되는 콘켄보다 훨씬 컸다. 아마 2m 하고도 반은 넘어 보였다. 가로의 폭도 커서 움직일 때마다 회색 피부에 감싸인 살점이 부르르 떨렸다. 손발은 짧았지만 기묘하게 굵었고, 머리는——아무리 봐도 인간의 것이 아니었다.

주름살처럼 겹겹이 축 늘어진 피부 위로 높게 튀어나온 머리는 마치 살점으로 이루어진 삼각뿔 같아 보였다. 2.5m

라는 신장 중 뾰족 솟은 머리가 약 50cm를 차지했다. 얼굴처럼 보이는 부분에는 눈도 코도 없지만, 몸과 이어진 부근에 수평으로 갈라진 입이 있었고, 거기서 굵은 포효와 함께 대량의 타액이 흐르고 있었다.

"……뭐야, 저거……."

콘켄의 잔뜩 쉰 목소리에 유마는 대답할 수 없었다.

두 사람을 덮친 와타마키 스미카는 눈과 코가 없어졌다고는 해도 모습은 아직 사람이었다. 하지만 셔터에 몸을 계속해서 부딪치고 있는 저 생물은 손발의 균형은 물론 피부의 질감, 무엇보다 삼각뿔 모양으로 된 뾰족한 머리가 너무나도 인간과는 동떨어져 있었다.

저것도 와타마키 스미카처럼 액추얼 매직 플레이어가 변모한 모습일까. 아니면—— 진짜 몬스터가 현실 세계의 아르테아에 나타난 것일까.

셔터 안쪽에는 대형 진열장으로 된 바리케이드가 쳐져 있었고 비명은 그 안쪽에서 들려왔다. 아무래도 안에 있는 아이들 여러 명이 바리케이드를 받치고 있는 것 같았다. 그러나 유마 일행이 보는 동안에도 그릴 셔터의 금속 파이프는 서서히 찌그러지고 바리케이드도 밀려나고 있어 그렇게 오래 버티진 못할 것 같았다.

"……어떻게든 해야겠어."

유마가 무의식적으로 중얼거린 말에 사와가 날카롭게 반응했다.

"저 삼각머리, HP랑 물리방어력이 상당히 높아 보여. 너희들의 쇠막대로는 쓰러뜨릴 수 없어."

"그래도…… 저대로 놔둘 순 없잖아. 매점 안에 분명 1반 애들이……."

"알아. 마법으로 싸울 수밖에 없지만…… 내 MP, 아직 절반도 회복되지 않았어."

사와의 목소리에도 초조함이 묻어났다. AM 세계라면 MP 포션 등을 마시면 회복할 수 있겠지만 현실 세계에 그런 것이 있을 리 만무했다. 그리고 MP의 자연 회복 속도는 클래스나 스킬 구성에 따라 다르겠지만 낮은 레벨에서는 믿을 수 없을 정도로 느렸다.

마법은 유마도 사용할 수 있었지만, 마물사 전용의 암속성 마법 '그래스핑 핸드' 외에 쓸 수 있는 것은 기초적인 범용 마법뿐. 공격 마법은 하나도 습득하지 못했다. 그리고 전사인 콘켄은 물리공격 전문이다.

다른 방법이 없는지 여동생에게 물어보려던 입을, 유마는 곧바로 다물었다.

사와의 옆얼굴도 딱딱하게 굳어 있었고 이마에는 작은 땀방울이 배어 있었다. 아무것도 알 수 없는 이런 극한 상황 속에서 유마와 콘켄을 이끌어 왔지만, 속으로는 무섭지 않을 리가 없다. 반 친구가 괴물로 변신하거나 참살당하고, 절친인 나기는 자취를 감췄다. 그리고 자신의 몸에는 뿔과 날개가 돋아난 상황. 그런 상황에서 필사적으로 버티고 있는 여동생에게 언제까지나 의지하고 있어서는 안 된다.

——자신의 머리로 생각하는 거다. 저 괴물을 쓰러뜨릴 방법을.

사와의 말대로 삼각머리의 거구는 튼튼해 보이는 회색 피부와 두꺼운 지방으로 보호되고 있어, 날이 없는 쇠 파이프로 때려봤자 별다른 효과는 없을 것 같았다. 그런 몬스터에게는 마법으로 대처하는 것이 상책이겠지만, 이 셋 중 유일하게 공격 마법을 사용할 수 있는 사와의 MP가 고갈된 상태에서는 그것조차 불가능했다.

만약 이곳이 게임 세계라면 일단 철수하여 장비를 갖춘 뒤 MP를 가득 채워야 할 상황이었다. 하지만 현실 세계의 아르테아에는 검이나 창을 파는 무기점도, 포션을 파는 도구점도 존재하지 않는다. 이 장소에 있는 것을 이용해 어떻게든 할 수밖에 없는데…….

이 장소에.

순간 작은 번뜩임이 일었다.

게임 시스템에 침식되었다고 해도 이곳은 어디까지나 현실 세계다. 그렇다면 게임 세계에는 없는 것이 있을 것이다. 그래…… 이 규모의 시설이라면 분명.

"사와, 콘켄. 로비에서 저 녀석한테 2…… 아니 1분만 도망칠 수 있을까?"

작은 소리로 묻자 사와는 2초, 콘켄은 3초 만에 고개를 끄덕였다.

"응, 아마 움직임은 그렇게 빠르지 않을 거야. 그런데 어떻게 하려고?"

사와가 되물었지만 작전을 처음부터 다 설명할 시간은 없었다.

"어쨌든 부탁할게! 콘켄도 위험하다고 생각하면 계단을 올라서 2층으로 도망⋯⋯."

유마의 말은 심장이 멎을 정도의 요란한 금속음에 의해 가로막혔다.

반복되는 충격을 견디지 못한 그릴 셔터가 기어이 천장 구조물에서 떨어지며 무너진 것이다. 이제 쇼핑 구역 학생들을 지키는 벽은 급조한 바리케이드뿐이다. 아무리 안쪽에서 버틴다 해도 어린아이의 힘으로는 한두 번의 충격도 견디지 못할 것이다.

"시선은 내가 끌게! 콘켄은 옆에서 견제해 줘!"

그렇게 외친 사와는 근처에 떨어져 있던 희생자 것으로 보이는 자동차 스마트키를 주워들었다. 타원형으로 된 그것을 어깨 위에서 힘껏 던진다.

예전부터 유마보다 캐치볼을 잘한 덕분인지 키는 일직선으로 날아가 삼각머리 측면에 명중했다. 바리케이드를 노리고 돌진하려던 거인이 "그르르⋯⋯" 하고 신음하며 세 사람에게 흉측한 얼굴을 향했다.

"이쪽이다, 괴물 놈아!"

콘켄이 소리를 지른 순간이었다.

"그어, 그어억!"

분노인지 기쁨인지 확실치 않은 소리를 내지른 거인이 바리케이드에서 떨어졌다. 상체를 숙여 뾰족한 머리를 내미는 듯한 자세로 여러 차례 발을 움직여 이동한다.

"유우, 가!"

사와가 왼손으로 밀쳤고, 유마는 거인이 돌진하기를 기다리지 않고 돌아서서 바닥을 박찼다. 그와 거의 동시에 후방에서 사나운 외침이 들려오며 땅이 진동했다.

──둘 다 힘내 줘!

소리가 되지 못한 기도를 보내며 티켓 카운터를 향해 달렸다. 검은색의 카운터를 뛰어넘어 안쪽으로.

호를 그린 카운터 내 통로를 10m 정도 더 달려가자 오른쪽 벽에 목표물이 보였다. [STAFF ONLY] 표시가 적힌 은색 문. 평소에는 전자 잠금장치가 걸려 있었겠지만, 건물 전체의 주 전원이 나간 지금 상황이라면──.

"……제발 열려라."

작은 소리로 기도하며 왼손으로 레버 핸들을 잡아 내렸다. 싱거울 정도로 쉽게 돌아가며 문이 작게 움직였다.

여기까지 8초 경과. 달려가고 싶었지만 잠시 걸음을 멈추고 내부의 기척을 살폈다. 소리도 냄새도 느껴지지 않는다.

다시 한번 문을 밀어 연 순간, 뒤쪽 로비에서 엄청난 굉음이 울려 퍼졌다. 그와 겹치듯이 들려오는 사와의 고함소리.

"이쪽이다, 이 굼벵아!"

——두 사람은 괜찮다. 사와랑 콘켄이 나를 믿어 준 것처럼 나도 둘을 믿어야 한다.

마음속으로 다시 한번 결의하고 문 안쪽으로 들어갔다.

백야드 쪽은 비상등도 꺼져 있어서 앞이 거의 보이지 않았다. 어쩔 수 없이 빛 마법 속성사를 외워 왼손에 10초 한정 불을 밝혔다. 오른손으로 쇠 파이프를 꽉 쥐고, 달렸다.

오른쪽 벽에 첫 번째 문. 명패의 글자는 사무실—— 아니다. 다음 문은 휴게실—— 아니다. 세 번째, 의무실.

여기다.

문을 열자마자 마법으로 만든 빛이 꺼졌지만 다행히 실내는 주황색 비상등으로 희미하게 보이고 있었다.

사람 없는 의무실은 예상보다 넓었다. 방 왼쪽에는 커튼 달린 침대가 세 개. 오른쪽에는 진찰 데스크와 왜건, 그 안쪽에는 하얀 캐비닛. 고민하지 않고 방을 가로질러 캐비닛의 유리문을 열었다.

찾고 있는 것은 하단의 큰 선반에 있었다. 오른손의 쇠 파이프를 왼손으로 옮긴 뒤 흰색 플라스틱 용기 손잡이를 잡아 꺼냈다. 라벨의 표기는 5리터. 이것으로 충분하겠다는 확증은 없었지만 사와와 콘켄에게 약속한 1분도 이미 절반을 지나고 있었다. 부족하면 비장의 수단을 쓸 수밖에 없다고 생각하며 플라스틱 용기를 들고 의무실에서 뛰쳐나왔다.

어두운 통로를 달려 금속문을 열고 티켓 카운터 안으로 다시 돌아온 유마의 눈앞에서——.

회색 거인이 무서운 속도로 왼쪽에서 오른쪽으로 달리고 있었다.

상체를 낮게 숙인 채 뾰족한 머리를 내밀며 돌진하는 거인의 앞쪽에는 호리호리한 몸집의 사와가 있었다. 벽가에서 거인을 기다리다가 타이밍을 보고 오른쪽으로 구른다.

콰아아앙! 그런 무시무시한 소리와 함께 거인의 머리가 로비와 엘리베이터 홀을 가로지른 벽에 박혔다. 플라스틱으로 된 화장 패널과 안쪽의 콘크리트까지 깊게 꿰뚫고는 1초 정도 움직임을 멈추더니, 양손을 벽에 대고 머리를 빼낸다. 벽에는 지름 30cm는 되어 보이는 큰 구멍이 남았다.

저런 박치기에 맞는다면 아무리 강화되어 있다고 해도 초등학생의 몸은 한순간도 견딜 수 없을 것이다. 재빠르게 일어난 사와가 로비 중앙으로 달려갔다. 거인도 쿵쿵거리며 돌아서더니 다시 돌진 자세로 들어갔다.

백야드에서 돌아온 유마를 곁눈질로 본 사와가 손뼉을 치며 외쳤다.

"자자, 괴물아, 이쪽이야!"

"그어어!"

거인이 신음소리를 내더니 삼각머리를 낮게 숙였다. 코끼리 같은 발로 몇 번 바닥을 찬 뒤 다시 맹렬히 달리기 시작한다. 타깃이 된 사와는 가벼운 스텝으로 조금씩 뒤로 물러났다.

그 발이 바닥에 굴러다니던 시체의 팔에 걸렸다.

"앗."

작은 소리와 함께 뒤로 넘어진다. 돌진하는 거인이 검게 빛나는 머리의 끝을 바닥에 끌릴 정도로 내렸다.

유마는 서둘러 카운터를 뛰어넘어 거인을 뒤쫓았다. 하지만 거리를 좁힐 수는 없었다. 사와도 일어서려 했지만, 시체가 입은 니트 소매가 부츠의 갈고리 발톱에 걸려 버린 모양이었다.

──안 돼, 사와, 도망가. 빨리 일어나. 일어서, 빨리!

머리에서 필사적으로 소리쳤지만 사와와 거인 사이의 거리는 이제 5m도 채 되지 않았다. 시야가 좁아지며 손발의 감각이 희미해져 갔다. 지연되는 시간 속에서 안 돼, 안 돼, 하는 사념만이 반복됐다.

그때였다.

"으랴아아아아앗!"

그렇게 소리치며 거인의 오른쪽에서 돌진해 오는 사람의 그림자가 있었다.

콘켄이다. 듀란달을 양손으로 휘두르며 사와를 관통하기 직전의 삼각머리를 향해 내려친다.

까아아아앙! 금속음이 울리며 불꽃이 튀었다. 이름은 근사하지만 단순한 쇠막대기에 지나지 않는 막대가 맥없이 튕겨 나갔고, 콘켄도 거인의 오른쪽 어깨에 부딪히며 그 자리에 쓰러졌다.

그러나 그 혼신의 일격은 헛되지 않았다. 거인이 한계까지 낮춘 머리끝이 바닥에 닿으면서, 바닥의 타일과 베이스 패널을 뜯어 내고 그 아래 콘크리트 층에 걸린 것이다.

넘어져 있던 사와의 30cm 앞에서 거인은 자신의 머리를 중심으로 물구나무 상태가 되더니, 사와를 뛰어넘어 그대로 등부터 떨어졌다.

지진 같은 진동에 발이 묶일 뻔했지만 유마는 온 힘을 다해 달렸다. 이것이 아마 처음이자 마지막 기회일 것이다. 사와와 콘켄의 목숨을 건 노력을 수포로 만들 수는 없었다. 절대로.

두 사람의 왼쪽으로 달려 나온 유마가 일어나려고 몸부림치는 거인의, 가로폭 20cm는 될 것 같은 입에 하얀 플라스틱 용기를 있는 힘껏 처박았다.

"그르르륵!"

꽉 막힌 목소리로 소리친 거인이 엄청난 괴력으로 플라스틱 용기를 깨물어 찌그러뜨렸다.

유마는 오른손으로 사와를 일으킨 후 쓰러진 콘켄에게 다가갔다.

여동생의 몸에 상처가 없는 것은 잠깐 보고도 알았지만, 콘켄 역시 출혈은 없어 보였다. 둘 다 약속한 1분의 시간을 제대로 벌어 줬으니 여기서부턴 유마가 제 역할을 다할 차례였다.

회색 거인은 짧은 두 팔로 바닥을 밀어 일어서더니 다시 쿵, 쿵 발을 구르며 몸을 돌렸다. 만약 이곳이 게임 세계이고 충분한 공격 수단이 있었다면 저 느린 방향 전환은 확실한 약점이었겠지만, 지금은 가만히 보고 있을 수밖에 없었다.

2초에 걸쳐 몸을 돌린 거인의 입에는 플라스틱 용기가 반 이상 묻혀 있었다. 끼긱거리는 소리로 미루어 봤을 때, 저 용기는 곧 부서질 것이다.

"……유우, 저게 뭐야?"

잔뜩 쉰 목소리로 물어온 사와에게 유마가 낮게 대답했다.

"소독용 에탄올 5리터."

순간 붉은 눈동자가 동그랗게 커지는가 싶더니 금세 가늘어졌다.

"……그렇구나, 마법 대신인 거네. 그런데 불은 어떻게 붙이려고?"

그 질문을 듣는 순간 심장이 쿵 내려앉았다.

에탄올은 어디까지나 연소를 보조하는 역할이었기에 불을 붙이려면 당연히 불씨가 필요하다. 하지만 유마는 라이터를 갖고 있지 않았다. 그것은 사와나 콘켄도 마찬가지였다.

왼손에 든 쇠 파이프로 다른 금속을 내리치면 불꽃을 낼 수 있을지도 모른다. 하지만 높이 2m가 넘는 곳에 있는 거인의 입에는 발돋움을 해도 손이 닿지 않았고, 거인이 그것을 가만히 보고 있을 리도 없다.

굳어 있는 유마 옆에서 사와가 작은 한숨과 함께 중얼거렸다.

"……다른 대안은 없구나. 아마 1분만 더 도망다니면 '파이어 애로'를 한 번은 쓸 정도의 MP가……."

여동생이 거기까지 말했을 때, 유마의 뇌리에 수십 초 전 광경이 짧게 떠올랐다. 가까스로 생각을 정리한 뒤 속삭인다.

"아니…… 그 전에 한번 시도해 볼게. 안 되면 마법으로 부탁해."

"시도해 본다고……?"

의아한 목소리를 내는 사와와 바닥에 주저앉은 콘켄을 힐끔 보고 유마는 왼손의 쇠 파이프를 오른손으로 바꿔들었다.

직후, 거인이 에탄올 플라스틱 용기를 깨물어 부쉈다.

투명한 액체가 쏟아져 나오며 절반은 입 안으로, 다른 절반은 밖으로 흐른다.

"그오오오오오!"

거인이 괴로운 듯 몸을 비틀자 튀어 오른 에탄올이 머리까지 흠뻑 적셨다.

——이때다.

유마는 오른팔을 풀 파워로 휘둘러 쇠 파이프를 거인의 머리 위로 던졌다.

회전하면서 날아간 쇠 파이프가 뾰족 솟은 머리의 끝——녹슨 쇠처럼 거무스름한 부분에 충돌하며 아까 콘켄의 막대에 맞았을 때와 마찬가지로 흰 불꽃을 튀겼다. 아주 티끌 같은 불씨였지만, 기화된 에탄올을 점화하는 데엔 그것으로 충분했다.

부욱, 하는 소리와 함께 거인의 상반신이 순식간에 타올랐다.

이과 실험에서 알코올 램프를 태웠을 때와 같은 푸르스름한 불꽃이 어두운 로비를 환하게 밝혔다. 거인이 거친 포효를 내지르며 두 팔을 휘둘렀지만 불길은 사그라들지 않았다.

거인의 머리 위에 파란 막대가 떠올랐다. HP바다. 하단에는 [콘헤드 브루저]라는 이름과 [염상(炎上)]이라는 디버프 아이콘이 표시되어 있다. 아무래도 자신의 손으로 공격하거나, 본인이 대미지를 입지 않으면 바는 보이지 않는 모양이었다.

유마는 튕겨지면서 가까이에 굴러온 쇠 파이프를 집어 들고 몇 걸음 더 물러섰다.

거인의 상반신은 불길에 휩싸였고 몸 속으로 들어간 에탄올도 인화한 것인지 입에서도 불기둥이 솟아오르고 있었다. 하지만 바의 감소는 생각보다 더뎠다. 화염에 의한 대미지가 낮은 것이 아니라 사와가 예상한 대로 HP 절대량이 많은 것이다. 설사 '파이어 애로'를 사용했더라도 쓰러뜨리려면 여러 발을 맞혀야 했겠지만, 몇 초 만에 사라지는 마법의 불꽃과 달리 5리터짜리 에탄올은 쉽게 사그라들지 않는다.

이윽고 회색 피부 곳곳이 검게 탄화되기 시작했다. 끔찍할 정도로 역겨운 냄새가 풍겨와 유마는 왼손으로 코를 막았다. 검게 탄 피부가 벗겨지자 그 아래에서 에탄올의 푸르스름한 불꽃과는 다른 검붉은 불꽃이 뿜어져 나왔다. 아마 잔뜩 쌓인 지방에까지 불이 붙은 것 같았다.

"그어! 끄어어어어어억!"

끔찍한 비명을 지른 거인이 거칠게 몸부림쳤다. 그 육체가 불타기 시작함과 동시에 HP바의 감소도 가속화하더니 금세 절반이 사라지며 파란색에서 노란색으로 변했다.

바닥 위에서 콘켄이 신음하듯 말했다.

"이 녀석…… 몬스터 주제에 꼭, 진짜…… 살아있는 생물 같아……."

덧붙이듯 사와가 낮게 답했다.

"맞아, 이 녀석들은 그저 단순한 3D 오브젝트가 아니야. 하지만…… 아마도 그건 살아있을 때 한정이겠지."

"……그게 무슨 말이야……?"

유마의 그 물음은 거인—— 삼각머리의 폭한이 앞으로 넘어지며 난 굉음에 의해 지워졌다.

브루저의 HP바가 20%를 밑돌며 붉어졌다. 이제 상체의 피부는 거의 다 타들어 갔고 지방을 태우는 불길이 3, 4m 정도 높이까지 치솟았다. 이대로는 로비 건물에까지 옮겨붙는 것은 아닐까 걱정이 되던 그때였다.

삑삑삑삑, 기묘하게 일그러진 경보음이 울려 퍼지며 천장에서 몇 가닥의 고압 물줄기가 불타는 거인을 정확하게 겨냥하여 분사되었다. 화재 감지기가 피어오르는 불길에 반응해 방수형 스프링클러를 작동시킨 것이다.

예상 밖의 사태에 경직된 유마의 시야를 자욱한 흰 연기가 뒤덮었다. 그 안쪽에서 불길이 급속하게 사그라들었다. 연기 속에서도 뚜렷하게 보이는 브루저의 HP바는 아직 10% 가까이 남아 있었다.

──어쩌지. 저 정도 잔량이면 물리 공격으로 떨어뜨릴 수 있을까? 아니면 새로운 에탄올을 가지러 가서 물줄기가 멈추면 다시 불태울까.

유마가 망설이던 순간은 불과 2, 3초에 지나지 않았다.

하지만 그것이 목숨을 가르는 선택이 되었다.

"그오오오오오오!"

고성과 함께 뿌연 연기 속에서 무섭게 뻗어나온 거대한 손이 유마의 몸통을 움켜쥐었다.

"유우!"

"오빠!"

등 뒤에서 콘켄과 사와가 소리쳤다. 유마는 몸을 한계까지 비틀어 두 사람을 향해 필사적으로 손을 뻗었다. 그러나 손가락 끝은 불과 몇 cm 거리에서 허공을 갈랐고──.

온몸의 피가 역류할 정도의 기세로 높게 들어 올려졌다.

"그아아아악!"

어느새 몸을 일으킨 브루저가 포효를 내지르며 유마를 트로피처럼 내밀었다. 이미 불은 꺼졌지만 스프링클러의 물줄기는 아직도 이어지고 있어 유마의 머리와 어깨에 고압의 물이 직격했다.

"으앗!"

무심결에 비명을 지르고 말았지만 진정한 위기는 머리 위가 아니라 발밑에 있었다.

"그어어⋯⋯."

새카맣게 그을린 브루저가 삼각머리 아래에 있는 입을 쩍 벌렸다. 처음에는 가로폭이 20cm도 되지 않았는데, 찌직거리는 소리가 울릴 때마다 커지더니 금세 세 배 이상의 폭이 되었다.

설마.

유마가 몸을 떤 그 순간, 거인이 손을 놓았다.

떨어지는 유마의 하체를 밑도 끝도 없는 구멍 같은 입이 삼켰다. 하나하나가 아이 주먹만큼이나 큰 이빨이 절단기처럼 닫혔다.

까아아앙!

그런 금속음이 울리며, 거인의 치열이 유마의 몸을 꿰뚫기 직전 멈췄다.

유마가 거의 반사적인 동작으로 오른손에 쥐고 있던 쇠 파이프를 윗니와 아랫니 사이에 끼워 넣은 것이다.

"그아아!"

분노한 브루저의 포효가 유마의 몸을 진동시켰다. 쇠 파이프와 치열이 맞물린 곳에서 간헐적으로 불꽃이 튀었다.

그리고 유마는 믿기 어려운 광경을 목격했다.

두께 6mm, 폭 5cm는 되는 쇠 파이프가 ㄱ자로 꺾였다.

"유우, 빨리 도망가!"

콘켄의 고함소리가 들리기도 전에 유마는 브루저의 위턱

과 아래턱에 양손을 대고 필사적으로 하체를 빼내려 애썼다. 하지만 물컹거리고 꿈틀대는 살덩어리에 두 다리가 묶여 있어 쉽게 탈출하기 어려웠다.

유마가 몸부림치는 동안에도 쇠 파이프는 계속 삐걱거리며 점점 더 휘어졌다. 이윽고 치열의 끝이 배와 등에 닿았다.

"큭……!"

속이 뒤집힐 것 같은 공포를 억누르며 유마는 두 손으로 거인의 입을 벌리려 했다. 하지만 아무리 힘을 주어도 절단기 같은 치열은 쇠 파이프를 압박하며 유마의 몸을 1cm, 또 1cm씩 파고들었다.

"유우――!"

"오빠, 포기하지 마!"

콘켄과 사와의 목소리에 이어 둔한 타격음이 이어졌다. 두 사람이 브루저의 양다리를 공격하고 있었다. 하지만 거인은 조금도 개의치 않고 꿋꿋하게 쇠 파이프를 계속 힘주어 물었다.

마침내 유마의 배에 둔한 통증이 느껴졌다.

이제 위아래 치열의 틈은 15cm가 채 되지 않았다. 앞으로 10초만 있으면 이빨이 피부를 뚫고 20초가 지나면 몸이 두 동강 난다.

가상 세계라면 그렇게 죽는다 해도 아바타는 빛의 입자가 되어 사라지고 곧바로 홈 포인트에서 소생할 수 있었다.

하지만 이곳은 현실 세계다. 유마는 내장이 터지며 죽고 두 번 다시 살아날 수 없다. 로비 여기저기에 굴러다니는 어른들처럼. 1번 플레이룸에서 목숨을 잃은 미우라 유키히사처럼.

"으아…… 아아아악……!"

두려움을 이기지 못하고 유마는 비명을 질렀다.

시야 좌측에서 HP바가 줄어들기 시작했다. 복근과 등줄기가 짓눌리며 내장에 압박감이 느껴졌다.

"아…… 아…… 아아아아아아아──!"

자신의 것 같지 않은 절규 소리와 쇠 파이프가 부러지는 소리가 겹쳤다.

블랙아웃.

6

쏴……아.

쏴아……아.

이상한 소리가 울릴 때마다 두 다리가 따뜻한 물에 잠겼다.

축축한 모래 위에 누워 있는 것 같았다. 얼굴을 어루만지는 바람에는, 어디선가 맡아 본 냄새가 섞여 있었다. 이 냄새는…….

바다의 냄새.

유마는 눈꺼풀을 들어 올렸다.

저녁……인가. 하늘이 붉었다. 하지만 곧 아니라는 사실을 깨달았다. 시야 가득 펼쳐진 하늘은 기묘하게 선명한 크림슨레드 빛깔로 물들어 있었고, 그라데이션이라고는 조금도 없었다. 이런 노을이 진 하늘은 존재하지 않는다.

그 하늘 위를, 눈부시게 타오르는 불덩이 여러 개가 검은 연기 꼬리를 만들며 가로질렀다.

천천히 몸을 일으켜 주위를 둘러보았다.

좌우로는 백사장이 끝도 없이 펼쳐져 있다. 정면에는 역시나 무한하게 계속되는 수면…… 바다가 있다. 밀려왔다 되돌아가는 파도가 유마의 맨다리를 반복적으로 씻겨 내렸다. 자신의 몸을 내려다보니 천조각 한 장도 몸에 걸치고 있지 않았지만, 어째서인지 신경은 쓰이지 않았다.

다시 한번 고개를 돌렸다.

희미한 천둥소리를 내며 쏟아지는 유성…… 아니, 운석 무리가 붉은 하늘을 비스듬히 가로지르며 수평선 너머로 사라져 갔다. 자세히 바라보자 그 방향의 하늘에서 엄청나게 거대한 폭발과 연기가 피어오르고 있는 것이 보였다.

"별이…… 떨어지고 있어……."

유마가 중얼거리자──.

"맞아."

바로 오른쪽에서 누군가 대답했다.

그쪽을 보니 조금 전까지만 해도 아무도 없었던 곳에 소년이 한 명 앉아 있었다.

유마와 비슷한 체격, 비슷한 헤어스타일, 그리고 역시 옷을 하나도 입고 있지 않았다. 알 수 있는 것은 그것뿐이다. 마른 나체는 반투명했고, 윤곽은 마치 아지랑이처럼 흔들려 얼굴이 잘 보이지 않는다.

적어도 아는 목소리는 아니었고, 이런 분위기를 가진 사람도 자신의 기억에는 없었다. 그런데도 유마는 상대의 정체를 개의치 않고 다시 수평선을 쳐다보았다.

"……저렇게 떨어지는데 괜찮아?"

"괜찮을 리가 없지."

소년이 빈정대는 투로 입꼬리를 일그러뜨렸다.

"저 운석 무리가 너희들이 말하는 'P/T 경계'…… 페름기 말에 벌어졌던, 지구 사상 최대의 대량 멸종을 일으킨 것의

정체야. 곧 지각이 통째로 부서지고, 상승한 대량의 맨틀이 우주에 닿을 정도로 큰 화산폭발을 일으키겠지. 그리고 이 별에 존재하는 생명의 95%가 사멸할 거야."

"그럴 수가…… 그럼 어떻게든 해야지……."

유마가 일어서려 하자 이번에는 소년이 유쾌하게 웃었다.

"아하하하…… 아쉽지만 무리야. 여기까지 온 이상 더는 천사도 악마도 멈출 수 없어. 게다가 네가 보고 있는 이 광경은 2억 5천만 년 전에 이미 일어나 버린 일이야. 오히려 이 대량 멸종이 발생하지 않았다면 너희 현생 인류도 탄생하지 않았을 거야…… 유마."

이름이 불린 유마는 젖은 모래에 주저앉아 다시 한번 소년의 얼굴을 바라보았다.

"너는…… 누구야?"

"누구라도 상관없지. 게다가 지금 그걸 신경 쓸 때야?"

보이지 않는 얼굴에 비아냥 섞인 미소를 지은 소년은 말했다.

"너는 지금 이 순간에도, 죽어 가고 있는데."

"……."

그 말에, 이제서야 떠올랐다.

유마는 삼각머리 콘헤드 브루저에게 하체를 먹혔다. 아니, 잡아먹히기 직전이었다. 오른손으로 튀어나온 배를 쓰다듬어 보았지만, 상처는 고사하고 통증도 없다.

"나는…… 죽은 거야? 여긴 사후 세계……?"

그러자 소년이 가볍게 어깨를 으쓱했다.

"죽어 가고 있다고 했잖아. 아직 생명줄은 이어져 있어……
끊어지기 직전이지만."

"하지만…… 그 상태에서 살 수 있는 방법이 없잖아……."

"돌아가면 부러진 막대의 각도를 되돌려. 그리고 마물사
의 힘을 써. 그 두 가지를 동시에 하는 거야."

유마는 소년을 뚫어지게 쳐다보았다. 환상처럼 흔들리는
얼굴은 여전히 표정을 읽을 수 없었지만, 더 이상 웃고 있지
않다는 것만은 알 수 있었다.

"……어떻게 그런 것까지 알아?"

"지금 그런 건 중요하지 않아. 중요한 건 살고 싶은지, 살
고 싶지 않은지야."

"물론 살고 싶지……. 하지만 그 두 가지를 동시에 하라
니. 게다가…… 마물사의 힘이라는 건……."

"망설일 때야? 그 뚱보 녀석이 네 친구와 여동생도 죽일
텐데."

"……."

그 말이 맞다. 사와와 콘켄은 유마가 살해당했다고 해도
곧바로 도망가지 않을 것이다. 아니, 도망갈 수 없다. 아마
냉정함을 잃고 브루저에게 마구 주먹을 날리다가 치명적인
반격을 당하겠지.

"알았어…… 할게."

유마가 고개를 끄덕이자 소년은 왼손을 뻗어 유마의 등을

토닥였다.

"망설이지 마, 유마. 나는 너한테 걸었으니까. 자, 눈을 뜰 거야…… 셋, 둘, 하나, 제로."

7

시야가 일그러질 정도의 격통.

하지만 아직 살아 있었다.

유마는 지체 없이 곧바로 오른손을 움직여 이제 막 부러진 쇠 파이프 한쪽을 잡았다. 그것을 혼신의 힘으로 회전시켰다. 유마의 배를 꿰뚫기 직전이던 거인의 치열에 다시 쇠 파이프가 끼면서 키잉! 하고 불꽃이 튀었다.

하지만 각도가 약간 부족했다. 이대로라면 몇 초 후에 쇠 파이프가 빠져 버린다…… 그렇게 생각한 순간이었다.

시야의 색이 연푸른색으로 변하더니 모든 것이 멈췄다.

콘헤드 브루저도, 발치에 있는 사와나 콘켄도, 천장의 스프링클러가 분사하던 물줄기까지도 완전히 정지되었다.

모든 것이 얼어붙은 세상에서 유마만이 몸을 움직여 왼손으로 주머니에서 카드를 빼냈다. 그것을 높이 들고 외쳤다.

"아페르타(열려라)!"

입체 마법진이 펼쳐지며 검은빛이 뿜어져 나왔고── 그 중심에서 스으…… 하고 사람의 그림자가 나타났다.

유키하나초 교복을 입은 얼굴 없는 소녀.

와타마키 스미카.

153

다시 시간이 움직이기 시작했다.

유마가 다시 한번 브루저의 이빨과 이빨 사이에 끼워 넣은 쇠 파이프가 귀에 거슬리는 소리를 내며 튕겨져 나갔다.

이번에야말로 진짜 하체를 잡아먹힐 것이라 직감한, 그 순간.

두 손이 엄청난 속도로 뻗어 나와 거인의 윗니와 아랫니를 붙잡았다.

소환된 유마의 패밀리어인 와타마키 스미카가 브루저의 어깨 위에 쭈그려 앉더니, 아무것도 명령하지 않았는데 거인의 입이 닫히는 것을 방해한 것이다.

"극! 그아악!"

분노가 담긴 포효와 브루저의 턱관절이 비틀리는 소리가 겹쳤다. 몬스터가 가진 턱의 힘은 감히 짐작할 수 없었지만, 두께 6mm의 쇠 파이프를 가볍게 꺾었으니 호랑이나 악어를 능가하는 힘을 가졌다는 것만은 확실했다.

그 브루저의 교합력을 와타마키 스미카는 가녀린 오른팔과 왼팔로 가볍게 막아 내고 있었다. 아니, 그뿐만이 아니다. 쩌적, 쩍, 하는 이상한 소리가 울릴 때마다 거인의 턱이 몇 밀리씩 밀려 나갔다.

몸통을 꿰뚫기 직전이었던 치열의 압력이 약해졌고, 유마는 "크흑……!" 하고 멈췄던 숨을 몰아쉬었다.

그것이 계기가 된 것처럼, 와타마키 스미카가 귀까지 찢어진 입을 크게 벌리며 울부짖었다.

"샤아아아악!"

가냘픈 양쪽 손등에 빠직! 하고 뼈가 도드라졌다.

상체를 낮게 숙인 채 양쪽 어깨에 힘을 준 스미카가 풀 파워나 다름없는 괴력으로 거인의 입을 강제로 잡아 벌렸다.

힘줄과 근육이 파열되고 연골이 부서지는 끔찍한 소리가 울려 퍼지며 콘헤드 브루저의 위턱과 아래턱이 1m 가까이 뜯어졌다.

"그오오오오오오오!"

거친 노성, 혹은 비명을 내지른 브루저가 거구를 부자연스러운 자세에서 경직시켰다.

머리 위에 떠오른, 채 10%도 남지 않았던 HP바가 순식간에 사라졌고── 직후, 회색의 거인은 검붉은 무수한 단편이 되어 사라졌다.

지지할 곳을 잃고 떨어진 유마를 누군가가 두 팔로 받아 들었다. 그것이 콘켄이라는 사실도 모른 채 유마는 브루저의 단편을 응시했다.

걸쭉한 질감의 반투명한 단편들이 벌레떼처럼 소용돌이치며 상승했다. 그 끝에는 지름 30cm 정도의 검은 고리가 떠 있었고, 단편은 엄청난 기세로 그곳으로 빨려 들어갔다.

고리 속에 뭔가 문장 같은 것이 보였다……. 거기까지 생각했을 때, 모든 단편이 흡수되며 고리 자체도 사라졌다.

스프링클러 물줄기도 어느새 멈춰 있었고, 넓은 로비는 조금 전까지의 격전이 언제 있었냐는 듯 거짓말처럼 정적에 휩싸였다.

갑자기 찰박찰박하는 물에 젖은 발소리가 들려왔다.

유마가 천장을 향하던 얼굴을 움직이자 바닥에 고인 웅덩이 속을 천천히 걸어 다가오는 사람의 모습이 보였다.

"와타마키……."

"스미카……."

유마를 안고 있는 콘켄과 그 옆에 선 사와가 잔뜩 쉰 목소리로 속삭였다.

지금의 와타마키 스미카는 유마의 패밀리어다. 실제로 콘헤드 브루저에게 잡아먹히기 직전이었던 유마를 도와주었으니 적어도 3명을 공격 대상으로 삼진 않을 것이다. 하지만 스미카는 유마가 아무것도 명령하지 않았는데도 자신의 의사로 거인을 도살했다. 그 자율행동 상태는 현재도 계속되고 있었다.

당장 멈추라고 명령해야 할지, 유마는 망설였다.

그러나 입을 여는 것보다도 빠르게, 스미카가 빛과 같은 속도로 오른손을 뻗어 유마의 목덜미를 잡아챘다.

"오빠!"

억눌린 목소리로 소리친 사와에게 손짓으로 괜찮다는 뜻을 전했다. 콘헤드 브루저의 턱을 찢을 정도의 힘을 지닌 오른손에는 힘이 거의 실려있지 않았다.

스미카는 유마의 목에서 왼쪽 볼로 천천히 손을 움직이며 텅 빈 얼굴을 가까이했다.

"아……."

메마른 목소리가 나왔다.

무수한 송곳니가 늘어선 거대한 입을 어색하게 움직이다가, 다시 한번 속삭인다.

"아…… 시, 하라, 구……."

"……!"

유마는 두 눈을 부릅떴다.

지금의 와타마키 스미카는 외형도 내용물도 인간이 아니다. 스테이터스 창에 명기된 '나이트 핀드(밤의 악귀)'라는 종족명만 봐도 그것은 확실했다. 캡처되기 직전 미우라 유키히사를 참살하고 유마와 콘켄도 죽이려 했던 그 사실을 잊었을 리가 없다.

하지만 설령 그렇다 해도, 안쪽 어딘가에는 본래의 스미카의 마음이 남아 있었다. 그러니 언젠가는 원래대로 되돌릴 수 있을 것이다.

다시 한번 그렇게 결심한 유마는 왼손을 들어 자신의 볼을 누르고 있는 스미카의 오른손 위로 포갰다.

"……고마워, 와타마키."

그렇게 속삭인 뒤 주문을 외웠다.

"클라우자(닫혀라)."

발밑에서부터 어두운 색의 입체 마법진이 스미카의 몸을 감쌌다. 마법진은 머리에 닿자마자 응축되더니 일순 섬광을 발하며 작은 카드를 만들어 냈다.

그 카드를 왼손으로 잡고 유마가 말했다.

"콘켄, 내려 줘."

"하지만…… 너 배랑 등에서 피 나. 안에 든 건 괜찮아?"

"안에 든 거라고 하지 마."

쓴웃음을 지으며 자신의 몸을 내려다보니 셔츠의 앞부분은 무참하게 찢겨진 채 선혈이 배어 나오고 있었다. 등도 욱신욱신 아팠지만 HP바는 70%에서 멈춘 채 줄어드는 기색이 없으니 내장에 큰 대미지는 없는 모양이었다.

"괜찮아, 피도 멈췄어. 잡 체인지를 했더니 근력뿐만 아니라 내구력도 향상된 것 같아."

"그러고 보니…… 나도 이제 왼팔이 안 아파."

그렇게 대답한 콘켄은 그제서야 유마를 바닥에 내려주었다. 제 발로 서서 다시 로비를 둘러보았다.

콘헤드 브루저가 발을 쿵쿵대거나 박치기를 하는 바람에 바닥은 곳곳이 파헤쳐진 데다 상당한 범위가 물에 잠겨 있었지만, 새로운 몬스터가 나타나려는 기색은 없었다. 위기는 일단 모면했다고 봐도 좋겠지……. 유마가 그렇게 생각한, 그 순간.

귀에 익숙한 경쾌한 팡파르와 함께 시야 중앙에 보라색 메시지 창이 열렸다.

[아시하라 유마]

레벨 7→8

스테이터스 포인트 +3

스킬 포인트 +40

입수: 브루징 해머 ×1

입수: 회색 가죽 장갑 ×1

입수: 레서포션 ×3

유마가 이 창을 보는 것은 처음이 아니다. 액추얼 매직 테스트 플레이 때 레벨 1에서 7로 올라가는 와중 여러 차례 표시된 메시지 창.

그러나 AM 세계에서는 당연하게 여겼던 실체 없는 창이 현실 세계 속 공중에 떠 있는 광경은 너무나도 기이했다. 유마는 멍하니 입을 벌린 채 그것을 응시했다. 이 장소는 현실이자, 동시에 게임이라는 받아들이기 힘든 사실이 새삼스레 온몸을 짓눌렀다.

그 기분을 날려준 것은 역시나 콘켄의 목소리였다.

"좋았어! 레벨 업이다!"

그에게만 보이는 창을 향해 주먹을 꽉 쥐어 보이는 절친을 잠시 바라보다, 사와와 얼굴을 마주 보고는 동시에 키득키득 웃었다. 그런 아무렇지도 않은, 어릴 적부터 여러 차례 반복해 왔던 일련의 흐름이 조금이나마 마음을 진정시켜 주었다. 덕분에 유마는 평소와 같은 목소리로 절친에게 말을 걸 수 있었다.

"콘켄, 너한테도 경험치가 들어갔어?"

"엉? 오오! 유우도 레벨이 올랐구나. 그렇다는 건 경험치 균등분배라는 건가…… 무슨 규칙인 거지……."

"AM이랑 똑같을 거야, 아마."

사와가 끼어들었다.

"대상 몬스터에게 1포인트라도 대미지를 준 플레이어 전원에게 균등분배. 파티를 이루고 있다면 대미지를 입히지 않은 멤버에게도 경험치가 들어갔을 거고 파티 보너스도 있었겠지."

"호오, 그렇군. 그렇다면 삼각머리와 싸우기 전에 파티를 짜둘 걸 그랬네. 그보다…… 이쪽에서도 파티라는 건 그냥 짜면 되는 건가?"

콘켄의 말에 유마는 자신의 HP바를 잠시 바라보았다.

액추얼 매직은 '레벨 업으로 모든 체력 회복' 등의 친절한 사양 따위는 없었기에 HP도 MP도 여전히 줄어든 상태 그대로였지만, 적어도 게임 시스템이 현실 세계에서도 기능하고 있다는 것만은 확실해 보였다.

"짤 수 있…지 않을까? 지금 레벨 업 로그랑 같이 아이템 드롭 로그도 나왔거든. 하지만 오브젝트…… 실체화된 아이템은 나타나지 않았어. 그렇다면 AM 세계와 마찬가지로 스토리지에 들어갔을 거고, 그 스토리지를 사용할 수 있다면 다른 시스템도 사용할 수 있을 거야."

"드롭?! 진짜?!"

유마 나름대로 열심히 머리를 굴려 나온 추측은 콘켄의

욕망 가득한 외침에 의해 묻히고 말았다.

"뭐, 뭐가 나왔는데?! 그 삼각머리 꽤 레벨 높았잖아……
그렇다는 건 엄청 좋은 아이템이 나온 거 아냐?!"

그럴 때가 아니지 않나. 그런 생각을 하면서도 유마는 오
른손을 들어 다섯 손가락을 오므렸다.

이대로 가면 돌이킬 수 없는 곳으로 한 발 더 내딛게 된
다. 문득 그 사실을 직감했지만, 이 이상 사태에서 살아남아
나기를 발견하고 와타마키 스미카를 원래대로 되돌리기 위
해서는 피할 수 없는 길이었다. 마음을 다잡고 공중에서 손
가락을 휙 벌렸다.

게임 세계보다 조금 왜곡되게 들리는 효과음이 울리며 메
뉴 화면이 펼쳐졌다. 피와 그을음으로 더러워진 손가락 끝
을 움직여 스토리지로 이동했다.

세 시간 남짓한 테스트 플레이가 끝났을 때 스토리지에는
몬스터를 통해 얻은 드롭 아이템이나 도구점에서 구입한 소
모품 등이 대량으로 담겨 있었다. 그러나 이들 모두 로그아
웃과 함께 소멸되었을 테니 조금 전 콘헤드 브루저가 드롭
한 장비 아이템과 포션만 저장되어 있을 것이라 생각했는
데, 의외로 딱 두 가지, AM 세계에서 손에 넣은 아이템이
남아 있었다.

첫 번째는 '테스트 통과 증명 카드'. 던전의 보스 드래곤
을 쓰러뜨렸을 때 받은 클리어 타임이 적힌 카드다. 이것은
이해가 가지만, 두 번째 '몬스터 카드/무쿠'라는 아이템명을

본 순간 유마에게서 "어?" 하는 작은 소리가 새어 나왔다.

오리엔테이션에서 예고한 대로 테스트 플레이에서 획득한 무기도 방어구도 사라졌는데 왜 무쿠 카드는 남아 있는 걸까. 캡처한 몬스터는 아이템이 아닌 파티 멤버로 인식되는 건가? 그렇다면 정식 서비스가 시작되었을 때 마물사가 가장 유리해지지 않을까.

하지만 지금으로서는 게임의 형평성 따위 아무래도 상관없었다. 무쿠의 카드가 파기되지 않은 것을 순순히 기뻐하며 우선 포션 두 개를 실체화시켰다.

"오오! 아, 뭐야…… 레포잖아……."

대놓고 실망했다는 얼굴로 하급 회복약의 약칭을 입에 올린 콘켄의 모습을 보며 유마는 연한 노란색 액체가 담긴 작은 병을 하나 내밀었다.

"아니, 콘켄, 지금 상황에서 포션은 엄청 귀한 거야. 현실 세계의 약을 바르거나 붕대를 감는다고 해도 부상은 쉽게 낫지 않지만, 회복약이 마법과 같은 효과를 낸다면 이걸로 한 번에 회복하는 셈이니까."

"하지만…… 실제로 마셔 보지 않으면 효과가 있는지 없는지 모르잖아? 그냥 레몬 맛 주스일 수도 있고……."

"너 좋아하잖아, 레몬 맛."

그렇게 말하며 작은 병을 떠밀었고, 다른 병 하나는 사와에게 건넸다. 여동생은 포션의 중요성을 알고 있는 것인지 "고마워"라고 하며 순순히 받아들었다. 여기서 뒤늦게나마 수영복이나 다름없는 차림의 사와에게는 포션을 넣어 둘 주머니도 가방도 없다는 사실을 알아차렸지만, 사와는 태연하게 스토리지를 열어 그 위에 작은 병을 내려두었다. AM 세계와 마찬가지로 병은 순식간에 빛의 알갱이가 되어 사라지며 스토리지 안에 수납되었다.

그렇게 해두면 떨어뜨리거나 부서질 염려는 없겠지만, 1분 1초를 다투는 상황에서는 메뉴를 열어 포션을 실체화시키는 수고와 시간이 목숨을 앗아갈 수도 있었다. 역시 사와에게는 서둘러 옷과 가방을 찾아 줘야겠──.

거기까지 생각하다가 문득 깨달았다.

"사와, 우리가 가져온 가방은 다 어떻게 됐더라……?"

"버스 안에 두고 왔잖아. 아르테아 정식 오픈일에는 로커를 사용할 수 있지만 오늘은 미처 준비하지 못했으니 수하물은 반입 금지라고 해서."

"아, 그렇구나……."

고개를 끄덕인 유마는 시선을 로비 밖으로 돌렸다.

높이 10m는 되어 보이는 전면의 유리벽은 여전히 칠흑 같은 어둠에 물들어 있었다. 그러나 벽 밖에는 주차장이 있고 6학년 1반 학생 41명과 인솔교사 2명을 태우고 온 버스가 주차되어 있을 것이다. 엘리베이터가 작동하지 않은 것을 보면 아마 현관 자동문도 열리지 않을 것 같지만 유리문 정도라면 아이도 부수지 못할 정도는 아니다. 어떻게든 주차장까지 가서 가방을 가져올 수 있으면 포션이나 다른 아이템을 실체화한 채로 들고 다닐 수 있고, 그 가방 안에는 물병이나 과자도 들어 있다.

그 생각이 얼마나 바보 같은지 깨닫기까지는 1초 정도가 걸렸다.

건물 밖으로 나갈 수 있다면 가방을 들고 아르테아로 돌아갈 필요가 없다. 밖이라면 크레스트의 인터넷 접속도 부활할 테니 경찰이든 소방대든 불러서 구조를 요청하면 된다. 어른들이 무슨 일이 일어나고 있는지 밝혀낸 뒤 나기를 찾아내고 와타마키 스미카를 원래대로 되돌려 줄 것이다. 아마도. 아마도 말이다.

"……밖으로 나가자."

유마가 중얼거리자 작은 레서포션 병을 바라보던 콘켄이 고개를 들었다.

"뭐……? 하지만 자동문은 안 열리잖아?"

"문도 벽도 유리니까 우리 힘으로 어떻게든 부술 수 있을 거야. 콘켄, 이걸 써."

그렇게 말하고 열어 두었던 스토리지 창에 손가락을 가져갔다. 소유 아이템 목록 중 가장 위에 있는 '브루징 해머' 이름을 손가락 끝으로 누르고, 팝업으로 뜬 서브 창에서 '꺼내기'를 선택했다.

창 위로 나타난 것은 기대 그대로의 물건이었다.

길이 1m는 족히 되어 보이는 견고한 나무자루에 금속 헤드를 끼워 넣은 대형 해머. 머리는 가늘고 긴 원뿔형으로 되어있고 타격면은 원형, 반대쪽은 날카롭고 뾰족하다. 다시 말해 조금 전 넘어뜨린 '콘헤드 브루저'의 머리와 매우 흡사한 디자인이다.

"오, 무기도 나왔잖아!"

단숨에 기쁨에 젖은 목소리를 내는 콘켄. 하지만 허공에 뜬 해머를 보자마자 떨떠름한 표정을 짓는다.

"……양손용 해머잖아……. 게다가 아까 그 뚱보자식 머리랑 비슷한데……."

"삼각머리한테서 나온 삼각헤머니까 이상한 건 아니지."

그렇게 말하고 유마는 오른손으로 창 위에 뜬 해머를 들어 올리려 했다. 하지만 무기는 외형 이상의 무게로, 황급히 왼손까지 사용해 가까스로 창에서 떼긴 했지만 HP바 아래에 장비 중량 오버를 알리는 아이콘이 켜졌다.

"빠…… 빨리 받아."

온몸으로 균형을 잡으며 내밀자 콘켄은 "잠깐만" 하고 스토리지를 열었고, 어느새 수거해 온 듀란달을 수납하고는 단단한 양손으로 해머 자루를 잡았다. 유마는 조심스럽게 손을 떼었지만 콘켄은 조금도 휘청거리지 않았다.

"쓸 수 있겠어?"

"아, 어어……. 더럽게 무겁긴 한데 그럭저럭 괜찮아."

"하긴, 양손검 마스터리(수련) 스킬밖에 못 얻었잖아. 아까 얻은 스킬 포인트로 해머 마스터리도 받아."

"시, 싫어! 다음엔 나도 마법을 얻겠다고 이미 정했다고."

유마의 진지한 조언을 일축한 콘켄은 브루징 해머를 다시 잡아 들고 몸 앞에서 자세를 취했다. 마스터리 스킬이 없어도 전사 클래스인 만큼 폼은 꽤나 그럴싸했다.

　"어때, 그걸로 벽 유리를 부술 수 있을 것 같아?"

　"음, 아마, 이 정도로 무거우면……. 하지만……."

　말을 멈춘 콘켄이 약간 흐트러진 앞머리를 쇼핑 구역 쪽으로 향했다. 유마도 따라서 그쪽을 보았다. 비명과 절규는 한참 전에 잦아들었지만, 즉석 바리케이드로 봉쇄된 입구 안쪽에서는 아직도 여자의 것으로 보이는 흐느낌이 희미하게 들려왔다.

　"……저 애들한테 먼저 알려 주는 편이 좋지 않을까? 이제 괴물은 쓰러뜨렸다고."

　"으음……."

　미간을 좁힌 채 고민했다.

　콘켄의 의견에도 일리는 있지만, 콘헤드 브루저를 쓰러뜨렸다고 문제가 모두 해결된 것은 아니다. 패닉 상태에 빠져 있을 반 아이를 진정시키려면 이 상황에서 탈출구를 만들어 두는 편이 더 나았다.

　어떻게 생각하느냐는 물음을 시선에 담아 사와를 바라보자, 여동생은 말없이 고개를 끄덕일 뿐이었다. 그것을 찬성이라 받아들이고 콘켄에게 다시 돌아선다.

　"아니, 출구 먼저 만들고 하자. 당장 여기서 도망갈 수 있다는 걸 알면 다들 안심하지 않겠어?"

"그건 뭐…… 그렇긴 하지."

고개를 크게 끄덕이며 삼각해머를 움켜쥔 콘켄은 로비 입구를 향해 빠른 걸음으로 걷기 시작했다. 유마와 사와도 뒤를 쫓았다.

입구는 유리 외벽을 가로지르는 폭이 넓은 터널 형태로 되어 있었다. 중앙에는 자동문이 있고 안쪽 벽과 천장은 새카맣게 칠해져 있다. 4시간 40분 전, 기대로 가슴을 부풀린 채 이 통로를 걸어왔을 때. 상하좌우에서 일루미네이션이 선명하게 빛나며 매립식 스피커에서는 자극적인 음악이 흘러나왔었다. 그러나 지금은 소리도 빛도 존재하지 않았고, 비상등만이 희미하게 빛을 비추고 있을 뿐이다.

몇 m 되지 않는데 묘하게 길게 느껴지는 터널을 막다른 곳까지 걸어가자 외벽과 마찬가지로 칠흑으로 물든 자동문이 앞길을 가로막았다. 옆으로 세 대가 죽 늘어선 자동문은 모두 유마 일행이 다가가도 전혀 반응하지 않았다.

"……이 유리, 왔을 때는 투명하지 않았나……? 왜 이렇게 까맣지?"

고개를 갸웃거리는 콘켄의 말에 코가 닿을 정도로 가까운 거리에서 자동문 문을 바라보았다. 아무래도 유리 자체가 변색된 것은 아니고, 유리 건너편에 까만색의 필름 같은 무언가가 붙어 있는 느낌이었다. 직사광선을 막은 것이라면 상당히 뜨거워졌어도 이상하지 않은데 손을 대 보니 서늘하고 차가웠다.

"뭐, 깨보면 알겠지. 콘켄, 부탁한다…… 깨진 유리에 다치지 마."

절친에게 뒤를 맡기고 유마는 사와 옆까지 물러섰다. 여동생은 여전히 어딘가 불안한 얼굴이지만, 유리 파괴를 말릴 생각은 없는 것 같았다.

"좋아! 내 무식한 힘으로 박살 내 주마!"

본인 입으로 말하지 마, 그렇게 지적할 틈조차 주지 않고 콘켄은 대형 해머를 휘둘렀다.

"으랴앗!"

그렇게 소리치며 타격면을 자동문 유리에 있는 힘껏 내던졌다.

전사 클래스의 근력 때문인지, 아니면 본인의 센스가 좋은 것인지 처음 쓰는 무기인데도 완벽한 일격이었다. 아무리 방범용 복층 유리라도 최소한 금 정도는 생길 것이라고 유마는 확신했다. 하지만.

터널에 울려 퍼진 소리는 날카로운 파쇄음이 아닌, 마치 두꺼운 고무 덩어리를 내리친 것 같은 둔탁한 저음이었다. 손에서 쏙 빠진 해머는 맥없이 튕겨져 나가 바닥에 떨어졌고, 콘켄도 화려하게 엉덩방아를 찧었다.

"으각!"

그렇게 외치는 절친에게 달려가 상태를 살폈다.

"야, 괜찮아?"

"아, 어어……. 근데, 지금 그 반응은 뭐야? 전혀 유리 같지 않던데⋯⋯."

그렇게 말하면서 콘켄은 손바닥에 남은 감촉을 확인하듯
몇 번이고 쥐었다 폈다.

유마는 다시 한번 자동문으로 다가가 유리면을 자세하게
바라보았다. 해머가 부딪힌 곳을 각도를 바꿔 가면서 살펴
보았지만, 갈라지기는커녕 흠집 하나 찾을 수 없었다.

"말도 안 돼⋯⋯."

메마른 목소리로 중얼거리자, 옆에 선 사와가 왼손으로
유리를 쓰다듬으며 말했다.

"아마 마법 같은 걸로 보호받고 있을 거야. 지금의 우리들
힘으로는 무슨 짓을 해도 이 유리는 부술 수 없겠지."

"마법⋯⋯ 어떤⋯⋯?"

"AM 안에서 나기가 계속 방어력 향상 버프(지원 마법)를 걸
어 줬잖아. 그 마법의 최상위판이 유리를 강화하고 있다고
생각하면 대충 상상이 가지 않아?"

"⋯⋯응, 그러네."

고개를 끄덕인 유마도 왼손을 유리에 대고 오른손 손가락
으로 툭툭 쳐 보았다. 아무리 튼튼한 유리라도 진동 정도는
느낄 수 있을 텐데, 마치 두꺼운 콘크리트를 두드리는── 아
니, 애초에 물체를 두드린다는 느낌조차 들지 않았다.

"이거, 다른 유리도⋯⋯ 아니, 그걸 떠나서 어느 벽이나
문도 분명 똑같겠지⋯⋯."

유마의 중얼거림에 사와가 말없이 고개를 끄덕였다. 그제

서야 몸을 일으킨 콘켄이 들었던 것 중 가장 심각한 목소리로 신음했다.

"그렇다는 건 완전히 갇혔다는 거잖아. 그럼 우린 아르테아에서 나갈 수 없다는 건가……."

우두커니 서 있는 절친의 얼굴은 어두운 터널 속에서도 확연히 알아볼 수 있을 정도로 창백했다. 늘 밝고 정신력도 강했지만, 몇 안 되는 약점 중 하나가 향수병에 빠지기 쉽다는 점이었다. 가족과 떨어져서 여행을 하면 셋째 날에는 확연하게 기운이 떨어진다.

반대로 그것은 콘켄의 장점이기도 했다. 몸이 조금 약한 엄마를 자신보다 더 소중히 생각하고 있는 것이다. 유마가 알기로는 그는 엄마에게 단 한 번도 못되게 군 적이 없으며, 본인도 평소에 '나한테 반항기 따윈 영원히 오지 않을 거야'라며 선언하고 다녔다. 그런 콘켄에게 있어, 상식을 벗어난 이상 사태에 휘말려 밖에 나가지 못하고 가족들에게 연락도 못하는 이 상황은 유마가 상상하는 것 이상으로 힘겨운 일일지도 모른다.

물론 유마 역시도 밖에 나갈 수 없다는 사실을 알았을 때 큰 충격을 받았다. 아르테아에서 탈출만 하면 어른들이 곧바로 도와주러 와서 모든 문제를 해결해 줄 것이라 생각했으니까.

그러나 이상하게도 절망에 빠져 침울해질 정도의 충격은 느끼지 못했다. 어쩌면 마음속 깊은 곳에서는 이런 결과를 예상하고 있었을지도 모른다. 이 정도로 비정상적인 상황이 유리를 깨는 것만으로 해결될 리가 없다고.

게다가 가족과 떨어져 있는 콘켄과 달리 유마 옆에는 사와가 있었다. 태어난 순간부터 모든 것을 함께 나눠 온, 거의 분신이나 다름없는 존재인 쌍둥이 여동생. 그렇다면 콘켄의 불안감을 덜어 주는 것은 유마의 몫일 것이다.

자동문을 벗어나 절친의 등을 한 번 더, 조금 세게 두드렸다.

"괜찮아. 마법이 걸려 있다면 그걸 푸는 방법도 당연히 있지 않을까? 그리고 만약에 유리를 부순다 해도 우리끼리 도망갈 수는 없잖아. 나기도 찾고 와타마키도 원래대로 되돌려 놔야지."

두 사람의 이름을 듣자마자 콘켄의 얼굴에 약간의 생기가 돌아왔다. 눈을 깜빡이는가 싶더니 고개를 몇 번 작게 끄덕이고는 유마의 등을 내리친다.

"그래. 네 말이 맞아. 우선은 나기를 찾아서 4인 파티를 부활시키자고."

그렇게 선언하고 바닥에서 삼각해머를 집어든 콘켄은 마지막으로 새카만 유리를 한 번 노려보고는 힘차게 돌아섰다.

"그럼 다시 돌아갈까. 1반 녀석들한테 이제 안전하다고 말해 줘야지."

"응…… 그러게."

찰나의 망설임을 떨쳐 내고 고개를 끄덕였다. 자동문의

파괴를 시도한 것은 탈출구를 확보해 쇼핑 구역에서 버티고 있는 반 아이들을 진정시키기 위함이기도 했는데, 그 계획은 어이없이 무너져 버렸다. 이들에게는 이 아르테아가 초자연적인 힘에 의해 봉쇄되어 있다는 사실, 그리고 탈출하려면 유리를 파괴하지 못하는 원인을 알아내거나 현재 상황에서도 사용할 수 있는 출구를 찾아야 한다는 사실을 알려야 했다.

"아, 그 전에……."

걸어가려는 콘켄의 후드티를 잡아당겨 다시 창을 열었다.

"이 셋만이라도 파티를 짜놓자. 서로의 HP도 보이고, 만일 또 전투가 벌어지면 경험치에 보너스가 붙을 거야."

"응, 그렇지……. 만약 또 괴물이 나온다면, 다음에는 내가 물리적으로 날려 버릴 거야."

절친의 가벼운 말에 쓴웃음을 지으며 파티 탭을 열고 초대 버튼을 눌렀다. 팝업으로 뜬 초대용 커서를 콘켄과 사와를 향해 날렸다. 이렇게 하면 두 사람의 시야에 유마의 파티에 초대되었다는 메시지가 표시될 것이다.

"오, 왔다."

콘켄이 오른손을 움직이자 효과음이 울렸고, 유마의 HP/MP바 아래에 콘켄의 바가 나타났다. 표시된 이름은 유마와 같이 본명인 [콘도 켄지]. 이어서 그 아래로 사와의 바——가 나타나지 않았다. 옆을 보자 여동생의 오른손은 허공에서 멈춰 있었다.

"……왜 그래?"

물어보니 왠지 조금 가시돋힌 목소리로 "알고 있어"라고 대답하고는 손가락을 움직인다. 이번에야말로 세 번째 HP 바가 나타났고, [아시하라 사와]라는 이름이 떠올랐다.

HP는 가득 찼지만 본인이 말했던 대로 MP바는 아직 20%밖에 자연 회복되지 못했다. 마술사이니 MP 최대치는 높겠지만, 그럼에도 회복이 너무 더딘 것 아닌가 생각한, 그 때였다.

아시하라 사와라는 이름에 노이즈가 생기며 그 위에 몇 개의 알파벳이 불규칙하게 점멸한── 것을 본 기분이었다. 흠칫 놀라 다시 한번 바라보았지만, 노이즈도 알파벳도 순식간에 사라지며 사와라는 이름이 고정되었다.

"……지금 그거…….."

황급히 고개를 돌렸지만 사와의 모습은 달라진 것이 없었다. 평소와 같은 표정으로 유마의 얼굴을 돌아본다.

"뭐야?"

"……아니, 아무것도 아니야."

머리를 흔든 뒤 파티 탭을 스토리지 탭으로 바꿨다. 삼각 머리가 드롭한 두 번째 아이템 '회색 가죽 장갑'을 선택하여 실체화.

출현한 것은 이름 그대로 회색 가죽으로 만든 튼튼한 장갑이었다. 엄지와 검지 부분은 노출된 반장갑 형태라 창을 조작하기에도 문제는 없어 보였다.

"콘켄, 이런 것도 나왔는데 장비해 둘래?"

"오오?!"

기세 좋게 장갑에 얼굴을 들이댄 콘켄, 하지만 이내 크게 고개를 숙인다.

"으엑…… 그거, 그 삼각머리 가죽이잖아! 난 됐어…….."

"아니, 그런 건 아닌 것 같은데…….."

순간적으로 반박했지만, 듣고 보니 장갑의 소재는 삼각머리 피부와 질감이 약간 비슷했다. 그렇게 생각한 순간 만지고 싶지 않은 기분이 들었지만, 방어력이 오르는 것은 확실하다. 스스로를 그렇게 설득한 뒤 창 위의 장갑을 움켜쥐었다.

"그럼 내가 장비할게."

"써, 써."

혹시 몰라 사와 쪽도 쳐다보았지만, 즉시 "써, 써"라는 말을 들었다. 이러면 더는 물러설 곳도 없다. 양손에 회색 장갑을 끼자 처음에는 좀 빳빳했지만 몇 번 쥐었다 폈다 하니 금세 익숙해졌다.

남은 건 작아도 좋으니까 검이 있으면 좋을 텐데, 없는 것은 어쩔 수 없다. 플레이룸에서 발견한 쇠 파이프는 브루저에 의해 휘어져 버렸고, 콘켄의 듀란달은 유마에겐 너무 무겁다. 당분간은 맨손으로 애써 보는 수밖에 없을 것 같았다.

"좋아…… 그럼 쇼핑 구역으로 가자."

그렇게 선언하고 터널 출구로 가려고 했는데.

"잠깐만, 유우."

사와의 목소리에 유마는 앞으로 내밀려던 오른발을 되돌렸다.

"왜?"

"너 아까 그 소독용 에탄올은 어디서 찾았어?"

"아…… 티켓 카운터 안쪽에 백야드 문이 있어서 그 안쪽 의무실에서."

"그렇구나…… 의무실 말이지."

진지한 얼굴로 고개를 끄덕이는 사와. 생각을 이어가듯 몇 초 정도 침묵하더니 다시 입을 열었다.

"……모두가 있는 곳에는 콘켄이 먼저 가줄래?"

"어? 삿페랑 유우는 어쩌고?"

해머를 오른쪽 어깨에 멘 콘켄에게 사와가 자신의 몸을 가리켰다.

"난 꼴이 이렇잖아. 유우의 셔츠도 너덜너덜하고 피투성이라 의무실에서 입을 옷을 좀 찾아보려고."

그러자 콘켄은 알기 쉽게 시선을 이리저리 굴리더니 "아…… 으응, 그렇구나" 하고 대답했다. 유마는 곧바로 재킷을 다시 벗으려다 사와에게 시선으로 제지당했다.

"그래, 그럼 난 먼저 애들한테 돌아갈게. 너희들도 빨리 와. 나 혼자서는 전부 다 설명 못하니까."

"알아, 5분 만에 돌아올게."

고개를 끄덕인 사와는 앞장서서 걷기 시작했다.

어른들의 시신이 방치된 로비로 돌아온 세 사람은 티켓

카운터 앞에서 다시 두 팀으로 갈라졌다. 나기가 사라져 버린 지금 또다시 흩어지는 것에 불안한 마음도 들었지만, 파티를 짜고 있으면 적어도 HP의 상태는 파악할 수 있었다. 망치를 멘 채 쇼핑 구역 쪽으로 달려가는 콘켄을 배웅하고 사와와 둘이서 백야드를 향했다.

이동 중 유마는 남몰래 시체의 복장과 성별, 연령 등을 확인했지만, 6학년 1반 담임인 에비샘과 인솔 책임자인 독일 교감은 보이지 않았다.

티켓 카운터 끝에 있는 스윙 도어를 넘어서 그 안쪽에 있는 직원용 문을 열었다. 백야드에 들어가는 것은 두 번째지만, 만약을 위해 주위를 살핀 뒤 사무실과 휴게실 앞을 통과해 의무실로 향했다.

어두컴컴한 실내를 둘러보고 나서 유마는 그제서야 깨달았다.

"……저기 사와, 잘 생각해 보니 의무실에 옷 같은 건……."

"미안, 그거 거짓말이야."

시원스레 단언한 사와가 재빠르게 움직여 정면 안쪽 캐비닛으로 향했다.

"유우도 이쪽으로."

"어……?"

왜 거짓말을. 그런 질문을 삼킨 유마가 종종걸음으로 따라잡자, 사와는 서슴없이 캐비닛 유리문을 열었다. 안에는 의약품 같은 작은 병이나 상자 같은 것들이 빼곡하게 들어차 있었다. 그중 하나를 왼손으로 잡고 라벨을 확인한 뒤 오른손으로 메뉴 창을 열었다.

그리고 사와는 스토리지 탭으로 바뀐 창 표면에 약병을 놓았다.

"자, 잠깐……."

유마는 병이 창을 통과해 바닥에 떨어져 깨지는 광경을 예상했다. 왜냐하면 약병은 본래 현실 세계에서 만들어진 것이지 몬스터가 드롭한 아이템이 아니기 때문이다.

하지만.

작은 병은 빛의 알갱이가 되어 실체를 잃고 보라색 창으로 빨려 들어갔다.

"뭐……?!"

깜짝 놀라 곧바로 사와의 스토리지 창을 들여다보았다. 유마의 스토리지와는 달리 '테스트 통과 증명 카드'만이 존재하는 소지품란에 '항생제(48)'라는 새로운 문자열이 생겨났다.

"역시 현실 세계의 물건도 스토리지에 수납할 수 있는 모양이네."

태연하게 중얼거리는 여동생의 옆모습을 유마는 뚫어지게 바라보았다. 가까스로 지금 본 현상을 받아들이고 고개를 끄덕인다.

"뭐…… 하긴, 무기나 포션 같은 것도 실체화했으니까 그 반대도 가능할지 모르지만…… 이쪽 물건을 스토리지에 넣

177

는 실험을 하는 거였다면 왜 군이 의무실까지…….”

“바보오빠 같으니, 단순한 실험이 아니야. 유우 너도 스토리지를 열어서 이 선반 안에 있는 거 전부 다 집어넣어.”

그렇게 지시한 사와는 캐비닛 속의 약품류를 닥치는 대로 아이템란에 집어넣기 시작했다. 영문을 모른 채 유마도 창을 꺼내 밑단에 있는 마스크와 붕대, 반창고 상자를 아이템 명 행렬로 바꿔나갔다.

불과 수십 초 만에 캐비닛은 텅 비었고, 대신 두 사람의 스토리지는 소지 한계 중량의 30% 가까이가 의약품만으로 채워졌다.

“사와, 어째서…….”

“질문은 나중에! 따라와.”

오른손으로 창을 끄며 왼손으로 유마의 의문을 차단한 사와가 의무실을 나섰다. 복도를 돌아가더니 이번에는 옆쪽의 휴게실로 들어간다.

의무실도 좁지는 않았지만 이곳은 더 넓다. 중앙에는 세련된 디자인의 원형 테이블이 네 개 놓여 있었고, 왼쪽 벽에는 스툴이 달린 카운터석, 그리고 안쪽 벽가에는 음료와 간단한 먹거리가 들어 있는 자판기가 늘어서 있다. 역시 사람의 모습은 없다.

아르테아에 이변이 발생했을 때 이 휴게실을 포함한 백야드에는 많은 직원이 있었을 것이다. 그들은 대체 어디로 가버렸을까…… 그런 의문을 입밖으로 꺼내려 했지만, 사와는 유마의 손을 잡고 방 안쪽으로 끌고 들어갔다. 목표는 자판기인 것 같았다.

"……배가 고팠어?"

거기까지 말하자 유마 자신도 배가 고프다는 것을 깨달았다. 엄마가 싸준 도시락을 버스 안에서 먹었는데, 그때 이후로 벌써 4시간 반이 지났다. 자판기에는 주먹밥과 식사대용 빵, 과자가 빼곡히 진열되어 있었지만 아쉽게도 기계의 전원이 꺼져 있었다.

사와는 유마의 질문에 대답하지 않고 기계의 조작 버튼을 두드리다 이내 물러섰다. 포기했나, 라고 생각하길 잠시──.

"유리를 깨는 수밖에 없겠어."

"어…… 어어?!"

여동생의 대담한 선언에 반사적으로 고개를 저었다.

"그, 그런 짓을 하면 안 되지……. 아무리 이런 상황이라고 해도……."

"이런 상황이니까 그런 거지."

휙 몸을 돌린 사와가 붉은빛을 띤 눈동자로 가만히 유마를 바라보았다.

"유우, 진정하고 들어. 아마도 우리는 한동안 여기서 나갈 수 없을 거야."

"하…… 한동안이라니……?"

"2, 3일, 아니면 열흘…… 운이 나쁘면 그 이상도."

"뭐라고?!"

경악하며 외친 유마가 다시 고개를 저었다.

"아…… 아무리 그래도 그렇게 오랫동안 못 나갈 일은 없지 않을까? 지금쯤이면 다른 사람들도 아르테아가 이상하다는 사실을 깨달았을 거야. 물론 우리의 힘만으로는 유리를 부술 수 없었지만, 밖에는 여러 도구나 중장비 같은 것도 있을 거고…… 불도저로 들이받으면……."

"……."

몇 초간의 침묵 후, 사와는 시선을 내리깔며 작게 고개를 끄덕였다.

"……그렇지, 그럴지도 몰라. 하지만 절대라고는 단언할 수 없어. 지금의 아르테아에서는 우리의 상식을 벗어난 일들만 일어나고 있어. 액추얼 매직 세계의 상식이 현실 세계의 상식을 덧씌워 버린 거야. 생각해 봐…… 만약 유리를 강화한 게 AM 세계 최강 클래스의 마법이라면 그걸 과연 불도저로 부술 수 있을까?"

"최강의…… 마법."

이번에는 유마가 입을 다물 차례였다.

유마 일행은 액추얼 매직이라는 게임을 이제 겨우 3시간 플레이했을 뿐이다. 하지만 지금까지 사와, 나기, 콘켄과 함께 놀아왔던 수많은 RPG에서 최강 클래스 마법은 천재지변이나 다름없는 위력을 지니고 있었다. 화염 폭풍으로 괴물 무리를 불태우고, 얼음 덩어리로 두꺼운 성벽을 무너뜨리고, 빛의 벽으로는 에인션트 드래곤의 불길마저 막을 수 있었다.

그런 게임 세계의 초월적인 힘과 현실 세계 중장비의 힘을 비교하는 것은 애초에 불가능하지만, 그럼에도 유마의 직감은 전자의 손을 들고 있었다. 최강의 마법 앞에서는 불도저조차 무력할 것이라고.

"……못 부술지도 몰라."

작은 소리로 중얼거린 뒤, 유마가 조금 소리를 높여 말을 이었다.

"하지만…… 그래도. 여기에 일주일 동안 갇혀 있는다 해도 음식은 다른 곳에도 있잖아? 아까 봤던 쇼핑 구역에도 과자나 음료는 팔고 있을 거고, 게다가…… 그래, 위층에는 큰 레스토랑도 있었을 거야. 굳이 기계를 부수면서까지 여기 있는 걸 먹을 필요는…….."

"지금 먹으려는 게 아니야."

그 한마디로 유마의 말을 가로막은 사와는 무언가를 억누르는 듯한 표정으로 말했다.

"안전한 셸터, 썩지 않은 음식과 음료, 그리고 약. 앞으로의 아르테아에서는 그 세 가지가 가장 중요해질 거야. 아마내일이면…… 어쩌면 오늘 밤부터 이미 식량이 부족해질지도 모르지. 처음에는 손에 넣을 수 있는 걸 그 자리에 있는전원이서 공평하게 나누려고 하겠지만, 초조해지면 반드시분쟁이 일어날 거야. 우리에게는 스토리지라는, 아무도 찾을 수 없는 숨겨진 장소가 있으니까."

사와가 무슨 말을 하는지 유마는 한동안 이해할 수 없었다.

몇 초 동안 여동생의 말을 머리에 담았지만, 그래도 거부 반응은 좀처럼 가시지 않았다. 몇 번인가 입을 열었다가 다물었다를 반복하다가 조심스레 물었다.

"……그러니, 분쟁이 일어나기 전에 여기 있는 약하고 음식을 전부 우리끼리 독차지하자, 그렇게 말하는 거야……?"

"아니야!"

보랏빛을 띤 머리를 헝클어뜨리며 사와는 거칠게 머리를 흔들었다.

"우리만 먹기 위해서가 아니야. 다른 누군가가 독점하기 전에 확보해서 제대로 분배하려고 하는 거지!"

"그렇다면 지금이 아니더라도…… 나중에 반 애들이랑 같이 오면……."

"늦어서 후회하고 싶지 않아!"

억눌린 목소리로 그렇게 소리친 사와는 입술을 세게 깨물었다가, 천천히 어깨의 힘을 뺐다. 기묘한 의상을 입은 자신의 몸을 내려다보며 이내 시선을 돌렸다.

"……하지만 그래, 그뿐만은 아니야."

"어……?"

"약과 식량을 가지고 있으면 누군가와 교섭해야 할 때 우위를 점할 수 있어. 빼앗기 위해 공격당할 리스크는 있지만…… 그걸 감안하더라도 갖고 있지 않은 것보다는 가지고 있는 편이 더 유리할 거라 생각해."

"……."

이 순간──.

아마도 유마는 태어나서 처음으로, 비록 쌍둥이 여동생일 지라도 자신이 아닌 인간이라면 그것은 모두 '타인'이라는 사실을 강하게 인지했다.

물론 지금까지 몇 번이나 사이가 틀어졌었고, 사흘 동안 말을 하지 않았던 적도 있다. 5학년이 된 날 이후로 목욕은 따로 하게 되었고, 6학년이 되었을 때에는 방 중앙에 주름 커튼이 설치되었다. 그래도 유마에게 사와는 자신의 반신이 나 다름없는 존재였고, 하나의 사고회로를 공유하고 있는 듯한 느낌은 늘 받아왔었다. 사와가 무엇을 느끼고 있는지, 무엇을 생각하고 있는지는 언제든지 이해할 수 있었고, 또 유마의 생각도 이해해 줄 것이라고 믿었다.

그런데 지금 유마는 사와의 생각을 이해할 수 없었다.

교섭, 우위, 리스크, 유리…… 사와가 그런 말을 현실 세 계에서 사용한 적이, 지금까지 한 번이라도 있었던가? 지금 눈앞에 서 있는, 이 뿔과 날개가 달린 여자아이는 도대체 누 구지……?

"사와, 너……."

정말 사와가 맞느냐. 그런 말을 직전에 삼킨 유마는 입술 을 꽉 깨물었다.

적어도 한 가지, 무조건적으로 믿을 수 있는 것이 있었다.

그것은 사와가 유마를, 콘켄을, 나기를…… 그리고 와타마키 스미카를 돕고자 한다는 점이었다. 그 의지만은 의심해서는 안 되고, 그러기 위해 사와가 약이나 식량을 먼저 확보해야 한다고 판단했다면 지금까지 크게 머리를 쓰지 않았던 유마가 감정적인 이유만으로 반대할 수는 없었다.

"……알았어."

짧게 그렇게만 말하자, 긴장감 어렸던 사와의 얼굴에 한순간 안도의 빛이 스쳤다. 그러나 곧바로 표정을 굳히고 자판기로 돌아선다.

"유리를 깨지 않으면 안의 물건은 꺼낼 수 없지만…… 식량이 유리 조각 범벅이 되는 건 피하고 싶어……."

그 말을 듣고 유마는 작게 고개를 기울였다.

"식량은 다 스토리지에 넣을 거지? 거기에 유리 파편이 붙어 있으면 스토리지에서 꺼낼 때에도 그 상태가 재현되는 건가?"

"아…… 그것도 그렇네, 실험해 보자."

재빨리 창을 연 사와는 근처의 둥근 테이블에서 작은 소금병과 통 모양의 물티슈 상자를 꺼냈다. 물티슈로 용기를 닦아 적신 후 거기에 소금을 뿌린다. 충분하게 소금이 묻은 용기를 스토리지 위에 놓는다.

"오……."

유마가 소리를 낸 이유는 통 모양 용기는 순식간에 빛의 알갱이가 되어 소멸했는데, 대량의 소금알은 창을 통과하여 바닥으로 후두둑 떨어졌기 때문이다. 아무래도 미세한 소금

입자는 시스템에 아이템으로 인정되지 않은 모양이었다.

"좋았어!"

사와가 작은 환성을 터뜨리며 손가락을 딱 울리고는 환한 미소로 유마를 돌아보았다.

"이러면 빵에 달라붙은 유리 조각도 제거될 거야. 게다가 더 좋은 일이 있어."

웃는 모습은 평소 여동생의 모습과 똑같았다. 유마도 무심코 미소를 지으며 물었다.

"좋은 거라니 뭔데?"

"정말 둔하다니까. 상의 벗어. 셔츠랑 내의도."

"……?"

지시의 의도를 파악하지도 못한 채 우선 주머니에 있는 몬스터 카드를 꺼낸 뒤 재킷과 셔츠를 벗었다. 그 아래 민소매 내의는 배와 등의 상처 부위와 달라붙어 있어 벗기가 좀 꺼려졌는데 사와에 의해 가차없이 벗겨졌다.

"아얏……."

인상을 찌푸리는 유마를 무시하고 사와는 먼저 상처의 상태를 살폈다.

"응, 이미 막혀 있긴 하지만 일단 소독만은 해 둘게."

"어? 괜찮아."

"안 괜찮아."

쌀쌀맞은 투로 대답한 사와는 의무실에서 확보한 소독약을 유마의 배와 등에 난 찰과상에 뿌려 주었다. 조금 전보다

배는 넘는 통증이 몰려와 자기도 모르게 흠칫 몸을 움츠렸지만, 무슨 작용인지 HP바가 서서히 회복되었다.

사와는 어느 정도 예상했다는 듯 가볍게 고개를 끄덕이더니 이번에는 유마가 벗은 재킷과 셔츠, 내의를 자신의 스토리지에 집어넣었다.

"앗⋯⋯."

옷가지가 빛을 발하며 사라진 순간 거무스름한 가루 같은 것이 창 아래로 쏟아져 내렸다. 그제서야 사와가 말한 '좋은 일'이라는 말의 의미를 깨달았다. 지금 그 가루는 의류에 묻어 있던 얼룩과 혈액이다.

사와는 곧바로 스토리지를 조작해 재킷을 다시 실체화시켰다. 양손으로 펼친 옷에는 피 얼룩이나 플레이룸 통로를 기어 다니며 생긴 얼룩, 콘헤드 브루저에게 잡혔을 때 묻은 그을음, 심지어 아직 마르지도 않았던 스프링클러의 물마저 완전히 제거되어 있었다. 셔츠도 내의도 마찬가지다.

"받아."

내민 옷가지를 받아들고 내의에 먼저 머리를 끼워 넣으며 유마가 말했다.

"그렇구나⋯⋯. 스토리지를 한번 통과하면 오염이 전부 제거된다는 건가?"

"그래. 이 상황이 길어지면 위생 상태가 큰 문제가 될 거라고 생각했는데, 세탁하지 않아도 된다는 건 정말 잘된 일이야. 다만⋯⋯ 인간이 스토리지에 들어갈 수는 없을 테니까 목욕 문제는 남겠지만."

그런 사와의 의류는 거의 더러워지지 않았지만, 애초부터
수영복의 친척뻘로 보이는 종류였다. 콘켄 뿐이라면 몰라도
반의 남자아이들에게 여동생의 이런 모습을 보이는 것에는
거부감이 들었다.

"저기, 역시 네 옷도⋯⋯."

"그건 나중에! 빨리 식량을 꺼내야 해."

작은 소금병과 물티슈도 스토리지에 집어넣은 뒤 창을 끈
사와는 테이블 아래에서 의자를 끌어냈다. 앉는 부분과 등
받이는 플라스틱이지만 프레임은 금속제로 되어있다. 확실
히 이것이라면 자판기의 유리를 부술 수 있을 것이다(물론
마법으로 강화되지 않았을 때의 이야기다). 하지만 유마는
서둘러 여동생을 제지했다.

"자, 잠깐, 잠깐. 그런 걸로 부수면 엄청 큰 소리가 날 텐데."

"하지만 어쩔 수 없잖아. 불태울 수도 없고."

살벌한 말을 늘어놓는 사와를 끌어낸 유마는 회색 가죽
장갑을 낀 오른손을 쥐어 보였다.

"아마 이걸로 어떻게든 될 것 같아."

돌아서서 유리에 주먹을 갖다 댔다. 말했으니 성공시키지
않으면 오빠를 향한 신뢰가 바닥을 치겠지⋯⋯ 그런 생각을
하면서 바닥을 박찬 반동으로 모든 체중을 유리에 전달한다
고 상상하며 순간적으로 힘을 가했다.

"흐잇⋯⋯!"

구호는 좀 한심했지만 빠직! 하는 유리 소음에 의해 가려
졌다. 두꺼운 유리에 방사형으로 된 금이 가며 산산조각이
났다. 파편 일부가 안쪽의 상품에도 튀었지만 의자로 내려
치는 것보다는 나을 것이다. 괴물의 가죽으로 된 장갑의 방
어력 때문인지 오른손에 통증도 느껴지지 않았다.

"나이스, 오빠!"

환호한 사와가 왼손으로 유마를 옆쪽 자판기 앞으로 밀
었다.

"이쪽은 내가 회수할 테니까 그쪽을 부탁해!"

깨진 유리문 안으로 손을 뻗어 주먹밥이나 샌드위치를 스
토리지에 차례차례 던져 넣는다. 여동생의 지시에 "예이"라
고 대답한 유마는 다시 주먹을 쥐었다.

두 개의 자판기에서 과자를 포함한 모든 식량을 회수하자
유마의 스토리지는 60% 가까이 차고 말았다. 상한 중량은
스트렝스(근력치)와 인듀어런스(내구치)를 기본으로 하여 운반
스킬이나 장비 아이템의 마법 효과로 보정된다. 콘헤드 브
루저를 쓰러뜨려 얻은 스테이터스 포인트와 스킬 포인트를
사용하면 조금 더 확장할 수는 있겠지만, 이제는 생명줄이
라 할 수 있는 두 포인트를 안이하게 사용할 마음은 들지 않
았다. 쌓인 물건은 나중에 콘켄에게도 꾹꾹 눌러 담아 주자
고 생각하며 마지막 자판기로 돌아섰다.

이미 파괴된 두 대는 유리문 너머에서 로봇 팔이 물건을
집어주는 타입이라 유리만 부수면 쉽게 물건을 꺼낼 수 있

었지만, 음료 자판기는 그럴 수 없었다. 투명한 창문 안에는 빈 샘플 용기만 들어 있을 뿐 내부의 재고를 확보하려면 튼튼한 문을 강제로 열어야 했다.

단단히 잠긴 금속 문을 흔들어 본 뒤 유마는 사와에게 말했다.

"이건 쇠지렛대 같은 게 없으면 강제로 열 수 없겠어. 음료는 수돗물을 마시면 되지 않을까?"

"그러게……. 비상용 발전 장치가 작동한다면 아마 수도도 사용할 수 있을 거야……."

한 번은 고개를 끄덕인 사와가 이내 고개를 흔들었다.

"하지만 수돗물도 용기가 없으면 옮길 수 없어. 역시 페트병으로 된 음료가 필요해. 비켜…… 마법을 쓸 테니까."

"어……?"

눈을 동그랗게 뜬 유마를 밀어두고 사와는 자판기 앞쪽 오른쪽에 있는 열쇠 구멍에 왼손을 얹더니 지체없이 주문을 외웠다.

"페룸(철이여)."

속성사. 손끝에 회색빛이 깃들었다.

"클라비스(열쇠가 되어)."

이어서 형태사. 빛이 가늘고 길게 뻗어 나오며 복잡한 형상의 열쇠를 만들어낸다.

자물쇠를 여는 범용 마법은 유마도 습득했지만, 대상 자물쇠의 등급이 올라갈수록 높은 스킬치가 필요했다. 게임 세계의 키와 현실 세계의 키를 같은 선상에 놓고 생각해도 되는지 어떤지는 모르겠으나 자판기의 키는 방범 성능이 높은 딤플 키 방식일 것이다. 상당히 높은 랭크가 되지 않을까.

조마조마한 마음으로 지켜보는 유마 앞에서 사와는 마법 열쇠를 열쇠 구멍에 꽂으며 발동사를 외쳤다.

"아페르타(열려라)!"

철컥철컥, 철컥…… 한동안 단발성의 금속음이 울리는가 싶더니, 마지막에 철컹! 하는 날카로운 해제음이 들렸다.

"우와, 용케 열었네……. 너 범용마법 스킬 숙련도가 얼마나 됐더라?"

감탄하며 물었지만 사와는 대답할 시간도 아깝다는 듯 자판기의 전면 패널을 열었다. 비상용 배터리를 실어둔 것인지 다행히 컨트롤러에는 전기가 통하고 있었고, 버튼을 눌러 생수와 스포츠 음료 재고를 모두 꺼낼 수 있었다.

각각 스무 개 넘게 나온 페트병을 사와와 적당히 나눠 스토리지에 수납하자 마침내 소지 중량이 상한선인 90%를 돌파했고, HP바 아래 노란 경고 아이콘이 켜졌다. 이 상태라면 아직 정상적으로 움직일 수 있겠지만 100%가 넘어가면 붉은색의 소지 중량 오버 아이콘이 켜지면 삼각해머를 들었을 때처럼 느리게 움직이게 될 것이다.

그러나 유마의 HP바 아래에 놓인 사와의 HP바에는 경고 아이콘이 켜져 있지 않았다. 소지 중량 상한선은 마물사인 유마보다 마술사 사와가 더 낮을 것이다. 의아함을 느꼈지만 여동생은 또다시 유마에게 입을 열 틈을 주지 않고 자판기의 전면 패널을 원래대로 돌려두고 창을 껐다.

"이걸로 일단 물이랑 식량이랑 약은 안심이네. 도와줘서 고마워, 유우."

"아, 아니, 그건 상관없는데…….."

"그리고 하나 더 필요한 게 있으니까 찾는 걸 도와줘."

유마의 말을 끊고 사와는 빠르게 걸어 휴게실을 나섰다.

틀림없이 왼쪽 사무실로 향할 것이라 생각했는데, 사와가 향한 곳은 통로 안쪽이었다. 아까 들어간 의무실 문을 지나가면 이 앞은 유마에게도 미지의 영역이었다.

비상등을 받아 드문드문 빛나는 통로는 어두컴컴해서 무언가가 숨어 있어도 쉽게 눈치채지 못할 것 같았다. 더 이상 몬스터를 만날 일은 없을 거라 생각하지만 로비에서 난동을 부리던 콘헤드 브루저가 어떤 이유로 현실 세계 아르테아에 출현했는지 알 수 없는 이상 한 번 있던 일은 두 번도 있을 수 있다고 생각해야한다.

"저기 사와, 이 앞을 탐색한다면 뭔가 무기가 될 만한 걸 먼저 찾고 싶은데……."

옆을 걷는 여동생에게 그렇게 제안했지만 깔끔하게 기각당하고 말았다.

"괜찮아, 아마 금방 찾을 수 있을 거야…… 아, 여긴가?"

사와가 멈춰 선 곳은 '여자 탈의실'이라는 명패가 붙은 문앞이었다.

"……."

유키하나 초등학교에도 수영장과 체육관에 같은 이름의 방이 있지만, 남자가 무심코 혹은 의도적으로 접근하려 하면 여자아이들에게 빙결마법이나 다름없는 시선을 받는 곳이다. 그래서 유마는 무슨 일이 있어도 이 안에는 들어가고 싶지 않다는 의사를 나타냈지만, 사와는 주저 없이 문고리를 돌리고 그 안으로 유마를 밀어 넣었다.

회색 로커로 가득 찬 실내에 사람은 없었지만, 공기 속에 은은하게 달콤한 냄새가 풍기고 있어 더더욱 마음이 편치 않았다.

"……그래서 찾는 게 뭔데?"

간신히 평정을 가장해 물었지만, 사와는 곧바로 어이없다는 투로 말한다.

"뻔한 걸 물어. 당연히 내 옷이지."

"아, 아아…… 뭐야, 역시 신경 쓰고 있었네……."

"혼자 중얼거리지 말고 로커 안에 쓸 만한 옷이 있으면 알려 줘. 등에 있는 날개가 가려질 법한 걸로."

"아, 응……."

고개를 끄덕이며 가까운 로커를 열려고 했지만 덜컹 하는 소리와 함께 손가락 끝이 튕겨져 나왔다.

"잠겨 있어."

"그야 그렇겠지. 여기에 일일이 마법을 쓰면 MP가 아까우니까 힘으로 열 수밖에 없어."

그렇게 말한 사와는 문고리에 손가락을 걸고 몸을 젖히듯 힘껏 잡아당겼다. 찰칵 소리가 나며 문이 약간 뒤틀리고 금속으로 된 걸쇠가 부러졌다.

"봐, 열리지?"

태연한 투로 그렇게 말하고는 안을 확인한다. 쓸 만한 옷가지가 없는지 즉시 옆 로커로 손을 뻗는 사와의 모습을, 유마는 잠시 멍한 얼굴로 바라보았다.

──어렸을 때는 도로에서 1엔짜리 동전만 주워도 파출소에 신고하자고 하던 녀석이었는데.

그런 회상에 잠길 것 같아 유마는 서둘러 머리를 저었다. 지금은 단 1초도 낭비하고 있을 시간이 없다. 현실 세계가 RPG에 침식됐다면 남의 집 찬장을 뒤지는 정도는 당연한 행위다, 라고 스스로를 타이르며 옆줄로 이동해 탐색을 시작했다.

로커 안에 걸려 있는 것은 대부분 성인 여성의 출퇴근 패션 느낌의 재킷이나 카디건뿐이었는데, 다섯 번째 로커에서 유마는 가까스로 쓸 만한 옷을 발견했다. 검은색 바탕에 마젠타색 라인이 들어간 후드 달린 바람막이를 옷걸이째 들고 사와에게 달려갔다.

"이건 어때?"

사와는 유마가 내민 바람막이를 받아들고 옷걸이에서 벗겨 몸에 대보고는 고개를 끄덕였다.

"응, 꽤 크긴 하지만 오히려 편하겠네."

재빨리 걸치고 지퍼를 올리자 등에 난 작은 날개는 완전히 가려졌다. 옷자락도 허벅지 중반 정도까지 내려와 언뜻 보면 안에 수영복을 입고 있다고 생각하진 않을 것이다.

"괜찮다. 근데 문제는 이거네. 후드로 가릴 수 있을까……."

그렇게 말한 유마는 무심한 동작으로 사와의 머리에 손을 뻗어 짧은 뿔을 만졌다. 그 순간──.

"응……."

사와가 작은 소리를 흘려 무심코 손을 뒤로 뺐다.

"어…… 그, 그 뿔, 감각이 있어?"

"가, 갑자기 만지지 마. 있다고 해도 머리카락과 큰 차이 없는 정도지만, 지금까지 느껴보지 못한 감각이라 아직 적응이 안 됐어."

"그, 그것도 그런가……."

설명에 납득하려던 유마는 새삼스레 사와의 머리를 들여다보았다. 신장 차이가 거의 나지 않아 까치발을 들지 않으면 잘 보이지 않지만, 이전부터 걸치고 있던 뿔 달린 머리띠는 머리와 융합되어 버린 모습이었다. 대형화된 뿔은 바깥쪽에서 대중소 크기로 세 개가 늘어서 있었고, 가장 큰 것은 길이가 3cm는 되어 보였다.

"잠깐만…… 너무 쳐다보지 마. 이제 됐잖아? 어서 로비로 돌아가자."

그렇게 말하며 떠나려는 사와의 어깨를 유마가 오른손으로 움켜잡았다.

"아니, 안 됐어."

의도했던 것 이상으로 단호한 목소리가 나와버렸지만, 개의치 않고 말을 이었다.

"그 뿔과 날개, 놔둬도 괜찮은 건지 어떤지 모르는 거지? 나랑 콘켄은 크레스트가 커진 것뿐인데 사와 혼자만 그런 게 생겼다는 건 아무리 생각해도 이상해. 만약 그걸로 끝나지 않으면 어쩔 생각이야?"

그러자 사와는 석양빛 눈동자로 유마의 얼굴을 물끄러미 바라보더니 가볍게 한숨을 내쉬었다.

"이리 와."

어깨에서 유마의 오른손을 떼고는 그 손을 잡아당겨 탈의실 안쪽으로 이동했다. 그곳에는 간소한 벤치가 놓여 있었고 정면 벽에는 커다란 전신 거울이 달려 있었다.

사와가 유마를 거울 앞에 세웠지만 비상등에서 떨어진 탓에 거울 속의 두 사람은 검은색의 그림자로만 보였다. 사와가 오른손을 들어 달칵, 하고 스위치 같은 것을 누르자 눈부신 빛이 뿜어져 나왔다. 손에 쥔 것은 소형 LED 라이트로 보였다.

"앗, 너 그런 건 어디서……."

"로커 안에서. 그보다 잘 봐."

"잘 보라니, 뭘……."

다시 시선을 거울로 옮기자 이번에는 자신의 모습이 선명하게 보였다.

초등학교 6학년으로서는 크지도 작지도 않은 체격. 머리는 반의 남자애들 평균보다 약간 긴 편이지만, 멋을 내려고 기르는 것은 아니고 그저 이발소에 가기 귀찮아서——.

"……어?"

작은 소리를 낸 유마는 얼굴을 거울에 바짝 붙였다.

기분 탓이 아니다. LED 조명에 비친 유마의 머리카락이 은은한 푸른빛을 띠고 있었다. 보라색이 되어버린 사와의 머리카락과 매우 흡사한 메탈릭한 광택.

황급히 왼손을 들어 머리를 세게 문지른 뒤 손끝을 확인해 보았지만 색이 묻어 나오지는 않았다. 무엇에 물든 것이 아니라 머리 색깔 자체가 변해버린 것이다.

"……너뿐만이 아니야. 정도의 차이는 있어도 유우의 몸도 변화하고 있어."

라이트를 끈 사와가 말했다.

"아마 콘켄도, 반의 다른 아이들도…… 그때 칼리큘러스에 들어가 있던 플레이어 전원에게 똑같은 일이 벌어졌을 거야……."

"전원……."

그 말을 되풀이하며 유마는 다시 왼손을 들었다. 이번에는 머리가 아니라 그 안쪽 두피를 만졌다. 손끝으로 꼼꼼히 살펴보았지만 별다른 것은 만져지지 않았다.

……아니.

이마뼈에서 오른쪽, 피부 아래가 아주 약간 부풀어 있었다.

지름 1cm, 높이는 겨우 5mm 정도로 눌러도 아무런 통증은 없다. 하지만 그 돌기부터 뇌 깊은 곳까지 신경이 연결되어 있을 것 같다는 묘한 느낌이 들었다. 급하게 손가락을 왼쪽으로 옮기자, 대칭되는 위치에서도 같은 혹을 발견했다.

단순한 혹이 아니라는 것은 확실하다. 이것은 분명 싹 같은 것…… 이대로 크게 놔두면 사와처럼 날카로운 뿔이 돋아날 것이 분명하다.

그렇다면 아마도 이 변화는 계속 진행될 것이다. 머리 색깔과 눈 색깔이 변하고 뿔이 나고 날개가 돋아나고…… 거기서 멈출까, 아니면 그 뒤가 더 있을까.

왼손을 내리고 그 손으로 주머니 속 카드를 만지작거리며 유마가 중얼거렸다.

"……이거, 혹시 와타마키와 똑같은 일이 일어나고 있는 걸까……? 변화가 진행되면 우리도 언젠가 그렇게……?"

괴물화한 와타마키 스미카에게는 뿔도 날개도 없었다. 눈과 코조차 사라지고 그 대신 날카로운 송곳니가 돋아난 큰 입과 엄청난 근력을 갖고 있었다. 언뜻 보면 유마 일행의 변화와는 다른 것처럼 보이지만, 그 모습이 '완성형'일 가능성도 결코 부정할 수는 없었다.

그리고 똑같이 궁금한 것이 하나 더 있다.

유마보다 훨씬 변화가 진행된 사와는 어떻게 이렇게 침착할 수 있을까?

스미카에게 습격당한 유마를 돕기 위해 '파이어 애로' 마법을 사용한 시점에서 사와는 이미 현재와 같은 모습이었다.
그때 사와는 칼리큘러스에서 나온 직후였을 것이다. 그런데
도 자신의 몸에 일어난 변화에 놀라거나 흐트러지는 기색이
없었고, 그 후에도 지금까지 기본적으로 차분했다. 쌍둥이
오빠인 유마는 머리가 약간 파랗게 변하고 이마에 작은 혹이
생겨난 것만으로도 아까부터 식은땀이 멈추질 않는데.

"……아마 스미카처럼 되지는 않을 것 같아."

유마의 의문에 대답한 그 목소리에서도 역시 패닉의 기색
은 느껴지지 않았다.

"그녀의 변화는 이변 같은 거였으니까…… 우린 그렇게
되지 않을 거야. ……다만……."

그 뒤에 나올 말을 기다리지 않고, 몸을 돌려 사와를 돌아
본 유마가 바람막이 너머 가느다란 어깨를 움켜쥐었다.

"저기, 사와. 너…… 아직 나한테 말하지 않은 뭔가를 알
고 있는 거지? 우리한테…… 아르테아에 무슨 일이 일어나
고 있는지……."

마침내 나온 그 물음에 사와는 예상 밖의 행동으로 대답
했다.

어깨를 움켜쥔 손을 뿌리치기는커녕 한 걸음 앞으로 나와
상체를 밀착시키더니, 두 팔을 유마의 등 뒤로 돌린 것이다.
눈을 감고 고개를 숙인 사와의 이마와 유마의 이마가 맞닿
으며 둥그란 뿔 끝이 머리카락 속을 파고들었다.

"……부탁이야……. 조금만 더 시간을 줘."

그 목소리는 맞닿은 이마를 통해 직접 머릿속에 울려 퍼졌다.

"상황이 안정되면, 내가 아는 모든 걸 알려 줄게. 하지만 지금은 좀 더 알아 보고 싶고, 생각해 보고 싶어. 그러니까 조금만 더 기다려 줘."

그렇게 속삭이고는 사와는 고개를 들었다. 이마가 떨어지고, 가려져 있던 눈꺼풀이 벌어진다. 캄캄한 어둠 속에서도 마치 스스로 빛을 내는 것처럼 선명한 붉은빛을 띤 눈동자가 코앞에서 유마의 눈을 들여다보았다.

촉촉하게 젖은 그 두 눈은 기묘한 자력을 발하고 있었다. 유마는 빨려들어 갈 것처럼 얼굴을 가까이 가져갔다. 하지만 코와 코가 부딪힌 순간, 뒤늦게 정신을 차리고 황급히 거리를 벌렸다.

"응…… 알았어."

작게 고개를 끄덕인 뒤 말을 덧붙인다.

"……미안해, 의심하는 것처럼 말해 버려서……. 사와가 나랑 콘켄이나 나기를 돕기 위해 최선을 다하고 있다는 건, 잘 알고 있어."

그 말에 사와가 아주 희미한 미소를 지어 보였다.

로커를 털기 시작한 김에 그 밖에도 도움이 될 것 같은 잡화류를 몇 개 수거한 뒤 두 사람은 여자 탈의실을 나섰다. 통로는 더 안쪽까지 이어져 있었지만 탐색은 일단 마무리하기로 하고 로비로 돌아갔다.

콘헤드 브루저의 희생이 된 것처럼 보이는 열 구 가까운 사체를 그대로 방치해 두고 싶지는 않았지만, 지금은 속으로 기도하는 것만으로 끝내고 티켓 카운터에서 나와 쇼핑 구역을 목표로 향했다.

콘켄과 헤어진 뒤 시간은 얼마 지나지 않았는데, 모두에게 상황은 제대로 설명했을까……. 그런 생각을 하며 로비에 세워진 트러스 프레임 아래를 달려나간 그때였다.

"거짓말하는 거 다 알아! 어차피 너도 괴물이잖아…… 콘도!"

적의를 품은 고함소리가 들렸고, 유마는 숨을 들이마셨다. 그 직후, 시야에 들어온 것은──.

진열장의 바리케이드가 조금 움직인 쇼핑 구역 입구와 그 앞에서 봉 같은 것을 손에 든 네 명의 학생들, 그리고 안쪽 벽가에 몰린 콘켄의 모습이었다.

8

냉정하게 판단한다면 처음 로비에 나와 콘헤드 브루저를 목격했을 때와 마찬가지로 일단 숨어서 상황을 파악했어야 할 장면이었을지도 모른다.

그러나 황당한 누명을 받고 있는 절친의 모습을 본 순간 유마는 큰 소리를 내고 말았다.

"야, 뭐 하는 거야!"

순간 콘켄을 둘러싼 네 사람이 흠칫 놀라 돌아본다. 모두가 6학년 1반 남자임을 유마는 순식간에 파악했다.

출석번호 36번 호카리 하루키.

출석번호 29번 세라 타카토.

출석번호 24번 오노 요이치.

그리고 출석번호 28번 스가모 테루키──.

투블럭을 한 호카리와 롱헤어를 한 세라는 스케이트보드를 잘 타고, 초등학생이면서도 스트리트 패션을 좋아하는 조금 불량한 느낌의 2인조였다. 오노는 농구부, 스가모는 축구부의 에이스 격. 즉 전원이 학급 내 피라미드 최상층에 위치한 자들이라 해도 과언은 아니었다.

유마와 사와라는 것을 인식하자마자 스가모는 두 손으로 잡은 밀대를 두 사람을 향해 내밀었다.

"아시하라 남매! 너희들도?! ……이쪽으로 오지 마!"

변성기 기운이 느껴지는 노성을 듣고 유마는 아까 콘켄을 괴물이라 부른 것이 이 녀석이라는 것을 확신했다.

도대체 무엇을 근거로 그런 폭언을 하는 거냐며 받아치려다가, 직전에 입을 다물었다. 사와에게는 뿔과 날개가 돋아나 있었고, 유마도 머리색이 미미하게나마 변해 버렸다. 상식적으로는 설명할 수 없는 변화라고 하면 맞는 말이었기에 눈치채면 일이 복잡해질 것 같았다.

반면 스가모나 다른 세 명은 떨어진 곳에서 보는 한 외모상의 변화는 없었다. 다시 말해 머리카락이 변색되거나 뿔이나 날개가 돋아나는 현상을 모를 가능성이 높다는 뜻이기도 했다. 사와는 후드가 달린 바람막이로 자연스럽게 머리와 등을 가린 채였고, 유마의 머리색도 빛에 비춰봐야 알 수 있을 정도의 변화였으니 여기선 강하게 나가야 할 것 같았다.

"······무슨 소리야, 가모! 우리가 어딜 봐서 괴물이라는 거야?!"

두 주먹을 불끈 쥐고 고함을 친 유마에게 스가모가 한층 더 날카로운 어조로 되받아쳤다.

"괴물이 아니면 뭔데! 너희가 그 엄청난 괴물을 죽였잖아?! 괴물이 아니면 어떻게 그럴 수 있겠어!"

이 말에는 순간 아차 싶은 생각이 들었다. 감정만으로 움직이는 녀석인 줄 알았더니 의외로 이치에 맞는 추론을 말해 즉각적으로 부인하기 어려웠다. 콘헤드 브루저의 HP 대부분을 소모시킨 것은 유마가 뿌린 소독용 에탄올이었는데,

스스로도 어떻게 그런 것을 떠올렸을까 싶을 정도로 기발한 아이디어였기에 쉽게 믿어 줄 것 같진 않았다. 마지막 일격을 가한 와타마키 스미카에 대해서는 더더욱 말할 수 없다.

……그러고 보니…… 난 왜 그 상황에서 와타마키를 소환하려고 한 거지?

유마의 뇌리에 그런 의문이 스쳐 지나갔다.

브루저의 입에 허리까지 삼켜져 있던 절체절명의 상황에서 유마는 꺾인 쇠 파이프를 다시 한번 거인의 이빨과 이빨 사이에 밀어 넣은 다음, 그와 동시에 와타마키 스미카의 몬스터 카드를 꺼내 소환했다. 두 번 다시는 할 수 없을 초인적인 행동—— 아니, 그 이상이다. 스미카를 소환할 때 자신을 제외한 모든 것이 정지된 것 같은 이상한 감각이 들었다. 그건 대체 뭐였을까.

갑자기 귓속에 희미한 목소리가 되살아났다. 동갑내기 또래 소년의 목소리. 하지만 콘켄도 아니고 1반 다른 남자도 아니다. 도대체 누구의 목소리였을까…….

"야, 뭐라고 말 좀 해 봐!"

거친 목소리가 유마의 생각을 현실로 되돌렸다.

소리친 것은 스가모 옆에서 덱 브러시를 들고 있는 오노 요이치였다. 벌써부터 변성기가 끝난 것인지 탁한 저음으로 또 한 번 고성을 터뜨린다.

"어차피 너희들도 괴물로 변신하겠지! 바리케이드 안에는 다친 놈들도 있어, 절대 못 들어와!"

그 말을 들은 사와가 유마에게 살짝 다가가 속삭였다.

"협상 상대로는 가모보다 저 녀석이 낫겠어."

동감이었다. 오노는 6학년 1반 중에서 키도 가장 크고 성실한 스포츠맨으로 인망도 있었고, 반장을 정하는 선거에서는 스가모와 맞먹는 표를 얻기도 했다. 대화하면 이해시킬수 있는 상대——라고 생각하고 싶지만, 우직한 얼굴에 떠오른 경계의 빛은 네 사람 중 누구보다도 가장 짙었다.

유마나 콘켄과는 함께 놀 정도의 사이는 아니더라도 결코 틀어진 관계는 아니었는데, 왜 이렇게까지 적의를 품고 있는 것일까. 스가모의 '괴물을 쓰러뜨릴 수 있는 것은 괴물'이라는 주장에는 어느 정도 설득력은 있었지만, '어차피 너희도 괴물로 변신할 것'이라는 것은 아무리 그래도 지나친 억측이었다. 마치 실제로 그런 현상을 본 적이 있는 것처럼.

유마의 추측을 오노는 자신의 입으로 긍정했다.

"알고 있어! 너희들도…… 너희들도 와타마키 스미카처럼 괴물로 변신해서 우리를 덮칠 거잖아!"

그 목소리에는 격한 분노, 그리고 깊은 슬픔이 담겨 있는 것만 같아 유마는 무심코 숨을 삼켰다. 반사적으로 왼쪽 주머니로 손이 가려는 것을 참고 물었다.

"오노…… 와타마키가 변신하는 걸 봤어?!"

"그래, 봤어! 여기 있는 녀석들은 다 봤어! 칼리큘러스에서 나온 와타마키가 얼굴 없는 괴물이 돼서…… 베로시에게 달려드는 모습을!"

그 말을 듣고 나서야 떠올랐다. 베로시, 미우라 유키히사는 1반에서는 오노와 다른 그룹에 속해 있었지만 부활동은 같은 농구부였다. 아마 학교 밖에서는 사이좋게 지내고 있었던 모양이다. 교실에서도 미우라가 오노를 '요이'라는 별명으로 부르던 것을 몇 번 들은 적이 있었다.

오노의 좌우에 선 스가모와 호카리, 세라도 저마다 얼굴을 일그러뜨렸다. 아무래도 세 사람 모두 와타마키 스미카가 변신해 미우라를 죽이는 장면을 목격한 것 같았다.

하지만 그렇다면 왜 유마와 사와, 콘켄은 오노 일행에 비해 늦게 눈을 뜬 것일까. 유마가 칼리큘러스에서 나왔을 때 플레이룸에는 더 이상 반 아이들의 모습은 없었고, 괴물화한 와타마키 스미카가 서성이고 있을 뿐이었다.

——아니, 정확히 말하자면 조금 다르다. 눈을 뜬 직후 유마는 칼리큘러스 본체 속에서 미우라의 비명을 들었다. 즉, 그 순간 미우라는 아직 살아 있었고…… 오노 일행은 그를 덮치는 와타마키 스미카를 목격했다는 뜻이 된다.

"……야, 요이."

미우라가 부르던 것과 같은 별명으로 그를 부른 것은, 유마를 기준으로 오른편 안쪽 벽가에 서 있던 콘켄이었다. 네 사람이 재빨리 몸을 돌려 밀대나 브러시 등을 고쳐 잡았다.

조금 진정된 상태에서 보니 급하게 준비한 것처럼 보이는 무기는 실로 빈약했고, 반면 콘켄이 오른손에 쥐고 있는 대형 해머는 콘헤드 브루처에게서 드롭된 진짜 무기였다. 공

격력이라면 청소용구와는 비교가 안 될 그것을 낮게 잡아
쥔 콘켄이 물었다.

"너희, 베로시를 못 본 척하고 도망친 거냐? 덩치 큰 녀석
들이 몇 명이나 있었잖아. 근데도 베로시를 미끼로 삼아서
다 같이 도망갔다고?"

떨어져 있었음에도 오노의 옆얼굴이 순식간에 붉은색으
로 달아오르며 목의 근육이 튀어나오는 것이 보였다. 경직
은 어깨에서 팔, 손으로 이동해 결국 쥐어진 덱 브러시마저
조금씩 떨렸다.

하지만 분노하며 대꾸한 것은 오노가 아니라 스케이트보
드 콤비 중 투블럭인 호카리 하루키였다.

"콘도, 네놈이야말로 거기 있지도 않았던 주제에 멋대로
지껄이지 마! 매점 안에서 자고 있던 타다랑 아이다는 와타
마키한테 당해 크게 다쳤어! 그대로 놔뒀으면 몇 명이나 죽
을 뻔했는데 미우라가 몸을 바쳐 막아 준 거야……. 그땐 도
망칠 수밖에 없었다고!"

이어서 롱헤어 쪽, 세라 타카토도 낮고 거친 목소리로 입
을 열었다.

"그래서 필사적으로 로비까지 도망쳐 왔는데, 아까 그 빌
어먹을 괴물 녀석이 날뛰고 있었고……. 에비샘도 독일도
없고, 타다랑 아이다를 짊어지고 죽을 각오로 이 매점으로
도망왔어. 괴물을 처치해 준 건 고맙지만, 가모의 말대로 그
뚱보를 해치울 수 있었다는 건 너희도 보통은 아니라는 거

겠지. 만약에 안에 들였다가 너희 셋까지 얼굴 없는 괴물이 되어버리면 더는 도망갈 곳이 없어. 너희들이 우리와 같은 인간이라는 걸 증명하기 전까지는 여긴 절대 못 들어와."

어조나 표정은 매우 위협적이었지만, 말하는 것은 실로 논리적이다. 심지어 자세히 보니 세라와 호카리가 입은 오버사이즈 티셔츠와 오노의 스쿨 셔츠에는 수차례 할퀸 자국이 나 있었고, 핏자국 같은 것도 묻어 있었다. 다쳤다는 타다 토모노리와 아이다 신타를 셋이서 옮기고 쇼핑 구역 입구의 바리케이드도 이들이 만든 것이 틀림없어 보였다.

──어쩌면 나는 지금까지 무의식적으로 운동 능력이 특출난 오노나 불량하게 구는 호카리와 세라를 낮잡아 보고 있었는지도 모른다…….

그런 쓰라린 깨달음을 느끼며 유마가 말했다.

"그 삼각머리 괴물뿐만이 아니야."

"뭐?"

의아한 표정을 짓는 네 사람에게 부분적으로나마 진실을 전해 주었다.

"플레이룸에 있던 와타마키도 우리가 무력화시켰어. 그리고 미우라 군은 칼리큘러스 안에 재워 뒀고."

순간 오노가 와락 표정을 일그러뜨렸다.

"……베로시는, 죽은 건가?"

유마가 말없이 고개를 끄덕이자 오노의 몸에서 서서히 긴장이 풀리더니, 덱 브러시의 끝이 내려갔다. 두 눈에 번지는 것은 눈물일까.

그 대신 밀대를 다시 잡은 것은 여전히 적의를 지우지 않은 스가모 테루키였다.

"야, 아시하라 놈! 그런 것보다 무…… 무력화라는 게 무슨 뜻이지?! 와타마키는 어떻게 됐어?!"

순간 눈물을 글썽이던 오노가 곁눈질로 스가모를 노려보았고, 호카리와 세라도 불쾌하다는 듯 입가를 움직였다. 그러나 스가모는 자신이 미우라 유키히사의 죽음을 '그런 것'으로 치부했다는 것조차 깨닫지 못하고 공격적으로 소리쳤다.

"……설마 삼각머리처럼 죽인 건 아니겠지! 그렇게 변했다 해도 와타마키는 우리의…… 1반의 동료라고!"

──아까 괴물이니 어쩌니 했으면서 뭐가 동료라는 거야.

그런 반박을 삼키고 유마가 대답했다.

"죽이지 않았어. 하지만 와타마키를 어떻게 했는지는 여기서 설명할 수 없어."

"웃기지 마! 역시 너희들도……."

하지만 거기서 세라가 유난히 낮은 목소리로 말했다.

"가모, 좀 조용히 있어."

"뭐……?! 나, 나는 반장이라고! 너희들이야말로 함부로 굴지 마!"

그 말투에 오노도 불쾌감을 드러냈다.

"반장이라니, 너 베로시가 와타마키 스미카한테 습격당했을 때 아무것도 안 하고 제일 먼저 도망쳤잖아. 아까도 바리케이드를 누르고 있던 건 우리였고 넌 안쪽에 숨어 있었지?"

"그건……."

스가모는 순간 말문이 막혔지만, 이내 한층 더 거만한 태도로 대꾸했다.

"리더는 나다! 내가 당하면 누가 1반을 이끌겠어?! 이 안전지대를 찾은 것도 나라고!"

"안전지대라니, 넌 진짜……."

오노는 분노와 황당함이 뒤섞인 표정을 지으며 스케이트보드 콤비에게 시선을 보냈고, 다시 스가모를 쳐다보았다.

"……그럼 괴물일지도 모르는 콘도나 아시하라 상대도 우리가 하는 게 맞지. 리더는 안전한 곳에 있어야 하잖아?"

억제하고는 있지만, 그래서 더 박력이 느껴지는 저음으로 오노가 그렇게 선언하자, 스가모도 더는 반박하지 못하는 모습이었다. 하지만 잘난 체하는 태도는 변함이 없었다.

"하…… 하고 싶다면 하게 해줄게. 하지만 쟤네 셋 다 절대로 안에는 못 들어와!"

짓씹듯이 그렇게 말하고는 쇼핑 구역 안으로 사라진다.

다시 한번 살펴보자 급조한 바리케이드는 철로 된 진열대를 이중으로 늘어놓은 것뿐이라 별 도움이 될 것 같진 않았다. 콘헤드 브루저의 침입을 막은 것은 주로 그릴 셔터로, 그것이 파괴된 이상 만약 비슷한 괴물이 다시 덮친다면 진열대의 바리케이드만으로는 절대 막을 수 없을 것이다. 애초에 브루저는 박치기 한 번으로 콘크리트에 큰 구멍을 냈으니 마음만 먹으면 입구 바리케이드는커녕 로비와 쇼핑 구역을 가르는 벽 자체도 파괴할 수 있지 않을까.

"……안전지대라니, 아무리 봐도 안전지대로는 안 보여."

같은 생각을 한 것인지 등 뒤에서 사와가 속삭였다. 서둘러 다가온 콘켄 역시 스가모가 사라졌음에도 불안한 표정은 변함이 없었다.

"야, 유우. 지금 생각해 보니까 그 삼각머리가 한 마리라고는 단정할 수 없잖아. 똑같은 녀석이 또 공격해 온다면 저런 바리케이드로는 10초도 못 버텨. ……아니 근데…….."

쇼핑 구역 입구에서 사와에게로 시선을 옮긴 콘켄이 위아래로 쓱 쳐다본다.

"……옷이 그것밖에 없었어? 겨우 바람막이 한 장이잖아."

"시끄러워, 치마는 싫고 발이 이래서 바지도 못 입는다고."

"뭐어? 부츠 정도로 투덜대지 말고 그냥 벗어."

어이없다는 얼굴을 한 콘켄의 왼쪽 팔꿈치를 유마가 가볍게 치며 주의를 주었다.

마찬가지로 작은 소리로 무언가 상담을 나누던 오노, 호카리, 세라 세 사람이 밀대나 덱 브러시를 든 채로 조금씩 다가왔다. 유마 일행에게서 3m 정도 떨어진 곳에 멈춰 서는가 싶더니, 바리케이드 안쪽에서 상황을 살피고 있을 스가모가 엿듣지 못하도록 한계까지 억누른 목소리로 오노가 물었다.

"아시하라…… 와타마키를 어떻게 한 거지? 죽이지 않았다면 어떻게 얌전히 만든 거야?"

예상한 물음이었지만 대답하기 위해서는 적지 않은 용기가 필요했다. 심호흡을 하고 각오를 다진 유마는 딱 한마디만을 입에 담았다.

"마법으로."

"⋯⋯뭐?"

잠시 입을 떡 벌린 오노 일행이 금세 험악한 표정으로 변한다.

"야, 이런 상황에서 무슨 농담을 하는 거야?"

초등학생답지 않은 와일드 투블럭의 호카리가 오싹한 저음으로 위협했다. 어제까지의 유마라면 금방 움츠러들⋯⋯ 정도는 아니더라도 적잖이 위축되었겠지만, 괴물화한 와타마키 스미카나 완전한 괴물이었던 콘헤드 브루저와 대치한 덕분인지 두려움은 거의 느껴지지 않았다.

어쩌면 잡 체인지에 의해 기본적인 신체 능력이 올라갔기 때문일지도 모른다. 그렇다면 앞으로 할 설명에 의해 호카리 일행에 대한 어드밴티지는 사라지겠지만, 그렇다고 계속 숨길 수도 없었다. 게다가 유마가 밝히지 않더라도 언젠가는 1반의 누군가가 액추얼 매직을 실행하자는 생각을 떠올릴 것이다.

"농담하는 게 아니야."

조용히 대답한 유마는 왼팔을 들어 재킷과 셔츠 소매를 걷어 올렸다. 손등에서 팔꿈치 근처까지 뻗은 거대한 회로 패턴이 드러났다.

"뭐…… 뭐야, 그게……?"

롱헤어 세라가 그렇게 중얼거리며 자신의 왼손과 유마의 왼손을 비교했다. 오노, 호카리, 세라의 크레스트는 정상적인 형태와 크기로 세 사람이 잡 체인지를 하지 않았음을 알려주고 있었다.

"크레스트가 이렇게 되면 마법을 쓸 수 있어. 그것뿐만이 아니라…… 체력도, 근력도 올라가. 그 큰 괴물과 어떻게든 싸워 볼 수 있을 정도로."

"뭐어……?"

표정에서 험악함은 사라졌지만 여전히 반신반의── 아니, 일신구의(一信九疑) 정도의 표정을 한 오노 일행을 향해 콘켄이 대형 해머를 내밀었다.

"믿기 어렵다면 이걸 들어 봐. 불가능하겠지만."

허리를 굽혀 바닥에 해머를 내려놓고 오른발로 차서 세 사람의 앞까지 미끄러뜨렸다.

계산된 행동인지 모르고 한 행동인지, 가벼운 도발이 섞인 콘켄의 말에 오노가 표정을 약간 바꿨다. 체격에 큰 차이는 없지만 운동클럽에 가입하지 않은 콘켄에게 체력으로 뒤질 리가 없다고 생각한 것일까. 한 발짝 앞으로 나와 몸을 숙여 해머를 향해 오른손을 뻗었다. 검게 빛나는 자루를 잡아 그대로 일어서려고 했으나──.

"으억."

신음소리를 내며 쿵 하고 바닥에 무릎을 찧는다. 믿을 수 없다는 얼굴로 몇 번 눈을 깜빡이는가 싶더니 왼손에 들고 있던 덱 브러시를 놓고 이번에는 양손으로 자루를 잡았다. 하지만 결과는 똑같았다. 자루까지는 들 수 있었지만 금속제로 된 머리는 바닥에서 1밀리도 떨어지지 않았다.

"진짜로······?"

"거짓말."

뒤에서 중얼거린 호카리와 세라도 얼굴을 마주보더니 앞으로 나섰다. 가볍게 숨이 찬 오노와 교대하듯 해머를 들어 보았지만, 두 사람 다 결과는 똑같았다.

"이제 됐어?"

콘켄의 말에 세 사람은 멍한 얼굴로 물러섰다. 교대하듯 다가선 콘켄이 오른손으로 해머 자루를 잡고 플라스틱 장난감처럼 가볍게 들어 올렸다. 사실 꽤 팔에 힘을 주었을 텐데 오노 일행은 눈치채지 못한 모습이었다.

콘켄이 유마 옆으로 돌아갔다. 몇 초 지난 후 호카리가 입을 열었다.

"······크레스트가 그렇게 되면 우리도 그 해머를 들 수 있는 거야?"

"아마도."

유마가 그렇다고 단언하지 않은 이유는 테스트 플레이에서 선택한 클래스가 성직자나 마술사라면 잡 체인지를 하더라도 근력이 크게 늘어나지 않을 수도 있었기 때문이다. 그러나 오노 일행은 개의치 않고 당당하게 물었다.

"어떻게 하면 돼?!"

"돈을 내면 되나?!"

세라의 대사에 쓴웃음을 지을 뻔한 유마는 애써 표정을 가다듬으며 대답했다.

"알려 줄게……. 하지만 이건 굉장히 중요한 일이니까 반 애들 모두에게 설명하고 싶어. 우리를 쇼핑 구역 안에 들여 보내 주거나 다른 애들을 여기로 모아줘."

그러자 세 사람은 다시 얼굴을 맞대고 작은 소리로 무언가 속삭였다. 또 실랑이가 벌어질 줄 알았는데, 불과 몇 초 만에 의견이 일치한 듯 오노가 유마를 보고 고개를 끄덕였다.

"알았어. 하지만 가모가 또 투덜거릴지도 몰라."

"그 녀석을 설득하는 게 너희들 일이잖아."

콘켄의 지적에 호카리가 깔끔하게 다듬어진 머리 옆쪽을 벅벅 긁었다.

"뭐…… 그렇지. 잠깐만 기다려."

그렇게 말한 뒤 스케이트보드 콤비는 바리케이드 틈새로 들어갔다. 이내 대화보단 격하고 노성보단 약한 느낌의 목소리가 들려왔지만, 30초도 채 안 돼 세라가 얼굴을 내밀며 유마 일행을 향해 손짓했다.

저도 모르게 안도의 한숨이 나왔다. 반 아이들과 합류하는 것만으로 이 소동이다. 유마 일행이 발견한 절망적인 사실—— 아르테아에서 나갈 수 없다는 것, 괴물이 출몰한다는 것, 그리고 현실 세계가 액추얼 매직의 게임 시스템에 침식되어 버렸다는 것을 설명한다면 모두가 얼마나 동요할지 상상조차 되지 않았다.

하지만 할 수밖에 없다. 와타마키 스미카를 원래대로 되돌리고, 사노 미나기를 찾는다는 두 가지 목표를 달성하기 위해서라도 안심하고 쉴 수 있는 거점은 필요했고, 현재로서는 이 쇼핑 구역이 최적이었다.

오노의 뒤를 따라 걸으며 부서진 그릴 셔터를 밟고 진열장의 바리케이드 틈을 빠져나갔다. 당장에 스가모가 이러쿵저러쿵 따져오지 않을까 예상했는데, 출입문 부근에는 모습이 보이지 않았다. 콘켄과 사와도 안으로 들어온 것을 확인한 후 실내를 둘러보았다.

1층 로비 면적의 6분의 1 가까이를 차지하는 쇼핑 구역은 가늘고 긴 부채꼴로 되어 있었다. 길이는 12m 정도겠지만, 조명이 어두컴컴한 비상등뿐이고 대부분의 진열장이 좌우 벽가로 밀려나 있어 더 넓게 느껴졌다. 정면 안쪽에는 계산 카운터가 자리하고 있었다. 그 앞에는 대형 수건과 담요가 여러 장 깔려 있고 그 위에 두 남자가 누워 있는 것이 보였다. 부상자로 보이는 그들을 간호하고 있는 여자가 둘, 나머지는 구역 곳곳에 삼삼오오 뭉쳐 있다. 그런 학생들의 총 인원수를 유마는 재빨리 세어 보았다. 17명——.

가까이 선 오노, 호카리, 세라, 유마와 사와, 콘켄을 더하면 23명. 행방불명된 나기와 카드 상태가 된 와타마키 스미카, 그리고 죽은 미우라 유키히사를 더해도 26명. 6학년 1반 학생은 41명이니 15명이나 모자란다.

"……여기 없는 녀석들은?"

설마 콘헤드 브루저에게 살해당한 것은 아니겠지……. 몸을 떨며 유마는 오노에게 물었다. 그러나 뒤돌아본 오노는 단 한마디, "모르겠어"라고만 중얼거렸다.

"모르겠다니 무슨 소리야? 2층 플레이룸에서 다 같이 내려온 거 아니야?"

사와의 물음에 호카리가 곧바로 고개를 저었다.

"아니, 플레이룸에서 나오긴 했는데 엘리베이터가 안 움직이길래 비상계단으로 나갔거든. 근데 1층으로 내려가는 길이 너무 좁고 혼잡해서 뒤에 있던 녀석들은 3층으로 올라갔어. 여자는 후지카와나 테라가미, 남자는 니키, 하이자키, 뭐 그런 애들."

"……3층으로……."

깊게 뒤집어쓴 후드 속에서 사와가 가볍게 입술을 깨물었다.

여동생이 무엇을 걱정하는지 유마는 금세 알아차렸다. 일단 위층으로 이동했다고 해도 이미 2층 플레이룸에 있던 와타마키 스미카도, 1층에서 날뛰던 콘헤드 브루저도 사라졌다. 그런데 그 15명이 아직 내려오지 않았다는 것은 그럴 수 없는 이유가 있기 때문이 아닐까, 그런 생각을 한 것이리라.

"만약 3층에 다른 괴물이 있었어도 니키나 하이자키가 그렇게 쉽게 당할 것 같지는 않지만……."

콘켄의 말에 유마는 고개를 끄덕였다. 그 두 사람은 오노나 스가모와는 다른 의미로 1반의 피라미드 정점에 서 있는 학생이었기 때문이다.

출석번호 33번 니키 카케루.

출석번호 35번 하이자키 신.

시험 때마다 반의 톱을 겨루는 수재 콤비. 그렇다고 스포츠를 못하는 것도 아니고 키도 크고 외모도 준수해서 여자애들에게 인기가 상당히 높았다. 그 두 사람이라면 아마 한참 전에 잡 체인지 방법을 눈치채지 않았을까. 그것을 넘어서서 유마 일행이 모르는 정보를 알아냈을 가능성도 있다. 한시라도 빨리 합류하고 싶었지만, 그 전에 아직 해야 할 일이 남아 있었다.

다시 쇼핑 구역을 둘러보니 유마 일행을 알아챈 반 아이들과 눈이 마주쳤다. 하지만 모두 불안한 표정으로 벽가나 진열장 그늘에서 움직이려 하지 않았다. 와타마키 스미카처럼 괴물로 변할까 봐 두려워하고 있는 것이다.

문득 찌르는 듯한 시선을 느끼고 눈을 돌리자 구역 우측 안쪽 좁은 식사용 공간에 진을 치고 있는 스가모 테루키가 못마땅한 눈빛으로 유마 일행을 쳐다보고 있었다. 그 옆에는 테스트 플레이에서 스가모와 파티를 짜고 있던 미소노 아리아와 키사누키 카이의 모습도 보였다.

"그래서…… 크레스트를 파워 업시키는 방법이 뭐야?"

세라 타카토가 기다리기 지쳤다는 듯이 그렇게 물어왔고,
유마는 작게 고개를 끄덕였다.

"응…… 설명할 테니까, 애들 전부 계산 카운터 앞으로 모
아줘."

9

──이렇게 많은 이들의 주목을 받는 것은 생전 처음일지
도 모른다.

문득 그런 생각을 한 유마는, 곧 그렇지 않다는 것을 떠올
렸다.

유키하나 초등학교에 입학한지 5년하고도 2개월이 지났
다. 여름방학이 끝나면 자유연구 발표를 하거나 귀가모임*
에서 위원회 활동 보고를 하는 일도 다반사다. 5학년 때는
'소년의 주장'이라는 작문이 어째서인지 반 대표로 선정되어
전교생 앞에서 읽는 상황에 놓인 적도 있었다. 그때에 비하
면 지금 유마에게 시선을 보내고 있는 학생의 수는 약 10분
의 1에 불과하다.

땀에 젖은 손바닥을 바지 옆면에 문지르고, 유마는 사와
와 콘켄을 제외한 20명의 반 아이들을 둘러보았다.

평온해 보이는 학생은 단 한 명도 없었다. 모두의 눈동자
에 떠오른 것은 곤혹, 혼란, 반발, 불안, 공포, 초조…… 그
리고 아주 조금의 기대. 앞서 유마 일행이 거대한 괴물을 처
치했다는 이야기가 퍼지면서 이 상황을 해결해 줄 것이라
생각하는 것인지도 모른다.

하지만 안타깝게도 그 기대에 부응해 줄 수는 없었다. 유

---

*모든 학교 일과가 끝난 후 반 아이들끼리 모여 마무리하는 모임

마는 지금부터 현재까지 밝혀진 사실을—— 아르테아에서 탈출이 불가능하며, 아마도 괴물도 그 한 마리만이 아니라는 사실을 모두에게 알려야 했다.

"……야, 쓸데없이 폼 잡지 말고 뭔가 말하려면 빨리해."

식사용 공간에 자리잡은 스가모 테루키가 초조함을 감추지 못한 목소리로 말했다. 즉시 그 옆의 미소노 아리아가 "그래, 다들 한가하지 않다고!"라며 덧붙인다. 키사누키 카이는 아무 말도 하지 않았지만, 긴 앞머리에 숨은 두 눈에서는 감정을 읽을 수 없었다.

그쪽에 흘끔 눈길을 준 유마는 천천히 숨을 들이마시며 말문을 열었다.

"……너희도 이미 알고 있겠지만, 지금 이 아르테아 안에서는 평범하지 않은 일이 벌어지고 있어."

입을 다물고 있는 20명을 차례로 보면서, 움직이지 않는 입을 억지로 움직였다.

"와타마키가 괴물이 되거나, 커다란 괴물이 돌아다니기도 하고…… 아까 바리케이드 앞에서 날뛰던 녀석은 우리가 어떻게든 처리했지만 아마 비슷한 녀석은 다른 곳에도 있을 거야. 그런 녀석이 또 덮쳐온다면 저 바리케이드로는 막을 수 없어."

"쉽게 말하는데, 그런 말도 안 되는 괴물을 어떻게 해치웠다는 거야?!"

스케이트보드 콤비 중 호카리가 초조한 기색으로 물었고,

세라도 뭔가 말하고 싶은 얼굴이었다. 그러나 그것보다도 빠르게 새로운 목소리가 들려왔다.

"그럼 다른 괴물이 나오기 전에 아르테아에서 나가는 게 낫지 않아?"

발언자는 긴 머리를 양어깨 위에서 양쪽으로 묶고 검은 뿔테 안경을 쓴 여자아이였다.

출석번호 6번 시미즈 토모리. 도서위원으로 어려워 보이는 책을 자주 읽고 있다. 시력은 크레스트의 아이렌즈로 보정할 수 있는데 굳이 안경을 사용하는 이유는 물어봐도 알려주지 않는다…… 라고 전에 나기가 말했었다.

토모리의 말에 몇몇 학생들이 크게 고개를 끄덕였다. 그 중에는 당장 여기서 나가고 싶다는 듯이 자리를 박차고 일어나는 아이들까지 있었다. 그러나 토모리는 여전히 냉정하게, 차분한 목소리로 의견을 밝혔다.

"아시하라 군이 또 괴물이 있다고 생각한 이유는 아마 3층에 갔던 후지카와 일행이 1층으로 내려오지 않기 때문이지? 나도 걱정은 되지만 아이들끼리 어떻게 한다는 건 말도 안 되는 일이야. 나가서 어른들의 도움을 받아야 한다고 생각해."

평소 차분하고 쉬는 시간에도 말을 거의 하지 않는 토모리의 논리정연한 주장에 나서기 좋아하는 스가모조차 반박하려 하지 않았다. 정말 그렇게 할 수 있다면 얼마나 좋을까. 유마 자신도 그런 생각을 하며 입을 열었다.

"아쉽지만 그건 불가능해. 아까 삼각머리 괴물을 쓰러뜨린 뒤에 현관의 상태를 확인하고 왔어. 자동문은 열리지 않았고, 유리는 새카맣게 변해서 부수려고 해도 꿈쩍도 안 하더라."

"……."

토모리가 렌즈 안쪽에서 두 눈을 가늘게 떴다. 다른 학생들도 불안한 듯 웅성거렸다. 그런 가운데 도발적인 목소리를 낸 것은 역시나 스가모였다.

"당연하지. 너 같은 꼬맹이가 자동문 강화유리를 어떻게 부수겠냐. 나나 오노라면 한 번에……."

"내가 아니야. 콘켄이, 이 해머로 때렸는데 금조차 가지 않았어."

유마가 시선을 돌리자 한 걸음 앞으로 나선 콘켄이 두 손으로 브루징 해머를 들어 보였다. 이것이 삼각머리에게서 드롭한 진짜 '무기'라는 생각은 아무도 하지 않겠지만, 크기와 무게감은 충분히 전달될 것이다.

조금 전 해머를 들으려다 조금도 들지 못한 오노가 곁눈질로 스가모를 보고 나서 말했다.

"나는 믿어. 애초에 자동문으로 밖으로 나갈 수 있었다면 반대로 어른이…… 경비원이나 경찰이 아르테아에 들어왔겠지."

"……그것도 그렇네."

즉각적인 탈출을 주장하던 시미즈 토모리가 선뜻 고개를

끄덕이자 유마는 약간 놀랐다. 이 유연한 사고를 스가모도 본받았으면 좋겠다고 생각하면서 설명을 재개했다.

"아마 부술 수 없는 건 자동문만이 아닐 거야. 로비의 유리는 전부 다 새까맣고 밖은 전혀 보이지 않는데다, 크레스트도 인터넷에 연결되지 않아. 난 이 이상의 원인을 밝혀내지 못하면 아르테아에서 탈출할 수 없다고 생각해."

유마가 마침내 그 말을 입에 담자, 토모리는 입을 다물었고 스가모는 크게 얼굴을 일그러뜨렸다. 다른 반 아이들도 경악으로 물든 표정을 지었다.

탈출 불가능.

많은 만화나 게임에서 사용되던 말이지만, 그것이 현실이 되어 버리면 쉽게 받아들이기 어렵다. 검게 물든 유리를 자신의 손으로 만져보고 망치로 때려도 끄떡없는 모습을 목격한 유마조차 그랬으니 반 아이들의 곤혹스러움은 이루 말로 다할 수 없을 것이다.

"······그럼에도 여전히 믿기 힘든 사람이 있다면 나중에 현관을 보러 갈 시간을 만들어 볼게. 하지만 지금은 이 귀중한 피난 장소······ 셸터를 지키는 것과 그걸 위한 '힘'을 모두가 습득하는 게 최우선이라고 생각해."

본격적인 상황 설명의 핵심으로 들어가기 위해 유마는 한 차례 심호흡을 했다. 그러나 거기서 다시 스가모 테루키의 지적이 날아왔다. 보란듯이 혀를 차더니 이어서 적의를 드러낸 말이 날아왔다.

"칫, 혼자서 폼 잡지 마! 그렇게 그럴싸한 말로 빙빙 에둘러서 은근슬쩍 넘어갈 생각인 것 같은데, 너희들은 마지막에 여기 왔잖아. 처음에 이 쇼핑 구역을 발견하고 셸터로 만든 건 반장인 나라고. 앞으로 어떻게 할지 결정하는 것도 당연히 나……."

스가모의 대사가 중단된 것은 유마가 힘차게 오른팔을 들어 올렸기 때문이다.

쇼핑 구역 한가운데 서 있는 유마의 위치에서, 식사용 공간에 자리를 잡고 있는 스가모까지는 5m 정도 떨어져 있다. 하지만 스가모는 자신을 향한 유마의 오른손을 보고 무언가를 감지한 듯 상체를 살짝 뒤로 뺐다.

——의외로 감은 좋은 녀석인가.

그런 생각을 하면서 유마는 바람의 속성사를 외웠다.

"벤투스(바람이여)!"

펼친 손끝에 연록색 광구가 출현하며 어두컴컴한 쇼핑 구역을 환하게 밝혔다. 스가모가 다시 한번 크게 몸을 젖히며 균형을 잃고 의자째로 바닥에 굴렀지만, 반 아이들은 아무도 그쪽에 시선을 주지 않았다.

전원의 두 눈이 휘둥그레지고, 입에서는 신음소리가 새어 나왔다. 이것만으로도 충분한 설득력이 있겠지만, LED 라이트 같은 것을 사용한 속임수라는 말을 듣지 않도록 확실히 해두기로 했다.

"아비스(새가 되어)!"

형태사를 영창하자 광구는 소용돌이치는 기류가 되어 작은 새 모양이 되었다. 풍속성의 범용 마법 '윈드 버드(바람의 작은 새)'. 공격력은 없는 것이나 다름없지만 새를 날려 몬스터의 시야를 어지럽히거나 먼 곳에 있는 물건을 떨어뜨릴 수 있었다.

유마는 실내를 둘러보다가 벽 쪽으로 밀려난 진열장 중 하나를 노렸다.

"이그니스(날아라)!"

발동사를 받자 녹색의 작은 새는 힘차게 날갯짓을 하며 날아올랐다. 시미즈 토모리의 머리 위를 통과해 진열대 맨 위에 명중한 후 공기에 녹듯이 소멸한다. 선반에 올려져 있던 아르테아 모양의 미니 쿠션 하나가 바닥에 떨어지며 가벼운 소리를 냈다.

유마의 시연이 끝난 뒤에도 스무 명의 학생들은 한동안 입을 다물고 있었다. 이윽고 여기저기서 웅성거림이 오가기 시작했다.

"지금 그거…… 마법이지? 액매에 나오는…….."

"응…… 나도 게임 속에서 같은 주문 쓴 적 있어…….."

"하지만 여긴 현실이잖아…… 뭔가 속임수 아니야……?"

"아니면 크레스트의 AR 영상일지도…….."

반신반의하는 학생들을 다시 한번 침묵시킨 것은 유마의 정면에 서 있던 시미즈 토모리의 한마디였다.

"지금, 바람이 느껴졌어."

오른손 손가락으로 자신의 볼을 쓰다듬으며 말을 잇는다.

"크레스트는 촉각을 지원하지 않기 때문에 공기가 움직였다면 AR 영상이 아니야. LED 조명과 미니 선풍기를 사용한다고 해도 빛을 작은 새 모양으로 바꿔서 날갯짓을 시키거나 물건을 떨어뜨리는 건 불가능해. 지금 그건 속임수가 아니라…… 진짜 마법이야."

검은 뿔테 안경을 반짝 빛낸 토모리가 그렇게 단언하자 더 이상 반박하는 학생은 없었다. 스가모는 엉덩방아를 찧은 채 입을 떡 벌리고 있었고, 추종자인 미소노 아리아와 키사누키 카이도 아무 말도 하지 않았다.

다음으로 목소리를 낸 것은 농구부의 오노 요이치였다.

"……혹시 마법을 써서 그 괴물을 쓰러뜨린 거야? 그 녀석뿐만이 아니다…… 와타마키도 마법으로 쓰러뜨린…… 아니, 죽인 거고?"

"아니야."

학생들이 동요하기 전에 유마는 서둘러 부인했다.

"여기에 침입하려던 괴물은 확실히 죽었지만 와타마키는 죽이지 않았어. 마법으로…… 구속해서 움직일 수 없게 만들었어. 나는 와타마키를 되돌릴 방법을 찾을 생각이야."

이 단계에서 유마는 '포획 마법으로 카드화했다'라고는 말할 수 없어 구속이라는 말을 썼다. 하지만 다행히 그 부분을 지적하는 학생은 없었다. 삼각머리 콘헤드 브루저도 실제로는 마법이 아닌 소독용 에탄올을 사용했지만, 그건 추후 설명하면 될 일이었다. 지금은 모두에게 '잡 체인지'를 준비시키는 것이 먼저였다.

유마의 선언을 들은 오노는 표정을 이리저리 바쁘게 바꾸더니, 어딘가 매달리는 듯한 목소리로 힘겹게 물었다.

"……원래대로, 되돌려? 와타마키를, 되돌릴 수 있어?"

"반드시 되돌릴 수 있다고 약속할 수는 없어. 그래도 방법은 있다고 생각해. 나는 그렇게 믿어."

그것은 유마의 거짓없는 진심이었다. 오노에게도 그것이 전해진 것일까. 그가 가늘고 길게 숨을 내쉬더니 곧 천천히 고개를 끄덕였다.

"……알았어. 아시하라, 나는 널 믿는다. 이제부터는 네 지시에 따를게."

"고마워, 오노."

부끄러움을 무릅쓰고 감사를 전한 뒤 다른 학생들의 모습을 살폈다. 호카리와 세라, 게다가 시미즈 토모리에게도 이론은 없어 보였다. 표현은 좀 그렇지만, 이들 4명만 포섭할 수 있다면 주도권은 확보된 것이나 다름없었다. 토모리는 결코 1반 여자의 리더격은 아니지만, 그 포지션에 있는 후지카와 렌이나 테라가미 쿄카는 3층으로 향한 15명 중에 포함되어 있어 이곳에는 없었다.

신경 쓰이는 것은 스가모 그룹이었지만, 이 극한 상황에서 스가모의 독선적인 언행은 대체로 모두의 반발을 사고 있었고, 갸루인 미소노 아리아는 피라미드 상위이긴 해도 여자들 무리 안에서는 붕 뜬 존재였다.

유마는 학급 내 세력 다툼에는 관심이 없었지만 이제부터 전원을 잡 체인지한다고 하면 더욱 신중해질 수밖에 없었다. 공격 마법을 다루는 힘이나 인간과 동떨어진 완력을 얻은 학생들이 멋대로 그것을 시도하면 급조한 셸터 따위는 순식간에 무너질 것이다. 이 자리의 전원이 자신이 처한 상황을 인식하고, 받아들이고, 진정될 때까지는 유마와 사와, 콘켄 셋이서 주도권을 계속 확보할 수밖에 없었다.

마지막으로 다시 한번 반 아이들의 얼굴을 둘러본 유마가 말했다.

"그럼, 이제 모두에게 마법을 쓰는 방법을 알려줄게."

부상을 입고 담요 위에 누워 있는 타다 토모노리와 아이다 신타를 포함해 전원이 잡아먹을 듯한 시선을 보내왔다. 귀가 아플 정도의 침묵 속에서 유마는 불현듯 이유 없는 불안감을 느꼈다. 자신이 무언가, 아주 중요한 것을 간과하고 있다는 느낌.

하지만 더 이상 시간을 끌 수는 없었다. 두 주먹을 불끈 쥐고 불안감을 털어낸 뒤 마지막 주의사항을 전했다.

"우리는 '잡 체인지'라고 하는데, 그걸 하면 왼손의 크레스트가 변형되면서 팔꿈치 근처까지 올라와. 그때 뜨겁게 느껴질지도 모르지만 화상은 입지는 않으니까 잠시만 참아줘. 그럼 다들 가상 데스크톱에 있는 액추얼 매직 아이콘을 눌러 봐."

그 지시를 듣자마자 호카리 하루키가 눈을 동그랗게 떴다.

"액매 아이콘을…… 어? 칼리큘러스 안이 아니면 작동하지 않잖아?"

"됐으니까 일단 눌러봐."

유마가 그렇게 말해도 학생들은 불안한 듯 서로 얼굴을 마주 볼 뿐이다. 스가모는 확실한 관망 태세였고, 오노조차 쉽사리 마음을 먹지 못하는 모습이었다.

처음으로 오른손을 움직인 것은 도서위원인 시미즈 토모리였다. 가느다란 검지를 안경 앞까지 들어 올린 뒤 왼쪽 아래로 슥 미끄러뜨린다. 거기서 순간 손가락이 멈췄지만, 왼손까지 들어 올려 오른손을 쥐고는 유마에겐 보이지 않는 아이콘을 꾹 누른다.

토모리의 왼 손등에 달린 크레스트가 선명한 에메랄드 그린으로 빛났다. 입에서 가느다란 비명이 새어나왔다.

"……윽, 아……."

이것을 보고 학생들은 더욱 불안한 얼굴을 했지만, 몇몇은 승부욕을 자극받았는지 이어서 아이콘을 눌렀다. 그중에는 오노도 포함되어 있었다. 왼손이 붉은빛에 휩싸이자 낮은 목소리로 신음하다가 이내 큰 소리로 외친다.

"괘…… 괜찮아! 아프긴 한데 참을 수 없을 정도는 아니야!"

그 말을 듣고 관망 모드였던 학생들도 줄줄이 아이콘을 누르기 시작했다. 어둑어둑한 공간을 형형색색의 빛이 비추고, 여자아이의 비명 소리와 남자아이의 고함 소리가 높은 천장을 울렸다. 식사용 공간의 세 사람도 겨우 아이콘을 누른 것인지 스가모와 아리아가 요란하게 소리치는 한편 키사누키는 회색 불꽃을 일으키는 왼팔을 물끄러미 바라볼 뿐이었다.

5명의 부상자를 포함한 전원의 크레스트가 변형을 끝내기까지 약 3분 남짓의 시간이 소요되었다.

마지막으로 아이콘을 누른 학생의 팔에서 빛이 사라지자 쇼핑 구역에 정적이 돌아왔다.

얼이 나간 20명을 둘러보며 유마가 말했다.

"……이걸로 너희는 평범한 초등학생에서 액추얼 매직 테스트 플레이 때 선택한 클래스로 잡 체인지를 한 거야. 시야의 왼쪽 위에 본인의 HP바가 떠 있지?"

전원의 시선이 동시에 움직였다가 다시 유마의 얼굴로 돌아갔다.

"클래스가 마술사나 성직자인 사람은 전용 마법을 쓸 수 있고, 전사라면 완력이 올라가고, 도적이나 사냥꾼은 빠르게 움직일 수 있을 거야. 다만 마법을 쓰면 당연하지만 MP가 줄어들고 쉽게 회복되지 않으니까 시도한다면 속성사까지만 해 줘."

그 말을 듣자마자 몇몇 학생들이 불이나 얼음, 빛 등의 속성사를 외웠다. 생성된 형형색색의 광구는 10초 동안 모두의 얼굴을 비추었다가 푸쉭! 소리를 내며 소멸했다.

"……진짜로……?"

갈라진 목소리로 중얼거린 것은 오노였다. 전사 클래스인 것인지 마법이 아닌 완력으로 자신의 변화를 확인하려는 듯 몇 걸음 앞으로 걸어나와 콘켄에게 오른손을 내밀었다.

"다시 그 망치를 들게 해 줘."

"오. 떨어뜨리지 마."

콘켄은 조금도 주저하는 내색 없이 브루징 해머의 자루 부분을 오노에게 돌려 주었다. 단단한 양손으로 그것을 쥐고는 조심스럽게 들어 올리더니—— 어이없다는 표정으로 몇 번이고 올렸다 내린다. 방금 전에는 바닥에서 뗄 수조차 없었던 해머가, 조금만 힘을 주면 휘두를 수 있는 정도의 무게가 되어 버린 것을 실감했는지 "……진짜로?"라는 말을 다시 한번 중얼거린 오노는 콘켄에게 해머를 돌려주었다. 그리고 유마를 향해 멋쩍게 말한다.

"아시하라, 아까는 괴물 취급해서 미안했다……."

"아니…… 당연한 반응이지."

그렇게 대답해 주자 오노는 작게 고개를 끄덕이고 제자리로 돌아갔다. 다른 학생들도 여전히 놀라움이 가시지 않은 모습이었지만 더는 속임수라며 의심하는 사람은 없어 보였다.

이로써 6학년 1반 학생들을 한데 모아 잡 체인지를 시킨다는 큰 임무는 얼추 완수했다. 다음에는 모두가 얻은 이 힘을 활용해 이 셸터의 수비를 공고히 해야 했다.

싸울 수 있는 학생의 수는 단번에 늘었지만, 아직 콘헤드 브루저급의 몬스터를 부상자 제로로 쓰러뜨리기는 어려웠다. 입구의 바리케이드를 강화하고 쉽게 침입할 수 없게 만드는 것이 우선…… 아니, 그 전에 또 한 가지 해야 할 일이 있다.

"좀 들어줘!"

유마가 큰 소리를 내자 웅성거리던 학생들이 일제히 시선을 돌렸다. 이것에도 빨리 익숙해져야겠다고 생각하며 말을 이어갔다.

"이 중에 클래스가 성직자인 사람은 손을 들어 줬으면 좋겠어."

제일 먼저 손을 든 것은 시미즈 토모리였다. 다음으로 부상자 치료──라고 해도 이 상황에서는 적신 손수건으로 상처를 닦는 정도가 고작이었지만──를 하던 짧은 머리의 여자아이가 머뭇머뭇 손을 들었고, 체격 좋은 남자아이가 이어서 손을 들었다.

그것이 끝이었다. 오른쪽 뒤에 선 콘켄이 "셋이라니……"라고 중얼거렸다.

유마도 적어도 대여섯 명은 될 것이라 기대했는데, 잘 생각해 보면 액추얼 매직의 클래스는 전사, 마술사, 성직자, 도적, 사냥꾼, 상인, 마물사로 일곱 가지나 되었다. 20을 7로 나누면 3이 채 되지 않으니 적다고는 말할 수 없었다.

짧은 머리의 여자아이는 출석번호 8번 소가 아오이. 통통한 남자아이는 출석번호 39번 모로 타케시. 두 사람에 시미즈 토모리를 포함한 세 사람은 이 셸터의 생명선이었다. 만약 다시 몬스터가 덮쳐온다면 최우선으로 지켜야 하는데, 당장 그것을 지시하면 불공평하다고 느끼는 학생도 있을 것이다. 우선은 세 사람의 소중함을 모두가 느끼게 하는 것이 먼저였다.

"좋아…… 시미즈랑 소가, 모로는 회복 마법을 쓸 수 있을 거야. 너희가 다친 사람들을 치료해 주면 좋겠어."

유마의 지시를 듣자마자 토모리가 안경 속에서 몇 번인가 눈을 깜빡이며 말했다.

"아…… 그래. 마법으로 고칠 수 있구나……."

고개를 끄덕이더니 곧바로 치마를 휘날리며 계산 카운터 앞에 누운 두 부상자에게 달려간다.

유마의 눈으로 보아도 중상인 것은 출석번호 22번인 아이다 신타였다. 와타마키 스미카의 손톱에 제대로 당한 것인지 티셔츠 왼쪽 소매가 엉망으로 찢어져 있고 어깨에서 팔뚝에 걸쳐 수차례 베인 상처가 나 있었다. 흰 수건으로 단단히 묶었지만, 출혈은 멈추지 않았다.

아이다도 잡 체인지를 했으니 기초 체력은 올라갔겠지만, 액추얼 매직 아바타와 달리 현실의 몸은 상처도 입고 부상도 쉽게 낫지 않는다. 아이다는 1반에서는 죽은 미우라 유키히사만큼은 아니지만 밝은 성격을 가진 아이로 방송 위원회에 소속되어 있었다.

시미즈 토모리는 새빨갛게 물든 수건을 보고 순간 움츠러들었지만, 움직임을 멈추지 않고 아이다 옆에 쪼그려 앉았다. 상처 입은 왼쪽 어깨에 두 손을 감싸고 약간 어색한 목소리로 스펠 워드를 외운다.

"사크라(축복이여)."

왼손 등에서 팔꿈치 근처까지 뻗는 크레스트의 문장이 에메랄드 그린색으로 빛나며 양손 앞에 흰색 광구가 생겨났다.

그 모습을 보고 유마는 어? 하고 생각했다. 와타마키 스미카와 싸우느라 다친 유마를 치료하기 위해 사와가 똑같은 '신성 속성사'를 외웠을 때 발생한 빛은 옅은 분홍색을 띠고 있었기 때문이었다. 그러나 본래 신성속성의 에너지는 하얀색이기 때문에 색을 따지자면 이쪽이 정상이라고 할 수 있었다.

토모리는 안경 속에서 두 눈을 가늘게 뜨고 형태사를 외웠다.

"프레미스(모여들어)."

순간 하얀빛이 공중에서 소용돌이치듯 흐르기 시작했다. 성직자만이 쓸 수 있는 '홀리 힐(성스러운 치유)' 마법일 것이라고 유마는 짐작했다. 사와가 사용한 '힐링 드롭'은 손가락 끝에서 떨어지는 물방울을 대상 플레이어에게 직접 먹여야 하는데, 이쪽은 단지 마법을 맞추기만 하면 되고 사거리도 길다. 자동 조준 능력은 없었기에 신중하게 대상에 맞출 필요가 있었지만 이 거리에서 빗나갈 일은 없을 것이다.

"푸지오네(융합하라)."

발동사를 외친 순간 빛의 흐름은 토모리의 손에서 똑바로 뻗어 아이다의 왼쪽 어깨에 명중했다. 아이다가 움찔 몸을 떨었지만 이내 표정이 풀리면서 입에서 희미한 한숨이 흘러 나왔다.

빛은 몇 초 만에 사라졌고, 수건 밖으로 튀어나와 있던 상처는 거의 대부분 막혀 갈색 딱지만 남았다. 아이다는 조심 조심 왼팔을 들어 앞뒤로 움직이더니 눈을 몇 번 깜빡이며 "하나도 안 아파!"라고 소리쳤다. 그러나 곧 인상을 찌푸리 더니 "역시 좀 아파!"라고 말한다.

"······어느 쪽이야?"

토모리가 진지한 얼굴로 따지자 몇몇 학생들이 키득거렸 다. 소프트 모히칸으로 자른 머리를 오른손으로 긁적인 아 이다가 멋쩍은 웃음을 지으며 대답했다.

"아니, 멀쩡해, 멀쩡해. 아까까지만 해도 엄청 욱신욱신 했는데 지금은 은근하게 간질간질한 느낌이야. 땡큐, 시미 즈······. 그보다 마법이란 거 굉장하네······."

똑같이 마법으로 회복한 유마는 그렇게 감탄하는 아이다 의 심정을 충분히 이해했다. 주위 학생들도 피부 아래 살점 이 드러난 수준의 상처가 순식간에 아물어 버린 기적을 보 고는 새삼스레 이 이상한 상황을 실감한 것인지, 키득거리 는 웃음도 금세 가라앉으며 곧 셸터 안에 정적이 감돌았다.

그것을 깬 것은 아이다 근처에 누워 있던 또 다른 중상자, 타다 토모노리였다. 출혈은 없었지만 뼈에 금이 갔는지 잡 지를 테이프로 감아 부목으로 삼은 오른팔을 감싸 안으며 한심한 목소리로 말한다.

"저기, 미안한데…… 슬슬 나도 좀 고쳐 주면 안될까?"

순간 학생들이 다시 웃음을 터뜨렸고, 타다가 원래도 늘어진 눈썹을 완벽한 팔자로 오므렸다. 그 얼굴이 더더욱 웃음을 자아내 유마도 무심코 입가에 웃음을 터뜨렸다.

토모리도 표정을 살짝 누그러뜨리면서 다시 '홀리 힐' 주문을 외워 타다의 오른팔을 치료했다. 빛이 가라앉자 타다는 붕붕 오른팔을 휘두르며 "정말 안 아프네!"라고 소리친다.

세 번째로 지금까지 중 가장 큰 웃음소리가 터졌고, 계속 팽팽하던 셸터 내의 분위기가 반동 때문인지 더욱 크게 이완된──.

그때였다.

유마의 등 뒤에서, 지금까지 조용히 기척을 감추고 있던 사와가 비명 같은 목소리로 소리쳤다.

"오빠!"

그와 거의 동시에 천장에 설치된 환기 덕트 뚜껑이 곳곳에서 분리.

거기에서 검은 덩어리가 차례차례 낙하해 왔다.

쿵, 쿵, 하는 묵직한 소리를 내며 바닥에 떨어진 그것을 20여 명의 학생들이 멍한 표정으로 바라보았다. 전체 길이 50cm, 폭 15cm 정도의 짙은 회색을 띤 타원형 물체. 전체적으로 흐물흐물한 질감에 표면은 무수한 환절로 나뉘어 있고, 아래쪽에는 돌기 모양의 다리가 여러 가닥 뻗어 있다.

앞쪽에는 일렬로 늘어선 네 개의 눈과 튀어나온 여섯 개의 날카로운 송곳니가 튀어나온 입이 있었다.

벌레—— 거대한 애벌레다. 그런 것이 최소한 열 마리.

소름 끼치는 혐오감이 온몸의 살갗을 조여왔다. 조금씩 움직이는 환절이나 축축한 광택은 진짜 생물처럼 보였지만, 현실 세계에 이토록 큰 애벌레가 있을 리 만무하다. 즉 이들은 콘헤드 브루저와 같은 초자연적 존재, 다시 말해 몬스터다.

거기까지는 생각했지만, 어떻게 해야 할지 판단하지 못한 유마는 순간 그대로 얼어붙었다.

불과 1m 앞에서 꿈틀거리고 있던 애벌레가 불시에 네 개의 눈으로 유마를 올려다보았고——.

전신을 꽉 수축시키더니 무거워 보이는 모양새로는 상상할 수 없는 속도로 달려들었다.

"으악……."

소리친 유마는 반사적으로 두 손을 내밀어 애벌레를 공중에서 잡아챘다. 손가락 끝으로 딱정벌레 유충이 거대해지면 이런 느낌이 아닐까 싶은 생생한 무게감과 탄력감이 전해졌다. 붙잡힌 애벌레는 유마의 손안에서 반복적으로 환절을 움직이며 얼굴 바로 앞에서 여섯 개의 송곳니를 딱, 딱, 움직였다.

직후 무수한 비명 소리가 쇼핑 구역을 가득 채웠다.

십여 마리의 애벌레가 차례차례 튀어올라 얼어붙은 학생들에게 달려들어 쓰러뜨려 나갔다. 표적이 되지 않은 학생

들도 힘이 풀려 주저앉거나 비명만 지를 뿐 다른 아이들을 도울 여유는 없어 보였다.

어떻게든 해야겠다는 마음은 들었지만 유마도 자신을 물려는 애벌레를 떨어뜨리기 위해 안간힘을 쓰느라 머리가 전혀 돌아가지 않았다. 액추얼 매직 안이라면 땅바닥에 내려쳐서 짓밟거나 차라리 이대로 쥐어뜯을 수도 있었을 텐데, 애벌레의 생생한 감촉이 너무나도 징그러워 꼼짝도 할 수 없었다.

갑자기 애벌레가 유마의 얼굴을 물려던 것을 멈추고 몸을 옆으로 비틀었다.

팔을 물린다──라는 공포에 질린 그 찰나.

"유우, 그대로 들고 있어!"

유마의 정면으로 다가온 사와가 그렇게 외친 직후 오른발을 바로 아래에서 휙 쳐올렸다.

쿵! 하는 둔탁한 소리가 울려 퍼지며 수직으로 걷어차인 애벌레는 툭 튀어나온 천장 배관을 들이받고 튕겨져 나와 바닥에 떨어졌다.

"콘켄!"

"우어어어어어!"

사와의 목소리에 콘켄의 포효가 반응했다. 달려온 콘켄이 대형 해머를 높이 휘둘러 내려쳤다.

폭발과도 같은 충격음. 고급스러워 보이는 플로어 타일이 방사형으로 부서지며 내려앉았다.

──빗나갔다!

유마는 이를 악물었다. 해머의 헤드가 내려친 부분은 애벌레 머리의 2cm 옆. 근소한 거리였지만 직격하지 않으면 1m를 벗어난 것과 다름없다, 라고 생각한 그 순간.

해머의 타격면에서 아지랑이 같은 충격파가 퍼지면서 애벌레를 휘감았다. 통통하게 살찐 몸이 납작하게 눌리는가 싶더니 철퍽! 하는 무시무시한 소리와 함께 파열되었다. 흩날린 것은 체액이 아니라 콘헤드 브루저 때와 똑같이 옅은 어둠의 단편이었지만 죽은 것은 확실해 보였다.

"아…… 어라?!"

콘켄도 빗나간 것을 자각한 것인지 쾌재가 아니라 당황한 목소리를 냈다. 옆의 사와도 놀란 기색이었지만 이내 무언가 깨달은 듯 중얼거린다.

"스플래시 대미지……."

액추얼 매직에서 무수한 무기 공격과 일부 대형 무기의 일반 공격에 부여되는 범위 대미지를 말한다. 현실 세계에서 같은 위력의 충격파를 발생시키려면 폭발물을 사용할 수밖에 없지만, 아마도 브루징 해머와 같은 '무기'는 몬스터와 마찬가지로 초자연적인 존재였으니 게임 세계의 특수 효과가 현실 세계에서도 발현되는 모양이었다.

하지만 지금 중요한 것은 그 부분이 아니었다. 애벌레가 스플래시 대미지만으로 죽을 정도로 약하다는 사실을 학생들에게 알려야 했다.

"얘들아! 이 벌레는 단단한 걸로 때리면 손쉽게……."

뒤돌아보며 그렇게 소리친 유마가 본 것은.

어둑어둑한 쇼핑 구역에 펼쳐진 지옥 같은 광경이었다.

바닥에는 열 명 이상의 학생들이 쓰러져있고 그 목덜미와 가슴팍에 애벌레들이 달려들어 추루룹추루룹 하는 끔찍한 소리를 내고 있다. 아마도 피를 빨고 있는 것 같았다.

파티를 짜지 않았기 때문에 흡혈된 학생들의 HP바는 보이지 않았다. 손이나 다리가 가끔 경련하는 것을 보면 아직 살아 있는 것 같긴 하지만 이대로라면 사망자가 나오는 것은 시간문제였다.

무사한 학생도 10명 가까이 있을 텐데, 모두가 못 박힌 듯 서서 비명을 지르거나 바닥 구석에서 웅크리고 있어 도저히 싸울 수 있는 상태가 아니었다. 적어도 오노, 호카리, 세라 이 세 사람이 무사하다면—— 그렇게 생각하고 시선을 돌렸지만, 몸집이 크고 눈에 띄어서인지, 혹은 여자아이를 감싼 탓인지 세 사람 모두 애벌레에게 피를 빨리고 있었다.

그렇다면 위세 좋게 굴던 스가모만이라도, 라는 생각에 식사용 공간을 바라보자 원형 테이블을 옆으로 눕힌 채 그 뒤에 미소노 아리아, 키사누키 카이와 함께 숨어 있었다. 스가모의 성격상 위험이 사라지기 전까지는 나오지 않을 것이다.

약 1초 만에 거기까지 생각한 유마는 사와와 콘켄을 향해 외쳤다.

"우리끼리 할 수밖에 없어! 사와가 애벌레를 걷어차고, 콘켄이 해머로 으깨줘!"

"알았어…… 근데 오빠는?!"

"이걸로 어떻게든 해볼게!"

사와를 향해 오른쪽 주먹을 내밀어 보인 유마는 플로어 안쪽에서 애벌레의 습격을 받고 있는 여학생을 향해 달려갔다.

뒤로 쓰러진 채 목덜미의 피를 빨리는 여자의 얼굴은 헝클어진 머리에 가려져 있었지만, 귀 위로 안경테가 보였다. 1반의 학생 중 안경을 쓰고 있는 것은 도서위원 시미즈 토모리뿐이었다. 유마가 가장 먼저 토모리를 돕고자 한 이유는 그녀가 단 세 명밖에 없는 귀한 성직자 중 한 명이었기 때문이다.

제발 살아 있어달라고 기도하며 다가가 피를 빨고 있는 애벌레의 옆구리를 운동화로 힘껏 걷어찼다. 애벌레는 토모리에게서 떨어져 일직선으로 날아가 안쪽 진열장을 들이받았는데, 여섯 개의 송곳니가 난 입이 선혈로 시뻘겋게 물들어 있었다. 물론 모두 토모리의 피일 것이다.

공격을 받은 탓에 애벌레의 머리 위에 그와 똑같은 크기의 HP바가 나타났다. 근접 전투직이 아닌 유마가 평범한 신발로 찼을 뿐인데 HP는 20% 가까이 줄어 있었다. 역시 방어력은 거의 없어 보였다. 바 아래에는 [헤르타바나스 라바]라는 고유명이 표시되어 있었지만 의미는 알 수 없고 알아볼 방도도 없었다.

지금은 어쨌든 1초라도 빨리 모든 학생을 도와야 했다.

유마는 토모리를 뛰어넘어 진열대에 매달린 애벌레를 향했다.

"하앗!"

그런 기합과 함께 오른쪽 주먹을 내밀었다.

잡 체인지의 혜택도 몸놀림까지는 미치지 못하는 것인지 언뜻 보기엔 형편없는 일격이었지만, 회색 가죽 장갑에 감싸인 오른쪽 주먹이 가까스로 애벌레 몸통을 포착했다. 말랑말랑한 연체에 주먹이 깊게 파묻혔다. 순간적인 수축 후 회색 표피가 풍선처럼 부풀며 펑! 하고 흩어진다.

아무리 애벌레가 부드럽다고 해도 유마의 솜방망이 같은 펀치에 터질 만큼 연약하진 않을 것이다. 아마 콘헤드 브루저가 떨어뜨린 가죽 장갑에도 콘켄의 해머와 마찬가지로 초자연적 힘이 깃들어 있는 모양이었다.

──할 수 있겠어!

흩어지는 실체 없는 단편에는 눈길도 주지 않은 채 유마는 다른 성직자 두 명을 찾아 나섰다. 소가 아오이, 그리고 모로 타케시.

아오이는 곧 발견되었다. 다행히 애벌레에게 습격당하지 않고 바닥 한쪽 구석에서 몇 명의 여자들과 몸을 맞대고 있다. 그러나 모로의 모습을 찾을 수 없었다. 1반에서 최대급 체중을 자랑하는 그를 길이 십여 m뿐인 공간에서 못 볼 리가 없는데.

어쩔 수 없이 유마는 가장 가까이서 습격당하고 있는 남학생에게 달려갔다. 엎드린 채 목덜미를 애벌레에게 빨리고 있는 것은 농구부의 오노 요이치다. 한 마리를 때려눕힌 탓인지 혐오감이 다소 사라져 왼손으로 애벌레의 목덜미를 잡고 오노에게서 떼어냈다. 그대로 바닥에 내던지고 오른쪽 주먹으로 때려 없앴다.

사와와 콘켄도 순조롭게 애벌레를 처치하고 있는 모습이었다. 남은 일곱, 여덟 마리도 가능한 한 빨리 해치운 뒤 피를 빨린 학생들을 치료해 주고 모로를 찾아야 했다.

유마가 오노 옆에 쓰러져 있는 세라 타카토의 목덜미에 붙은 애벌레를 잡고 떼어내려 한, 그때였다.

"꺄아아아악!"

귀를 때리는 날카로운 비명이 쇼핑 구역에 울려 퍼졌다.

소리가 난 방향을 보자 식사용 공간에 숨어 있었을 스가모 테루키가 바닥에 엎드려 있었고 그 등 위에 애벌레가 붙어 있었다. 비명을 지른 것은 스가모의 곁에 자리한 미소노 아리아였지만, 맨손으로 애벌레를 만질 용기는 없는 모양이었다.

고개를 든 아리아와 유마의 눈이 마주쳤다.

"아시하라, 루키 좀 도와줘!"

이 상황에서 지금껏 스가모에게 괴롭힘당한 보복을 할 만큼 유마도 어린아이가 아니었다. 잡 체인지를 한 이상 스가모도 귀중한 전력이었고, 당장 도와줘야 하는 상황인 것은 확실했지만, 그 밖에도 일각을 다투는 상황인 학생이 많았다.

숨어 있던 만큼 애벌레에게 더 늦게 발견됐다고 하면 스가모는 이제 막 피를 빨리기 시작했을 것이다. 그렇게 생각한 유마는 아리아를 향해 소리쳤다.

"가모는 아직 괜찮아! 도와줄 테니까 조금만 더 기다려!"

그러자 아리아는 의외로 순순히 고개를 끄덕였다.

"아…… 알았어. 그래도 빨리 와줘!"

유마는 더 이상 대답하지 않고 세라에게서 떼어낸 애벌레의 복부를 오른손으로 움켜쥐고 단숨에 짓눌렀다.

이어서 호카리 하루키와 누시로 치나미라는 여학생을 도왔을 때, 조금 떨어진 곳에서 콘켄의 목소리가 들려왔다.

"유우, 이쪽 애벌레는 다 뭉갰어!"

"오케이!"

그렇게 대답하고 식사용 공간으로 달려갔다.

쓰러진 스가모의 등에 올라탄 애벌레는 왼쪽 견갑골 아래 부근에 6개의 송곳니를 박아넣고 입 안쪽에서 무수히 가는 촉수를 뻗어 츄르릅츄르릅 피를 빨아들이고 있었다.

길이 50cm의 흡혈 애벌레는 현실 세계의 초록 애벌레나 자벌레 같은 것과 비교하면 훨씬 거대하지만 무게는 고작 4kg 정도일 것이다. 몸집이 작은 학생이라면 몰라도 체격이 큰 오노나 스가모마저 벌레가 위에 올라탄 것만으로 움직이지 못한다는 것은 이상했지만, 그 이유를 찾고 있을 여유는 없었다.

"빨리, 빨리!"

아리아의 울음소리에 다급해진 유마는 애벌레의 뒷목에 해당하는 부분을 움켜쥐었다. 바둥바둥 날뛰는 애벌레의 송곳니가 스가모의 등에서 빠진 순간을 노려 단번에 떨어뜨렸다.

이것이 마지막 한 마리였다. 몬스터로서는 그다지 높은 수준은 아닌 것 같으니 어느 정도의 대미지만 주면 캡처할 수 있을 것 같았다. 하지만 눈앞에 선 아리아가 혐오감을 드러내며 "빨리 죽여!"라고 소리치는 탓에 결국 포획을 단념하고 돌아서서 애벌레를 잡은 오른손을 그대로 바닥에 내동댕이쳤다.

철퍽! 하고 껍질이 터졌다. 쏟아져 나온 검은 조각들이 소용돌이치며 올라가더니 삼각머리 때와 마찬가지로 신기한 링에 빨려 들어갔다.

"하……."

유마가 숨을 작게 내쉬는 것을 가늠하기라도 한 것처럼.

또다시 유마에게만 들리는 레벨 업 팡파레가 울려 퍼지고 메시지 창이 열렸다.

[아시하라 유마]

레벨 8→9

스테이터스 포인트 +3

스킬 포인트 +40

입수: 헤르타바나스 라바의 송곳니 ×5

입수: 헤르타바나스 라바의 독샘 ×3

펀치 한 방에 죽을 정도의 애벌레를 여섯 마리 쓰러뜨렸을 뿐인데 레벨이 올라간 것을 보면 콘헤드 브루저의 경험치가 대량으로 넘쳤거나 애벌레에게 뭔가 숨은 위험성이 있었던 것으로 보인다. 어쨌든 지금은 승리에 기뻐할 상황은 아니었다.

쇼핑 구역을 가득 메우던 학생들의 비명이 서서히 잦아들며 이내 사그라들었다. 하지만 곧 아리아가 "루키이!" 하고 절규한다.

이를 시작으로 무사했던 학생들이 줄줄이 쓰러지는 반 아이들에게 달려갔다. 유마도 무릎을 꿇고 스가모의 얼굴을 들여다보았지만 눈꺼풀은 여전히 감겨 있었다. HP바를 확인할 수 있었으면 좋겠지만 액추얼 매직 시스템에서는 타인의 바를 보려면 파티를 짜거나 적대 상태가 될 수밖에 없었다.

우선 스가모의 목덜미에 손가락 끝을 대보니 꽤 빠르지만 확실한 박동이 느껴졌다. 이제 출혈도 거의 멈춘 것 같은데 눈을 뜨지 못하는 이유는──.

"아마 독일 거야."

어느새 뒤에 있던 사와가 작은 소리로 말하자, 몸을 일으킨 유마가 고개를 끄덕였다.

"응…… 내 생각도 그래."

"도…… 독? 루키는 죽는 거야?"

스가모 맞은편에 털썩 주저앉은 아리아가 두 눈에 눈물을 글썽이며 불안한 얼굴로 물었다. 어느새 또 다른 추종자인 키사누키 카이도 테이블 뒤에서 나와 긴 앞머리 너머로 스가모의 얼굴을 물끄러미 바라보고 있다.

유마는 순간 머뭇거리다가 고개를 저었다.

"아니…… 그 정도 레벨의 몬스터가 치사량의 독을 갖고 있진 않았을 것 같아. 일반적인 대미지독이라면 움직일 수 있을 테니까 아마 마비독이겠지."

"마비……."

"이대로 놔둬도 생명의 위험은 없을 것 같으니까 잠깐만 기다려 줘."

아리아에게 그렇게 말한 유마는 고개를 돌려 소가 아오이의 모습을 찾았다. 곧바로 시미즈 토모리 옆에 쪼그려 앉아 목 부위의 상처에 손수건을 대고 있는 아오이를 발견하고 달려갔다.

정신을 차린 아오이와 좌우에 앉아있던 두 여자아이가 동시에 고개를 들었다.

"아…… 아시하라 군, 토모리가……."

눈물을 글썽인 아오이가 가냘픈 목소리를 내자 오른쪽 여자아이도 눈물을 뚝뚝 흘리며 말했다.

"토모치가 날 감싸다가…… 근데 난 도망이나 가버리고……."

토모리를 별명으로 부른 단발머리 여자아이는 출석번호 10번 츠다 치세. 1반에서는 사육위원을 맡고 있었고 토모리와 가장 사이 좋은 학생인 것으로 기억하고 있다.

"츠다의 잘못이 아니야. 우리도 아무것도 못 했는걸."

그런 치세를 긴 머리를 하나로 땋은 세 번째 여자아이가 위로했다. 출석번호 15번, 하리야 미미. 아오이와 사이가 좋았고 아마 함께 요리부에 소속되어 있었을 것이다.

세 사람의 맞은편에 쭈그려 앉은 유마는 토모리의 왼쪽 손목을 잡고 맥박이 있는 것을 확인하고 말했다.

"아마 독에 걸린 것 같아. 소가, 해독 마법 쓸 줄 알아?"

"해독······?"

순간 어리둥절한 표정을 지은 아오이는 자신의 왼손에 자리한 대형화된 크레스트를 바라보다가 재빨리 고개를 끄덕였다.

"으, 응. 배운 지는 얼마 안 됐는데 아마 사용할 수 있을 거야."

"그럼 시미즈에게 시도해 봐."

"······알았어."

아오이는 상처를 누르는 역할을 치세에게 맡기고 똑바로 앉아 등을 폈다.

두 손을 토모리의 가슴에 두르고 주문을 외운다.

"사크라(축복이여)."

왼손 크레스트가 노랗게 빛나며 하얀 광구가 생겨났다.

"플루비아(비가 되어)."

광구가 무수히 작은 빛으로 분열되어 떠오른다.

"테르수스(씻어 내라)."

빛이 얇은 꼬리를 만들며 쏟아지더니 토모리의 몸에 침투했다. '홀리 퓨리파이(성스러운 정화)'── 액추얼 매직의 테스트 플레이에서 나기도 같은 마법을 사용해 유마나 콘켄이 걸린 독을 정화해 주었다.

빨리 나기를 찾으러 가야 한다는 초조감을 심호흡 한 번으로 억누르고, 해독 마법의 효과가 나타나기를 기다렸다.

빛의 비는 5초 만에 그쳤고 아오이가 손을 내렸다.

어느새 주위에 다른 학생들도 모여든 상태였다. 긴박한 시간이 서서히 지나가고, 돌연 토모리의 눈꺼풀이 떨리더니── 번쩍 뜨였다.

"하악…… 하아, 하아……."

잠시 거친 호흡을 반복하다가 토모리는 아오이를 보고 말했다.

"고마워, 소가. 셋치도 무사해서 다행이야."

"토모치!"

치세가 다시 눈물을 쏟아내며 토모리를 끌어안았다. 한동안 놔두고 싶었지만 그럴 수도 없었다.

"시미즈, 쓰러져 있을 때도 의식은 있었어?"

유마가 그렇게 묻자 토모리는 누운 채 고개를 끄덕였다.

"응, 눈은 못 뜨고 소리도 못 냈는데 소리는 들렸어. 나한테 물어뜯던 벌레를 없애 준 거, 아시하라 군이지? 고마워."

"아냐……. 그보다도 몸을 움직일 수 있게 되면 소가와 분담해서 마비된 사람들을 해독해 줬으면 좋겠어."

"응, 이제 괜찮아."

그렇게 말한 토모리는 츠다 치세의 부축을 받아 몸을 일으켰다. 목 부위의 물린 상처가 아파 보였지만 출혈은 일단 멈춘 것 같았다.

유마도 일어서서 잠시 소강상태가 된 쇼핑 구역을 둘러보았다.

애벌레에 물려 마비된 학생은 스가모를 포함해 총 12명. 토모리와 아오이만으로 전원을 해독한다면 두 사람 다 MP가 고갈되고 말 것이다.

세 번째 성직자인 모로 타케시의 힘도 빌리고 싶었지만 아직 모습이 보이지 않았다. 도대체 어디로 가버린 것일까. 그렇게 생각하며 시선을 돌리고 있자 콘켄과 사와가 다급한 걸음으로 다가왔다. 해머를 어깨에 멘 콘켄이 불안한 얼굴로 속삭였다.

"모로가 어디에도 없어."

"셸터 밖으로 나갔을 가능성은?"

그 물음에는 사와가 대답했다.

"로비도 대충 확인했지만 눈에 보이는 범위에는 없었어."

"그렇다면…… 설마 2층에……."

입술을 깨물면서 유마는 마지막이라는 생각으로 다시 한 번 쇼핑 구역을 둘러보았다.

그러자 지금까지 인식하지 못했던 무언가를 알아차렸다. 벽가에 붙은 진열장 때문에 잘 보이지 않았지만, 계산 카운터 안쪽 벽가에 눈에 띄지 않는 문이 있었다.

있는 것이 당연했다. 매장은 반드시 백야드, 직원 공간을 갖추고 있는 법이니까. 그리고 영업시간이라면 아마 잠겨 있지 않을 것이다.

"……사와, 콘켄, 저기 봐."

유마가 시선으로 문을 가리키자 두 사람이 곧바로 굳은 표정을 지었다.

무사한 학생들은 모두 마비된 친구를 간호하고 있거나 토모리와 아오이의 해독 마법을 지켜보고 있었다. 그들의 틈을 뚫고 플로어를 비스듬히 가로질러 계산 카운터 안쪽으로 들어가 문으로 다가섰다.

가까이 가 보니 문은 완전히 닫히지 않았고, 5mm 정도지만 안쪽으로 벌어진 상태였다.

유마는 우선 아무 소리도 나지 않는 것을 확인한 뒤 운동화 끝으로 문을 살짝 밀었다. 꽉 끼어있지 않았던 래치 볼트가 찰칵 하는 희미한 금속음을 내며 풀렸고 문이 30cm 정도 움직였다.

안쪽은 캄캄했지만 생물의 기척은 없다. 벽의 어딘가에 조명 스위치는 있겠지만, 아르테아 전체가 비상용 절전 모드가 된 지금 상황에서 불이 켜질 것 같지는 않았다.

크레스트의 암시 보정 기능만으로 안을 들여다볼 수밖에 없었다. 각오하고 발을 들여놓으려던 유마의 어깨를 뒤에 있던 사와가 잡아챘다.

"왜…… 왜 그래?"

"내가 먼저 갈게."

그렇게 선언한 사와는 바람막이 주머니에서 소형 LED 라이트를 꺼내 스위치를 켰다. 하얀빛이 어둠을 둥글게 파고들었다.

"뭐야, 삿페. 언제 그렇게 좋은 물건을……."

부럽다는 듯이 내뱉은 콘켄의 말을 무시하고, 사와는 문과 문틀 사이로 스르륵 들어갔다. 유마도 그 뒤를 따랐다.

백야드에 들어서자마자 암시 보정 기능이 켜지며 LED 라이트 빛이 증폭되었다.

꽤 넓어 보이는 공간은 앞쪽이 휴식 공간, 그 안쪽은 철제 선반이 늘어선 재고 보관 공간으로 쓰이는 것 같았다. 모든 관리 업무는 크레스트에서 행해지는 것인지 학교 교무실과 달리 판형 모니터와 PC가 놓인 사무 책상은 하나도 존재하지 않았다.

사와는 상하좌우를 구석구석 비추며 백야드 안쪽으로 걸어갔다. 그 빛이 천장에서 멈췄고, 올려다보니 점포 쪽에 부설된 것과 같은 천장형 환기 덕트 뚜껑이 한 장 떨어져 있었다.

한층 더 주위를 경계하며 휴게 공간을 통과해 재고 보관 공간으로 들어갔다.

좌우로 늘어선 선반 사이의 통로를 확인하며 3m 정도 걸었을 때.

왼쪽을 비추던 사와가 흠칫 몸을 움츠리자 유마는 반사적으로 여동생 앞으로 뛰어나갔다.

하얀빛의 원 안에 유키하나초 교복을 입은 누군가가 엎드려 있었다. 뚱뚱한 체격의 남자아이. 모로 타케시가 틀림없었다.

하지만 유마의 시선은 모로가 아니라 그 등에 올라탄 것에 고정되어 있었다.

흡혈 애벌레 헤르타바나스 라바와 비슷한 색과 비슷한 질감—— 하지만 모양과 크기는 전혀 다르다. 원래 크기의 배에 가까운 크기로 부풀어 오른, 눈도 입도 없는 둥근 덩어리. 하부에서 난 무수한 촉수들이 마치 식물의 뿌리처럼 모로의 등에 박혀 있었다.

"야, 야…… 뭐야, 저건…….”

유마의 왼쪽에서 통로를 들여다보던 콘켄이 가는 목소리로 신음했다.

"혹시…… 아까 그 애벌레가 피를 마시고 자란 건가……?”

멍하니 중얼거린 뒤에야 유마는 그것이 진실임을 직감했다. 애벌레는 결국 애벌레다. 먹이를 먹고 자라면 번데기가 된다. 모로의 등에 붙은 구체야말로 헤르타바나스 라바의 번데기인 것이다.

마치 그런 유마의 추측을 긍정하기라도 하듯.

구체 윗면에서 푸쉭! 하는 마른 소리와 함께 균열이 갔다.

순간 사와가 긴장한 목소리로 소리쳤다.

"콘켄, 뭉개 버려!”

"아⋯⋯ 어!"

콘켄이 브루징 해머를 들고 뛰어나갔다. 벌써 다루는 것에 익숙해진 듯 어색함이 느껴지지 않는 파워풀한 동작으로 무거운 둔기를 수평으로 휘둘렀다.

해머는 번데기의 측면에 직격해 깊이 함몰시켰다. 그 충격으로 이미 찢어져 가던 표피가 파열되며 그 안에서 점액으로 얼룩진 덩어리가 튀어나와 왼쪽 선반을 들이받았다.

철퍽, 하고 바닥에 떨어진 것은 길이가 족히 80cm는 넘어 보이는 날개벌레였다. 거대한 겹눈은 파리를 닮았지만 몸통은 가늘고 길며 입에는 칼 같은 돌기가 나 있다. 벌――이 아니라 이것은 아마 등에일 것이다.

바닥에서 움찔움찔 몸을 떠는 등에를 콘켄은 바로 위에서 망설임 없는 일격으로 짓뭉갰다.

등에의 머리 위에 표시되어 있던 [헤르타바나스]라는 고유명이 붙은 HP바가 지워지며 벌레 자체도 검은 단편으로 흩어졌다.

해머를 내려친 모습 그대로 헉헉 거칠게 숨을 몰아쉬는 콘켄에게 사와가 칭찬의 말을 건넸다.

"나이스. 10초만 더 늦었으면 성충이 됐을 거야."

"⋯⋯나, 등에 진짜 싫어해⋯⋯."

"좋아하는 사람 별로 없지 않아?"

두 사람의 대화소리를 들으며 유마는 모로 타케시 옆에 쭈그려 앉았다. 아마 모로도 마비가 되었을 테니 해독하기 위해서는 쇼핑 구역까지 운반하거나 토모리 또는 아오이를 불러 여기까지 데려와야 했다.

　──일단 콘켄과 내가 들어 올릴 수 있는지 시험해 보자.

　그렇게 생각한 유마는 먼저 모로를 똑바로 눕히기 위해 목 아래로 손을 내밀었다.

　"앗……!"

　순간 소리가 튀어나왔다.

　차갑다. 모로의 피부는 체온이라는 것이 전혀 느껴지지 않을 정도로 차가웠다.

　"왜 그래, 유우?"

　사와의 물음에 곧바로 대답하지 않고, 유마는 다시 한번 모로의 목덜미를 만졌다. 손가락 끝을 아무리 세게 눌러도 박동은 전혀 느껴지지 않았다. 묘하게 조형물을 연상시키는 이 감촉은 2층 플레이룸에 쓰러져 있던 미우라 유키히사의 피부 감촉과 매우, 매우 흡사했다.

　무언가를 짐작한 듯 입을 다문 여동생과 어리둥절한 얼굴의 절친을 올려다보며, 유마가 중얼거렸다.

　"……죽었어."

10

"안 돼…… HP가 회복되지 않아."

작게 머리를 저으며 그렇게 말하고 시미즈 토모리는 두 손을 내렸다.

유마와 콘켄이 데리고 온 모로 타케시의 몸에 토모리가 '홀리 힐' 마법을 걸었다. 그러나 모로의 창백한 얼굴에 핏기는 돌아오지 않았고, 눈꺼풀이 움직일 기미도 보이지 않았다.

주변에서 지켜보던 학생들이 신음 소리와 흐느낌을 쏟아냈다. 그 속에서 두 남자가 나와 모로 앞에서 무릎을 꿇었다.

"모얀, 왜 죽은 거야……."

쥐어짜는 듯한 목소리로 그렇게 중얼거린 것은 모로와는 대조적으로 호리호리한 체격에 앞머리가 긴 매시 헤어의 남자아이. 출석번호 41번 와카사 나루오였다.

그 오른쪽에서 멍하니 입을 벌리고 있는 투블럭 매시, 아니 바가지 머리를 한 남자는 출석번호 30번 타키오 마사토. 이들과 모로 타케시는 각각 와카사가 밀리터리, 타키오가 애니메이션, 모로가 성우로 방향성은 다르지만 확실한 취향을 공유하는 사이로 반에서도 쉬는 시간만 되면 모로의 책상에 모여 대화의 꽃을 피우고는 했다. 가끔 스가모 쪽에서 "시끄러워, 오타쿠!"라는 식으로 지적을 해도, "네 녀석도 축구 덕후잖아"라고 씩 웃으며 되받아치는 세 사람의 담력 있는 모습에, 숨은 게임 오타쿠인 유마는 남몰래 그것을 부러워하곤 했다.

와카사와 타키오의 눈에 눈물은 없었지만, 모로와는 진정한 우정으로 맺어져 있었다는 사실에는 의심의 여지가 없다. 유마도 적지 않은 충격과 회한을 느꼈지만 그 이유의 절반은 감정이 아닌 논리, 아니 계산이었다.

이 급조된 셸터에 단 세 명밖에 없는 귀중한 성직자 중 한 명을 허무하게 죽게 놔두고 말았다.

모로 타케시는 쇼핑 구역 환기 덕트에서 십여 마리의 거대 애벌레가 떨어졌을 때 계산 카운터 근처에 있었다. 그 순간 카운터를 넘어 문을 열고 백야드로 대피한 것이겠지.

그러나 그곳에도 애벌레가 떨어졌고, 재고 보관 공간까지 달아났지만 따라잡히고 말았다. 등을 물려 마비된 상태에서 치사량의 피를 빨리며…… 죽었다.

그렇게 따지면 애벌레──헤르타바나스 라바의 경험치가 외형에 비해 대량이었던 것도 납득이 갔다. 만일 동료가 없는 상태에서 물린 채 마비됐다면 죽음은 거의 확정이었다. 이와 더불어 시체에 기생한 번데기는 불과 몇 분 만에 성충으로 자라난다. 그 전투 능력은 애벌레에 비할 수준이 아니었을 터다.

아마 다음에는 더 잘 대처할 수 있겠지만, 모로 타케시는 살아나지 않는다. 앞으로는 시미즈 토모리와 소가 아오이 두 사람만으로 다른 19명을 치료해야 했다.

——어쨌든 두 사람은 무조건 지킨다. 본인들은 싫어할지
몰라도 전사직 학생들로 항상 호위를 해야 했다. 서둘러 그
태세를 정비하고 마법직인 학생에게는 범용 마법 스킬의 숙
련도를 높여 최소한 '힐링 드롭' 마법까지는 습득하게 한다.
당장의 목표는 그것이었다.

아니, 그 전에 몇 가지 더 할 일이 있었다.

모로의 시체에서 떨어진 유마는 사와에게 다가가 속삭였다.

"백야드 휴게공간에 화장실이 있었어. 슬슬 가고 싶은 사
람도 있을 테니까 우선 사와가 여자애들한테 말을 걸어 모
두 함께 다녀와 줘. 그다음에 내가 남자들을 데려갈게."

"아아…… 그렇네, 알았어."

고개를 끄덕인 사와가 시미즈 토모리에게 다가갔다.

이어서 유마는 키가 크고 힘도 센 콘켄과 오노, 세라, 호
카리를 불렀다. 스가모도 체격이 있긴 하지만 아직 아리아
의 부축을 받으며 식사용 공간에 누워 있었다.

"아시하라…… 또 도움을 받았네."

다가온 오노는 민망하다는 얼굴로, 세라, 호카리도 자책
하는 얼굴로 고개를 숙였다.

"모처럼 잡 체인지까지 했는데 아무것도 하지 못하다니……."

"저 빌어먹게 큰 벌레를 보고 순간 쫄아 버려서……."

"아니, 그건 어쩔 수 없어…… 설마 독을 갖고 있을 거라
고는 나도 예상 못했으니까. 그것보다 여자애들을 지켜 줘
서 고마워."

감사를 전한 뒤 익숙하지 않은 미소를 띠며 덧붙였다.

"또 커다란 근접 파워형 몬스터가 나오면 이번에야말로 너희를 부려먹을 거야."

"그래, 맡겨줘."

씨익 웃는 세 사람에게 유마는 조금 전에 떠올린 것을 알렸다.

"할 일은 이것저것 많긴 한데 일단 천장 환기 덕트를 어떻게든 막고 싶어. 애벌레가 아까 그 열 몇 마리로 전멸했을 것 같지는 않으니까."

"아, 그건 그렇지."

세 사람에 더해 콘켄도 고개를 끄덕였다.

"어차피 정전으로 환기 시스템은 작동하지 않으니까 안쪽을 완전히 막아두자. 뭔가 부피가 큰 걸 채워 넣으면 되지 않을까?"

"부피가 큰 거……."

말을 따라하며 쇼핑 구역을 둘러보고 있는데, 세라가 손가락을 딱 울렸다.

"오, 저건 어때?"

왼쪽 벽가에 접수된 진열장 중 하나를 가리킨다. 대부분의 선반에는 상품이 방치되어 있었다. 대부분이 소형 굿즈 종류였지만 세라가 가리킨 선반에는 두 손으로 안아야 할 정도로 큰 인형이 여러 개 늘어서 있었다.

달려가 선반에서 꺼내 보니, 아르테아의 마스코트 캐릭터인 '나스루 군'이라는 이름의 독수리 인형이었다. 꽤 귀여운 디자인이라 덕트에 채워 넣으면 여자애들의 반감을 살 것 같았지만, 다행히 미소노 아리아를 제외한 10명의 여자아이들은 다 함께 백야드의 화장실에 간 상태였다. 남자 다섯이서 인형을 두 개씩 안아 들고 복잡하게 나뉘어져 있는 환기 덕트의 안쪽으로 서둘러 향했다.

각진 형태의 천장형 덕트는 계산 카운터 위쪽 부근에서 천장벽과 이어져 있었다. 그 근처에 있던 뚜껑도 이미 떨어진 상태였기에 키가 가장 큰 오노가 카운터 위로 올라가 유마 일행이 건네주는 인형을 네모난 구멍으로 차례차례 밀어 넣었다.

열 개째를 혼신의 힘을 다해 채워 넣은 오노가 바닥으로 뛰어내렸다.

"이걸로 일단 막긴 막았네. 가능하다면 본드나 뭔가로 단단하게 굳히고 싶은데……."

"나중에 찾아볼게. 아무튼 고마워."

오노 일행에게 감사를 표하고 유마는 시야 오른쪽 아래에 뜬 시각을 확인했다.

오후 4시 40분. 슬슬 해가 저물어 갈 무렵이지만 전파도 빛도 차단된 아르테아 안에서는 시간을 느낄 수 없었다. 하지만 배꼽시계는 속일 수 없으니 곧 배고픔을 호소하는 학생들이 나올 것이다.

유마와 사와의 스토리지에는 1층 중앙부 휴게실에서 확보해

온 주먹밥이나 빵이 대량으로 채워져 있지만, 어쨌든 23——
아니, 한 명이 줄어 버렸지만 그래도 22명의 대인원이다. 최대
한 절약하지 않으면 단 하루도 버티지 못할 것이다.

그래도 하루 정도만 지나면 이 이상 사태도 수습되어 소
방관이나 경찰이 구조하러 올 것이다. 하지만 휴게실에서
사와는 이렇게 말했다.

——아마도 우리는 한동안 여기서 나갈 수 없을 거야.

——2, 3일, 아니면 열흘…… 운이 나쁘면 그 이상도.

어떤 근거에 바탕으로 한 말인지는 알 수 없었지만, 사와
는 틀림없이 유마가 모르는 무언가를 알고 있었다. 말하지
않는 것은 말할 수 없는 이유가 있기 때문이리라. 쌍둥이 오
빠로서 여동생을 의심할 생각은 없었지만, 사와의 추측대로
22명의 학생이 열흘이나 이 셸터에서 지내게 된다면 물과
식량의 정기적 보충은 절대적으로 필요했다.

생각해 보면 이 쇼핑 구역에도 식사용 공간이 있으니까
과자나 가벼운 식사 정도라면 어딘가에 저장되어 있을 것이
다. 화근이 되기 전에 그것도 한곳에 모아 두는 편이 좋을
것 같은데, 누구에게 관리를 맡겨야 할지…….

이래저래 고민하고 있는데 백야드에서 여자들이 돌아왔다.

선두에 있는 사와와 눈을 마주친 유마는 곧바로 오른손을
들며 외쳤다.

"화장실 가고 싶은 남자, 있으면 모여 줘! 안전을 위해 다
같이 가자!"

그 부름에 플로어 곳곳에서 남학생들이 모여들었다.

가장 먼저 유마의 앞에 선 것은 의외로 조금 전까지 누워 있던 스가모 테루키였다.

물론 스가모도 화장실은 가겠지…… 그렇게 생각한 유마는 몸은 이제 괜찮으냐고 물어보려고 했다. 하지만 그것보다도 빠르게—.

"아시하라 놈!"

스가모가 날카로운 목소리로 외쳤다.

"너, 아까부터 무슨 권리가 있어서 명령질이야?!"

"따…… 딱히 명령을 하려던 건…….."

간신히 대답을 했지만 스가모의 기세는 멈추지 않았다.

"리더 행세를 하면서 아까부터 이것저것 멋대로 지휘하고 있잖아! 하지만 잊지 말라고! 모로가 죽은 건…….."

플로어 왼쪽에 누워 있는 모로 타케시의 시체를 가리키며 스가모가 소리쳤다.

"네놈 때문이다, 아시하라 놈!"

"뭐어?!"

저도 모르게 소리를 내 버렸다. 대체 무엇을 어떻게 해석하면 그런 결론이 나오는 것일까.

"야, 가모!"

"그게 대체 무슨…….."

콘켄과 사와가 스가모에게 다가서려 했다. 그러나 스가모는 두 사람을 무시하고 유마의 바로 옆을 지나쳐 계산 카운터로 다가갔다. 어느새 왼손에 쥐고 있던 작은 망치──아마 화재 등이 났을 때 외벽 유리를 깨고 아르테아 밖으로 탈출하기 위한 비상용 망치로 보였다──를 등 뒤 카운터에 힘껏 내려친다.

카아앙!

날카로운 소리가 울려 퍼지며 실내가 조용해졌다.

그런 짓을 하면 또 괴물이 다가올지도 모른다. 그렇게 말하고 싶었지만, 입이 움직여지지 않았다. 비상등 불빛을 받아 빛나는 스가모의 두 눈── 그 안쪽에 깃든 무언가가 유마를 강하게 짓눌렀다.

"저 녀석…… 레시오가 올라갔어."

등 뒤에서 사와가 속삭였다.

말뜻을 물어보려는데, 그보다도 빠르게 스가모가 소리쳤다.

"전원, 주목!"

백야드에서 이제 막 돌아온 여자들과 이제 막 가려던 남자들이 의아한 얼굴로 스가모를 바라보았다.

다시 한번 망치를 계산 카운터에 내려친 스가모가 말했다.

"지금부터 유키하나초 6학년 1반의 학급회의…… 아니, 학급재판을 시작한다!"

또다시 침묵. 약 5초 가까이 지나서 여자 중 한 명이 타이르듯 말했다.

"저기, 스가모 군. 지금 학급회의를 할 때가 아니지. 서둘러서 해야 할 중요한 일이 아직 많지 않아?"

고운 목소리의 주인은 출석번호 4번 켄조 사유. 부드럽게 웨이브진 머리를 흰색 슈슈로 옆쪽으로 단정히 묶고 있다. 귀엽고 노래를 잘하는 1반의 아이돌적인 존재── 물론, 와타마키 스미카와는 그 의미가 달랐다.

많은 남자들이 **지지하고** 있는 사유의 의견을 스가모는 표정 하나 바꾸지 않고 무시했다.

"지금 이것보다 더 중요한 일은 없어. 우리 동료가…… 모로가 죽었다고. 그 이유를 확실하게 밝혀내지 않으면 또 같은 일이 벌어질 거다."

"이봐, 가모. 이유라니 그게 무슨……."

세라 타카토가 소리를 지른 순간, 스가모가 또다시 망치를 내려쳤다.

"이미 학급재판은 시작됐다. 할 말이 있는 녀석은 손을 들고 지명받은 다음에 해라. 그리고 나는 반장이라고 불러."

칫, 하고 대놓고 혀를 찬 세라가 오른손을 어깨 높이까지 들어 올렸다. 스가모가 그쪽으로 해머를 겨누고 "세라" 하고 이름을 불렀다.

"……반장, 넌 아까 모로가 죽은 이유를 확실하게 밝힌다고 했지? 그런 건 알아볼 필요도 없잖아. 그 망할 벌레 때문이라고."

세라가 다시 한번 그렇게 지적하자 여러 학생들이 고개를 끄덕였다. 확실히 모로가 애벌레에게 습격당하는 모습을 본 사람은 없었지만, 시신의 등에는 6망성 모양으로 물린 상처가 나 있었다. 여섯 개의 송곳니가 있는 헤르타바나스 라바 말고는 그런 상처를 낼 수 있는 생물은 없다. 실제로 스가모의 목덜미에도 똑같은 모양의 상처가 선명하게 남아 있다.

그러나 스가모는 이번에도 태연하게 대꾸했다.

"네 말대로 모로의 피를 빨아먹은 건 애벌레지. 하지만 그놈을 죽인 건 아시하라 놈이다."

"그게 무슨……."

의미냐, 라고 유마는 대꾸하려고 했다. 그러나 스가모는 해머를 신경질적으로 몇 번이나 두드려 유마를 침묵시켰다.

"아시하라 놈, 우리가 애벌레에게 습격당하고 있을 때 맨 처음으로 시미즈를 도왔지?"

"그건…… 시미즈가 귀한 성직자니까……."

"시미즈 다음으로는 오노를 도왔어. 거기서 리아…… 미소노가 날 물어뜯고 있는 애벌레를 치워 달라고 부탁했는데, 넌 그걸 무시하고 세라를 도왔고, 그다음에는 호카리를 도왔다. 다 네 편을 들었던 애들이지. 즉 아시하라 놈, 넌 이 셸터를 본인이 주도하기 위해 도울 상대를 골라낸 거야. 모로는 너에게 선택받지 못했다. 그래서 백야드로 도망갔다가 거기서 죽었지. 그런 거다."

차갑게 단언한 스가모의 두 눈이 어렴풋하게 빛난── 것 같은 느낌이 들었다.

모로가 죽은 상황에 관해서는 명백한 오해가 있었다. 그는 맨 먼저 백야드로 도망갔고, 거기서 애벌레에게 습격당한 것이다. 하지만 지금에 와서 그걸 말해 봤자 소용없을 것 같았다.

예전부터 유마나 콘켄과 마찰이 있긴 했지만, 지금 스가모의 언동은 지나치다는 표현만으로는 도저히 다 표현할 수 없을 정도였다. 스가모를 도운 것을 뒤로 미룬 것은 사실이지만, 그것은 HP에 여유가 있을 것이라 판단했기 때문이며 최종적으로는 제대로 도와주지 않았나.

문득 미소노 아리아는 스가모의 말을 어떻게 생각하는지 궁금했다. 식사용 공간을 보자 불안한 얼굴로 서 있는 아리아와 눈이 마주쳤다. 역시 그녀도 스가모가 어딘가 이상하다고 느끼는 모습이었다.

다시 한번 스가모의 눈을 바라보았다. 빛나 보인 것은 착각이었던 것 같지만, 역시 이전의 그와는 어딘가가 달랐다.

"……스가모 너 이 자식……."

거친 목소리를 낸 것은 콘켄이었다. 오른손에 해머를 쥔 채 앞으로 나가려는 절친의 팔을 유마는 황급히 움켜쥐었다.

"그러지 마, 콘켄."

"하지만 용서할 수 없어, 저 녀석!"

여전히 앞으로 나서려는 콘켄을 필사적으로 말리는데, 그것이 계기가 된 듯 주위 학생들이 차례차례 손을 들었다. 오노, 세라, 호카리, 시미즈 토모리와 소가 아오이, 그 밖에도 다섯 명 이상의 학생이 높게 팔을 들어 올렸다.

그러나 스가모는 카운터를 쾅쾅 두드리며 말했다.

"이제 충분해. 다들 ISSS(아이스) 투표 도구를 작동시켜."

아이스란 '아이쓰리에스'의 약자였고, 그것은 또다시 'Integrated-Study-Support(통합학습지원) Service'의 약칭이었다. 크레스트에 설치된 주요 5개 과목뿐만 아니라 공예나 음악, 체육 등의 수업부터 시험이나 숙제까지 지원하는 애플리케이션으로, 셀 수 없을 정도로 많은 부가 기능 중에는 투표 도구도 포함되어 있었다.

아마 스가모는 이 도구를 사용하여 유마에게 책임이 있는가 없는가를 결정하려는 모양이었다. 하지만 지금은 크레스트가 오프라인이다. 이대로라면 ISSS의 기능은 거의 사용할 수 없을 것…… 이라고 생각한 타이밍에, 시야 위로 전용방 접속을 요구하는 대화 상자가 나타났다. 다시 생각해 보니 근방에 있는 사람이 크레스트에 직접 접속하면 투표 도구는 문제없이 사용할 수 있다.

접속을 받아들이고 투표 도구를 작동시키자 스가모가 설정한 표제가 굵은 글씨로 표시되었다.

[익명투표: 모로가 죽은 것은 아시하라 유마 때문이라고 생각한다→○ 생각하지 않는다→×]

그 아래에 ○와 × 버튼, 그리고 겨우 30초로 설정되어 있는 투표 시간.

유마는 곧바로 버튼을 누르고 시간이 지나기를 기다렸다.

불안한 마음이 전혀 없는 것은 아니지만, 지금 여기에 있는 22명—— 아니, 유마와 스가모를 제외한 20명 중 과반수가 ○를 누를 것 같지는 않았다. 모로의 사인은 아무리 생각해도 애벌레에게 피를 다 빨아 먹힌 것 때문이고, 유마가 의도적으로 돕지 않았다는 것은 지나친 억측에 불과했다. 그것은 다른 학생들도 알고 있을 테고…… 스가모 본인도 알고 있지 않을까.

그런데 왜 스가모는 이런 투표를 준비한 걸까.

창 아래쪽에서 디지털 숫자가 하나씩 줄어들다가 곧 제로가 되었다.

○×버튼이 결과 표시 버튼으로 바뀌었다.

찰나의 망설임을 뿌리치고 유마는 그것을 눌렀다. 창에 순간적으로 지지직 하는 노이즈가 생기는가 싶더니── 화면 가득 유마의 유죄를 나타내는 거대한 ○가 표시되었다.

11

광활한 메인 로비에는 여전히 사람, 혹은 무언가의 기척은 없었다.

그래도 유마 일행은 조심스럽게 주위를 살피며 엘리베이터 홀로 나아갔다.

파티 구성은 테스트 플레이 때와 같은 전사, 마물사, 마술사, 성직자로 되돌아가 있었다. 그러나 성직자는 나기가 아니라 시미즈 토모리였다.

"……미안해, 시미즈. 우리랑 스가모의 다툼에 휘말리게 해서."

등 뒤에서 사와가 미안하다는 듯 사과하자 토모리가 키득키득 웃으며 답했다.

"휘말린 건 아니지, 같이 가겠다고 자원한 건 나야. 그리고, 좋은 기회니까 성으로 부르는 건 그만두지 않을래?"

"어……? 그럼…… 토모리?"

"조금만 더."

"……토모?"

"뭐, 그 정도면 됐나? 나도 사와라고 부를게."

"응. ……그보다…….”

거기서 조금 말을 머뭇거린 사와가 뒷말을 이었다.

"……토모는 의외로 소통 능력이 높았구나. 아, 의외라는 말은 실례인가?"

"후후, 실례 아니야. 전혀. 교실에서는 혼자서 책만 읽었으니까 그렇게 생각하는 게 당연하지."

토모리가 다시 키득거렸다.

여자들의 대화를 엿들으면 안 된다——라고 생각하면서도 유마는 두 사람의 대화소리에 귀를 기울이고 말았다. 사와는 사와대로 생각보다 낯을 가린다는 것을 알기 때문이었다. 토모리가 자원해 주지 않았다고 해도 사와 쪽에서 먼저 동행을 부탁하지는 않았을 것이다. 물론 그건 유마도 마찬가지겠지만.

투표 도구로 유죄를 선고받은 유마에게 스가모 테루키가 선고한 형벌.

그것은 바로 '식량 확보'였다.

그 말을 들었을 때 유마는 '겨우 그런 걸 명령하기 위해 학급재판 같은 말을 꺼낸 건가?'라며 맥이 빠졌지만, 잘 생각해 보면 결코 쉬운 미션은 아니었다. 환기 덕트를 막고 바리케이드도 강화해 잠시의 안전이 확보된 셸터에서 나가, 어떤 괴물이 돌아다니는지 알 수 없는 아르테아 내부를 탐색해야 하는 것이다. 만일 콘헤드 브루저보다 더 강한 몬스터에게 습격당한다면 몰살당할 가능성은 결코 제로가 아니었다. 그렇긴커녕 30% 정도는 되지 않을까.

그런 목숨을 건 탐색 임무에 왜 시미즈 토모리가 지원한 것인지는 알 수 없었지만, 계단을 오르기 전에 이것만은 말해둬야 했다.

그렇게 생각한 유마는 무인 티켓 카운터 앞에서 멈춰 서서 뒤를 돌아보았다.

"저기…… 시미즈. 만약 함께 와준 이유가 애벌레가 덮쳤을 때 내가 시미즈를 먼저 도와서 그런 거라면 은혜를 입었다고 느낄 필요는 전혀 없어. 그건 성직자를 우선하자는 생각에 나온 행동이니까……."

간신히 거기까지 말하자 토모리뿐만 아니라 사와나 콘켄까지도 쓴웃음을 지었다.

"음, 아시하라 군. 지금 그 말은 굳이 안 해도 됐을 것 같아."

토모리의 지적에 콘켄이 맞다는 듯 고개를 주억거렸다. 폼 잡지 말라는 뜻을 담아 절친의 옆구리를 쿡 찔러준 뒤 설명을 이어갔다.

"하지만 은혜 같은 게 없다는 말은 사실이야. 위험하다고 생각하면 본인의 안전을 가장 우선해 줘. 나와 사와, 콘켄은 대신할 존재가 있지만 성직자인 시미즈랑 소가는……."

"네, 네. 알겠어요, 선생님."

유마의 말을 장난스럽게 가로막으며 그렇게 말한 토모리가, 불현듯 표정을 진지하게 바꿨다.

"……분명 사노도 성직자였지? 테스트 플레이가 시작됐을 때, 나와 초기 장비가 똑같았던 게 기억나."

"어……? 으, 응, 맞아."

"그렇다면 사노와 합류할 수 있으면 든든할 텐데…… 후지카와나 하이자키 일행과 함께 3층에 간 걸까……."

"……."

곧바로 대답하지 못한 유마는 눈을 내리깔았다.

나기의 칼리큘러스는 바깥쪽 비상 개방 레버와 안쪽 비상 탈출 레버 모두 사용되지 않았다. 그것은 즉 뚜껑이 닫힌 칼리큘러스 속에서 밀실 트릭처럼 사라졌다는 뜻이었다.

하지만 유마 일행이 무언가를 착각하고 있을 가능성도 있다. 안쪽의 비상 레버로 뚜껑을 열고 칼리큘러스에서 나와, 꼼꼼하게 그 뚜껑을 다시 닫아둔 뒤 모종의 수단으로든 레버를 리셋하고 다른 학생들과 함께 3층으로 대피…… 했을 수도 있다.

그러길 바라는 마음을 담아 유마는 고개를 끄덕였다.

"응…… 그럴 가능성도 있어."

"그럼 찾으러 가야지."

그러자 토모리는 힐끔 로비 동쪽 쇼핑 구역이 있는 쪽으로 눈길을 돌리며 예상 밖의 말을 꺼냈다.

"그리고 만약 후지카와 일행과 함께 있다면, 우리도 스가모 군의 셸터에서 나와 거기에 합류하면 좋을 것 같아."

"뭐……?"

"왜냐하면…… 용서할 수 없어. 스가모 군도, ○에 투표한 사람들도. 모로 군이 죽은 건 안타까운 일이지만, 아무리 생각해도 아시하라 군에게 책임 같은 건 없는데."

"……."

다시 한번 말문이 막혔다.

셸터에 있는 학생의 절반 이상이 모로의 죽음의 책임이 유마에게 있다고 판단한 것은 분명 충격이었고 배신감도 들었다. 하지만 쉽게 저버릴 수는 없었다. 적어도 오노나 세라, 호카리는 믿을 수 있었고 친구라는 생각도 있었다. 그것은 토모리도 마찬가지일 것이다.

"하지만…… 셸터에는 츠다나 소가가……."

유마의 말에 토모리도 크게 고개를 끄덕였다.

"알아. 나도 셋치나 아오이, 미미는 믿고 있어. 그래서 만약 위에 다른 셸터가 생겼다면 일단 스가모 군의 셸터로 돌아가 그 아이들한테만 몰래 말을 걸어서……."

"저기, 토모, 잠깐만."

갑자기 사와가 끼어들었다. 하지만 그것은 약간 과격해진 토모리의 제안에 제동을 걸기 위함이 아니었다.

"유우도 들어봐. 셸터에 있던 학생은 22명이지. 거기서 무조건 ○을 했을 것 같은 스가모와 무조건 ×를 했을 것 같은 유우를 빼면 남는 건 20명. 나랑 콘켄, 토모는 ×에 넣었을 거고…… 거기에 오노, 세라, 호카리, 츠다, 소가, 하리야, 그리고 재판에서 유우를 변호해 준 켄조까지 더하면 이미 절반인 10명이야. 나머지 10명이 모두 ○에 투표하는 게 과연 가능한 일일까……?"

"음, 으음~~?"

신음한 콘켄이 양손의 손가락을 접으며 이름을 열거했다.

"나머지 10명은, 남자 중에는 다친 타다랑 아이다. 모로의 친구였던 타키오랑 와카사, 그리고 키사누키잖아. 그리고 여자 쪽은 에자토, 시모노소노, 누시로, 노보리, 그리고 미소…… 미소노까지. 키사누키랑 미소노는 뭐, ○에 투표했겠지? 타키오와 와카사도 모로가 죽어서 충격을 받은 나머지 가모의 그럴싸한 소리에 설득당했을지도 몰라. 하지만, 남은 6명이 모두 저런 억지를 믿었을까 하면…… ."

듣고 보니 그렇다.

에자토 쇼코와 누시로 치나미는 미소노 아리아와 사이가 좋은 갸루 그룹이었기에 학급재판이 시작된 시점에서 회유당했을지도 모른다. 하지만 시모노소노 마미와 노보리 키미코는 차분한 성격이었고, 타다와 아이다는 자주 까불긴 했지만 중상이 나은 것은 토모리가 회복 마법을 걸어 준 덕분이었다. 그 네 사람이 모두 ○에 투표했다고 생각하긴 어려웠다.

"아, 잠깐, 잠깐!"

갑자기 사와가 소리쳤다. 즉시 소리를 줄이고 빠른 어조로 말을 잇는다.

"내가 착각했어. ISSS의 투표도구는 분명 무승부가 되면 무승부라고 표시돼. 그러니까 ×에 투표한 사람이 10명…… 유우를 더해 11명 있었다면 적어도 ○ 판정은 나오지 않았을 거야."

"······그럼 왜 ○가 표시된 거지? 스가모 군이 투표 도구를 조작한 걸까?"

토모리의 의구심에 유마는 설마, 라고 하려다 입을 다물었다.

아무리 공부를 잘해서 부모가 사장이라도, 스가모에게 ISSS를 해킹할 정도의 능력이 있을 것 같지는 않았다. 하지만 현재의 아르테아는 알 수 없는 힘에 지배당하고 있다. 어떤 일이든 절대라고는 단언할 수 없는 상황이었고── 게다가 스가모의 그 눈. 희미하게 빛을 발하는 듯한 그 기묘한 눈은······.

"······지금은 뭐라고 단언할 수 없네. 하지만 가능성은 있다고 생각해 두는 편이 좋겠어."

토모리에게 그렇게 대답한 사와는 다시 한번 셸터 쪽을 바라보았다.

"그리고 스가모가 아무런 조작을 하지 않았고 ○을 투표한 학생이 정말 과반수였다고 해도, 거기서 오노 군 일행과 아는 애들만을 골라서 다른 셸터로 이동하는 건 위험해. 우리가 아니라 남겨진 애들이······."

사와의 말을 들은 토모리는 몇 번 눈을 깜빡이더니, 부끄럽다는 얼굴로 눈을 내리깔았다.

"그건······ 그렇지. ○에 투표한 사람을 용서하기 힘든 마음도 있지만, 그렇다고 나도 전부 다 죽길 바라는 건 아니니까. 하지만 이것만은 기억해 줘. 아시하라 군이 스가모 군의 명령에 따라야 할 이유는 전혀 없다는 거."

평소 안경에 가려져 있던 눈동자에 의연한 빛을 띤 토모리는 그렇게 단언했다.

유마는 천천히 고개를 끄덕이고 조금 전 토모리의 대답을 빌렸다.

"알겠습니다. 선생님."

그러자 토모리는 유마를 가볍게 때리는 듯한 시늉을 하더니 재판 이야기는 여기서 끝이라는 듯 두 손뼉을 짝 쳤다.

"그럼…… 식량과 사노를 찾으러 가볼까?"

"음…… 토모, 그거 말인데."

그런 서론을 꺼낸 사와가 인적 없는 로비를 둘러보고 나서 메뉴 화면을 열었다. 스토리지로 이동해 내용물 중 하나를 실체화시킨다.

창 위에 출현한 것은 비닐 포장된 매실장아찌 주먹밥.

그것을 본 토모리는 눈을 동그랗게 떴을 뿐이지만, 콘켄은 "주먹밥!" 하고 소리친 탓에 유마는 다시 한번 그를 찔러 입을 다물게 했다. 사와는 주먹밥을 재수납하고는 토모리를 돌아보며 말했다.

"사실 우린 가모의 셸터에 가기 전에 아르테아 직원용 백야드에서 물이나 식량을 찾아 놨거든. 그래서 적당히 시간을 때우다가 셸터로 돌아갈 수도 있지만, 이왕 이렇게 된 거 이 시간을 이용해서 나기를 찾고 싶어. 토모, 도와줄래?"

"물론이지!"

토모리는 한순간의 망설임도 없이 바로 고개를 끄덕였다.

엘리베이터 홀을 가로지른 네 사람은 계단실로 들어서 잠시 귀를 기울였다. 에어컨도 멈춰 있을 텐데 바람이 웅웅거리는 것 같은 소리가 희미하게 들려왔다. 하지만 위험은 없다고 판단해 콘켄을 선두로 계단을 올라갔다.

2층 엘리베이터 홀에는 아직 대량의 유리 파편과 미우라 유키히사의 핏자국이 남아 있었다. 그것을 본 토모리는 얼굴을 찌푸렸지만, 겁을 먹은 기색은 없다.

밀려난 자동문 안쪽에는 광활한 1번 플레이룸이 펼쳐져 있었다. 어슴푸레한 어둠 속에서 질서정연하게 원을 그리고 있는 무인 칼리큘러스는 마치 비석처럼 느껴졌다. 유마는 그런 생각을 떨쳐내고 토모리에게 물었다.

"시미즈, 테스트 플레이가 갑자기 종료되고 칼리큘러스 밖으로 나온 시점에서 거기에는 1반 학생들밖에 없었지?"

"음…… 응, 맞아. 아, 그렇구나…… 그러고 보니 어른 플레이어가 한 명도 없었다는 건 좀 이상하네……."

토모리도 의아한 얼굴로 미간을 좁혔다.

그랬다. 이 1번 플레이룸에는 80대의 칼리큘러스가 설치되어 있었고, 그중 6학년 1반 학생이 사용하고 있던 것은 41대, 남은 39대에는 다른 루트로 초대된 성인 테스트 플레이어가 들어가 있었다. 토모리와 다른 아이들이 밖으로 나왔을 때 그곳에는 다른 어른들도 있어야 정상인데, 한 명도 없었다는 것은 말이 되지 않았다.

그러나 그것을 따져보자면 지금의 아르테아에서 벌어지는 것은 설명할 수 없는 일들뿐이다. 다른 곳을 탐색하다 보면 무언가 알게 될지도 모른다.

그렇게 생각한 유마는 세 사람을 재촉했다.

"위로 가보자. 괴물이 있을지도 모르니까 습격당하면 무리하지 말고 도망간다는 작전으로."

"그런 작전이라면 '목숨을 소중히'라고 말해야지."

말장난을 거는 콘켄의 등을 꾹꾹 밀어 계단실로 돌아온 뒤 3층을 목표로 했다.

플레이룸은 천장의 높이가 유키하나초 교실의 세 배 정도였다. 그러다 보니 계단도 한 층에만 60개는 넘었다. 예전의 유마라면 절반도 채 지나기 전에 숨을 헉헉댔겠지만, 잡체인지의 혜택 덕분인지 숨조차 차지 않았다.

빨리 아르테아에서 탈출하지 않으면 원래의 몸으로 돌아갔을 때 힘들 것 같다……. 그런 생각을 하면서 빠른 걸음으로 계단을 올라 3층에 도달했다.

먼저 계단실에서 엘리베이터 홀의 모습을 살폈다. 역시나 자동문은 파괴되었고 유리 파편이 무수히 널려 있었지만, 생물의 소리는 전혀 들리지 않았다.

말없이 고개를 끄덕인 뒤 콘켄을 선두로 엘리베이터 홀로 나와 가급적 유리를 밟지 않도록 주의하며 조심스럽게 통과

―――――――――――――

*일본의 게임에 자주 등장하는 전투전략 중 하나로, 위험상황에 도주 및 회복을 우선하도록 한다.

해 나갔다.

처음 보는 2번 플레이룸은 아래층 1번 플레이룸과 거의 다르지 않은 모습이었다. 불빛은 약간의 비상등뿐이고 적지 않은 수의 칼리큘러스가 파괴되고 통로에 잔해가 어질러져 있다.

유마는 다시 눈과 귀로 기척을 살핀 뒤 원형 통로로 들어 섰다. 주위를 둘러보다가 콘헤드 브루저에 의해 꺾인 것과 비슷한 사이즈의 일자 쇠 파이프를 발견하고 주워든다. 이어서 길이 1m 정도의 알루미늄 파이프도 확보해 무게가 약 300g이라는 것을 파악하고 토모리에게 건넸다.

"이거 지팡이 대신 쓸 수 있을까?"

"아…… 응, 딱 좋아. 지팡이가 있으면 사거리도 늘어나고, 숨어서 마법을 쏠 수 있으니까 편하겠다. 고마워."

그렇게 말하며 기쁘게 파이프를 쥔 토모리는 더는 성직자 가 아닌 '파괴 충동에 눈을 뜬 문학소녀'로밖에 보이지 않았 지만, 그 말을 굳이 입에 담지 않을 정도의 눈치는 유마에게 도 있었다.

"그럼 우선 바깥 통로를 한 바퀴 돌아보자."

세 사람에게 그렇게 말을 건 뒤, 다시 콘켄을 선두로 원형 통로를 시계 반대 방향으로 나아갔다.

이 방에도 80명의 테스트 플레이어가 있었을 것이다. 그 전원이 출구가 있는 1층이 아닌 위층으로 이동했다고 보기 는 어려웠다. 실제로 로비에는 콘헤드 브루저에게 살해당한

것으로 보이는 성인의 시신이 드문드문 굴러다녔지만 그 수
는 10명도 채 되지 않았던 것으로 기억한다. 플레이룸이 9
번까지 있는 것을 감안하면 그야말로 수백 명의 어른들이 1
층으로 내려가 있어도 이상하지 않을 텐데, 그들 혹은 그들
의 시신은 어디로 가버린 것일까.

이런저런 생각을 하면서 바깥 통로를 반쯤 걸었을 때.

갑자기 눈앞의 콘켄이 멈춰서는 바람에 유마는 하마터면
등에 코를 부딪칠 뻔했다.

"야, 갑자기……."

멈추지 말라고 말하기 전에 "쉿!" 하는 눌러 죽인 목소리
가 울렸다.

유마는 곧장 뒤의 여자 두 사람을 멈추게 한 후 콘켄의 왼
쪽 옆으로 나섰다.

순간 목구멍에서 비명이 튀어나올 뻔한 것을 간신히 참았다.

느슨하게 굴곡진 통로 벽가에 누군가 주저앉아 있다. 한
명이 아니다. 양팔로 무릎을 끌어안고 쪼그려 앉은 자세로
죽 늘어선 인간의 수는 열── 아니 스무 명은 되었다.

아마 전원이 성인으로 보였다. 옷차림은 제각각이라 편안
한 후드티 차림이나 깔끔한 정장 차림의 남성, 세련된 원피
스나 아르테아 유니폼을 입은 여성들이 뒤섞여 있지만 모두
가 완전히 똑같은 자세를 한 채 멍하게 풀린 눈으로 전방의
한 점을 응시하고 있었다.

사와 토모리도 어른들의 행렬을 본 것인지, 뒤에서 크

게 숨을 삼키는 소리가 겹치듯 두 번 들렸다. 네 사람 중 아무도 비명을 지르지 않은 것이 신기할 정도로 기묘하기 짝이 없는 광경.

어쩌면 이 방에서 괴물에게 습격당해 살아남은 사람들일지도 모른다. 정신적 충격으로 움직일 수 없게 되어 버린 것은 아닐까.

그렇게 추측한 유마는 각오를 다지고 몇 걸음 앞으로 나서더니, 작은 소리로 맨 앞의 남자에게 말을 걸었다.

"저기…… 괘, 괜찮으세요……?"

한동안 반응이 없었으나, 이윽고 남자는 어색한 움직임으로 얼굴을 왼쪽으로 돌려 유마를 올려다보았다.

30대일까, 아래는 청바지에 위는 후드티, 머리에는 야구모자를 쓰고 있다. 턱 주위에는 곱게 다듬은 수염을 기르고 있어 언뜻 보기엔 활동적인 인상이었지만, 표정은 허무 그자체였다.

남자의 입이 씰룩이는가 싶더니, 기묘하게 일그러진 목소리가 새어나왔다.

"배가…… 고파."

"아…… 저기, 간단한 간식이라면 갖고 있는데, 우선 여기서 나가서 1층 로비로……."

유마가 가까스로 거기까지 말을 했을 때, 다시 남자의 입이 움직였다.

"배가…… 고파."

똑같은 대사를 한 번 더.

"배가…… 고파."

세 번째 목소리는 귀에 거슬리는 울림을 담고 있었다. 똑같은 속도와 길이로 오른쪽 옆에 있던 여성이 같은 말을 했다는 것을, 한 박자 늦게 알아차렸다.

"배가…… 고파."

"배가…… 고파."

"배가…… 고파."

목소리는 옆 사람에게, 그다음 옆사람에게 전파되었다. 금세 스무 명 모두가 같은 대사를 끝없이 반복하기 시작했다.

"야…… 유우, 뭔가 위험해 보여. 일단 도망치는 편이 좋지 않을까?"

뒤에서 콘켄이 그렇게 속삭이자 유마도 "알았어"라고 응했다. 무리하지 않고 도망간다고 결정한 것은 유마 본인이었고, 아마 지금이 그래야 할 때였다.

콘켄과 함께 천천히 물러서 사와 일행이 있는 곳까지 도착한 그 순간.

새카맣고 탁한, 그럼에도 눈이 부실 정도로 선명한 붉은 빛이 무수히 쏟아졌다.

"윽……."

고개를 돌리면서 광원을 확인했다. 빛을 내고 있는 것은 쪼그려 앉아 있던 어른들의 손등── 크레스트다. 스무 명이 다 완벽할 정도로 같은 색. 하지만 그런 일은 있을 수 없다. 크레스트의 발광색은 구입 시에 백 가지가 넘는 컬러 중에서 자유롭게 선택할 수 있었으니 이 자리에 있던 20명의 크레스트가 같은 색으로 빛나는 일은 확률적으로 있을 수 없었다.

하지만 진짜로 있을 수 없는 일이 일어난 것은 그 직후였다.

어른들의 행렬 길이가 빠르게 줄어들었다. 마치 쪼그려 앉은 채 서로의 몸을 밀어붙이며 옆 사람과의 거리를 좁히는 것 같았다. 처음에는 20명 합해서 20m 정도는 되어 보이던 행렬이 금세 10m가 되고 5m가 되었다.

500을 20으로 나누면 25. 어른 한 사람의 가로폭이 25cm.

멍하니 그런 암산을 한 뒤에야 유마는 깨달았다.

붉은 섬광 속에서 어른들이 서로 융합하고 있었다. 옷이나 몸이 점토처럼 녹고 섞이며 일체화된다.

"······도망가!"

유마는 온 힘을 다한 성량으로 외치며 엘리베이터 홀 쪽 통로를 달리기 시작했다.

바로 앞에는 사와와 토모리, 오른쪽 옆에는 콘켄. 네 사람이 한 덩어리가 되어 전속력으로 달렸다. 등 뒤에서 붉은빛이 급속히 희미해졌다.

그것이 완전히 사라지고 한순간의 정적이 찾아오더니──.

갑자기 통로 바닥이 심하게 진동했다.

거기에 발이 흔들린 토모리가 넘어졌다. 이내 사와가 부축해 일으켜 다시 달리기 시작하려던 네 사람의 머리 위로 거대한 그림자가 그들을 추월했다.

쿠웅! 그런 무시무시한 소리를 내며 통로에 낙하한 것은 가로 2m 이상은 되어 보이는 회색으로 된 고깃덩어리였다.

말캉거리는 그 질감은 기억에 있었다. 하지만 인정하고 싶지 않았다. 싫어, 제발 그만해. 그런 유마의 기도를 비웃기라도 하듯이.

고깃덩어리의 좌우에서 기묘하게 굵은 두 팔이 돋아나고.

아랫부분에서는 코끼리 같은 다리 두 개가 튀어나오고.

그리고 윗부분에서는 끝이 날카롭고 뾰족한, 길이 1m에 가까운 원추형 머리가 뻗어 나왔다.

삼각머리의 뚱뚱한 거인. 하지만 신장은 정수리까지 포함하면 아마 3.5m에 이를 것이다. 키 152cm인 유마의 무려 2.3배.

거인이 일으킨 진동으로 파티 멤버 토모리가 넘어지며 약간의 대미지를 입었기 때문인지 머리 위에 HP바가 나타나 있었다. 표시된 고유명은 [콘헤드 데몰리셔]. 틀림없다. 유마를 죽일 뻔한 콘헤드 브루저의 상위판이었다.

싸워서 어떻게 해볼 수 있는 상대가 절대 아니었다. 하지만 통로는 뚱뚱하게 살찐 거인의 몸통에 의해 완전히 가로막혀 있었다.

역시나 눈도 코도 없는 머리의 아랫부분 쪽에서 갈라지듯 입이 벌어지고 "후슈우욱……" 하는 웃음소리와도 비슷한 숨을 내쉰다.

머릿속이 서서히 마비되었다. 그러나 그 이유의 절반 이상은 단순한 공포가 아니었다.

눈앞의 괴물인 콘헤드 데몰리셔의 **원재료**는 스무 명이나 되는 인간이었다. 유마는 자신의 눈으로, 어른들이 옷가지째로 녹아 융합하여 데몰리셔와 같은 색의 고깃덩어리가 되는 모습을 똑똑히 보았다.

그렇다면 콘헤드 브루저도 마찬가지였을 것이다. 1층 로비에 있던 어른들의 수가 적었던 이유 중 하나는 분명 그것이었다. 위층에서 도망쳐 온 어른들 중 일부가 거인으로 변신해 주위 사람들을 죽였다. 아니…… 어쩌면 흡혈 애벌레 헤르타바나스 라바도 원래는 인간이었는지도 모른다.

……그것을 자신은 잔뜩, 잔뜩 죽였다.

그 사실을 받아들이지 못하고 우뚝 서 있는 유마의 귀에 희미한 목소리가 와 닿았다.

"……유우."

떨리는 목소리로 그를 부른 것은 콘켄이다. 자세히 보니 해머를 쥔 양손이 조금씩 떨리고 있었다.

하지만 콘켄은 몸을 부들부들 떨면서도 한 걸음 앞으로 나아가려 했다. 두 사람보다 1m 앞선 사와와 토모리를 지키기 위해.

──멍하니 서 있을 때가 아니야. 복잡한 생각은 나중에!

속으로 스스로에게 그렇게 외치며 간신히 머리를 다시 작동시킨 유마가 잔뜩 갈라진 목소리로 외쳤다.

"……뒤로 도망가!"

순간 사와와 토모리가 뒤로 돌아 달리기 시작했다.

두 사람 다 양쪽을 지나간 직후, 유마도 콘켄와 동시에 발길을 돌렸다. 통로는 플레이룸의 바깥 둘레를 따라 엘리베이터 홀과 이어져 있다. 만약 거인이 쫓아오면 먼저 엘리베이터 홀에 도달해 계단으로 도망칠 수 있다.

하지만 그 계산은 불과 3초 만에 무너졌다.

통로 중앙에 거대한 구멍이 뚫려 있었다. 콘헤드 데몰리셔가 10m 가까이 점프했을 때의 반동으로 파괴된 것이었다. 크레이터 형태로 함몰한 플로어 패널 끝이 울타리처럼 통로에 뾰족하게 튀어나와 있어 바로는 지나갈 수 없었다──.

쿵쿵거리며 바닥이 진동했다. 거인이 내뿜는 끝없는 허기가 모종의 파동처럼 변해 밀려왔다.

"으…… 으아아아!"

갑자기 콘켄이 소리쳤다.

양손으로 브루징 해머를 잡고 다시 돌아서서 거인에게 돌진한다.

"그만……."

그만두라고 외칠 틈조차 없었다.

콘헤드 데몰리셔의 왼발을 노리고 혼신의 힘을 다해 해머를 내리치는 콘켄에게.

바위덩어리 같은 거인의 왼 주먹이, 위로 퍼올리듯 휘둘러지며 정면으로 직격했다.

쿠웅! 둔탁한 소리가 울려 퍼지며 콘켄의 몸이 유마의 바로 오른쪽을 무섭게 통과해 한참 뒤쪽의 벽을 들이받았다. 시야 좌측에 표시된 콘켄의 HP바가 순식간에 90% 가까이 줄어들었다.

"아…… 아아아!"

유마의 입에서 절규가 터져 나왔다.

콘켄의 만용을 수포로 만들 수는 없다. 사와와 토모리만큼은 반드시, 반드시 도망가게 해야 했다.

바닥을 박차고 거인을 향해 달려갔다.

유마가 가진 쇠 파이프로는 거인에게 흠집조차 낼 수 없을 것이다. 할 수 있는 것은 미끼가 되어 거인을 유인하는 것뿐이다. 데몰리셔는 브루저보다 한참은 더 크기 때문에 다리 아래에 상당한 공간이 있었다. 저곳을 슬라이딩해서 빠져나간 뒤 거인을 다시 출구 쪽으로 유도한다.

순식간에 방침을 정한 유마는 모든 용기를 쥐어 짜내 거인의 발밑으로 파고들었다.

찰나, 아득한 높이에서 거인이 씨익 웃은 기분이 들었다.

마치 유마의 작전을 꿰뚫어 본 것처럼, 데몰리셔는 완벽한 타이밍에 오른발을 움직여 있는 힘껏 그를 걷어찼다.

어린 시절, 집 담장 위에서 아스팔트 도로에 떨어졌을 때의 충격을 수십 배로 늘린 듯한, 믿기 힘들 정도의 충격이 유마를 덮쳤다. 반사적으로 가드를 올린 양팔의 뼈가 산산이 부서지는 것을 느끼며, 유마는 수직에 가깝게 날아 벽 높은 곳에 부딪쳤다가 크레이터 건너편으로 떨어졌다.

뿌옇게 흐려진 시야 속에서 유일하게 선명하게 보이는 HP바가 소리 없이 줄어들었다. 하지만 유마는 그것을 바라보지 않고, 몇 m 앞에 나란히 서 있는 사와와 토모리의 등을 향해 필사적으로 두 눈의 초점을 맞췄다.

……도망가.

……도망가.

이젠 갈라진 목소리조차 나오지 않아, 그것만을 염원했다.

두 사람의 맞은편에서 거대한 그림자가 좌우로 흔들리며 다가왔다.

갈라진 입에서 무수한 양의 타액이 뚝뚝 떨어졌다. 그것을 검고 긴 혀가 핥는다.

──제발 도망가!

멀어질 것 같은 의식을 필사적으로 이어붙인 유마는 다시 한번 기도했다.

그 직후, 사와가 똑바로 오른손을 들며 외쳤다.

"……와줘, 발라크!"

뜻은 전혀 알 수 없었다.

그러나 그것이 무슨 키워드라도 된 것일까. 사와의 온몸에서 진홍색의 빛이 뿜어져 나왔다.

짧은 머리가 거칠게 휘날리고 바람막이가 아무렇게나 벗겨지며 허공을 날아간다.

머리에서 길다란 돌기 두 개가 솟아올랐다. 뿔이다. 사와의 관자놀이 위에 생겨나 있던, 불과 3cm밖에 되지 않았던 둥근 돌기가 길이 20cm는 될 것 같은 날카로운 뿔로 변화했다.

동시에 등에 있던 날개에도 변화가 찾아왔다. 액세서리 같았던 박쥐 날개가 파앗! 하는 소리를 내며 직경 1m 정도로 거대하고 크게 펼쳐졌다.

"푸슈우우우우우우우!"

거인이 아마도 놀란 것 같은 소리를 지르며 멈춰섰다.

하지만 곧 이전보다 더한 기세로 달리기 시작했다. 사와와 토모리를 동시에 잡으려는 듯 두 손을 앞으로 내밀며 두 사람에게 다가간다.

사와가 옆에 선 토모리의 몸에 왼팔을 두르고 날개를 한번 움직였다.

두 사람의 몸이 둥실 떠오르더니 통로의 크레이터 너머까지 뛰어넘어 유마의 눈앞에 착지했다.

토모리를 떨어뜨린 사와가 다시 한번 위로 올라갔다. 이번에는 바닥에서 3m 정도의 높이로 떠오르더니 땅을 울리며 달려오는 거인을 향해 왼손을 내밀었다.

"인페르나스!"

사와의 목소리임에도 조금 이질적인 울림을 띤 강렬한 영창. 마법의 기점이 되는 속성사—— 그러나 유마는, 그런 스펠워드를 알지 못했다.

사와의 왼손에서 어깻죽지까지 뻗은 크레스트 회로 패턴이 타는 듯한 퍼플 마젠타색으로 빛났다.

왼손 앞에 진홍색 빛이 떠오르더니 순식간에 밸런스볼 정도의 거대한 화구로 부풀어 올랐다. 형태사를 외우기 전이라 날 것의 마력일 텐데도 가이드북에 영상과 함께 설명되어 있던 최상위의 화속성 마법 '볼라이드(대화구)'의 완성형보다 훨씬 컸다.

"매그너스 하스타!"

형태사. 소용돌이치는 화구가 순식간에 가늘고 길게 뻗어 나가며 길이가 족히 3m는 되어 보이는 거대한 창을 만들어냈다.

콘헤드 데몰리셔가 자신이 낸 크레이터에 발이 걸려 비틀거렸다.

그 틈을 노리듯이——.

"이그니스!"

폭풍 같은 대량의 불티와 아르테아 전체를 뒤흔드는 듯한 굉음을 흩뿌리며 불꽃의 창이 날아갔다.

창은 콘헤드 데몰리셔의 가슴 한가운데를 깊숙이 꿰뚫고는 그대로 그 거구를 파고들었다.

두 팔을 크게 벌리고 있는, 신장이 3m 반이나 되는 데몰리셔의 거구가 안쪽부터 끓어오르듯이 부글부글 부풀며 곳곳이 검게 타들어 가기 시작하더니── 직후 한계까지 열린 입에서 화염 기둥이 뿜어져 나왔다. 어깨에서도, 배에서도, 등에서도 불꽃이 끊임없이 분출하며 이윽고 거인의 온몸이 소용돌이치는 화염에 휩싸였다.

"그르아아아아아악!"

분노, 그리고 아마도 경악에 휩싸인 단말마가 엄청난 폭발음에 의해 지워졌다.

한층 깊고 커진 크레이터에서 천장 부근까지 커다란 불기둥이 피어올랐다. 홍련의 화염 속에서 콘헤드 데몰리셔의 거구는 산산이 타들어 갔고, 탄화된 조각마저 하얀 불꽃이 되어 사라졌다.

붉게 빛나는 불꽃을 뒤로하며 사와가 소리 없이 내려앉았다.

크레스트와 유사한 적자색 머리. 거기서 뻗어 나온 세 개로 된 날카로운 뿔. 당당하게 펼쳐진 칠흑의 날개. 그리고 붉은빛을 띤 금색으로 빛나는 눈동자──.

희미해져 가는 유마의 의식 깊은 곳에서 하나의 고대 언어가 떠올랐다.

'데몬(악마)'.

(계속)

여자

출석번호	이 름	성별	직 업	비 고
1	아시하라 사와	여	마술사	아시하라 유마의 쌍둥이 여동생.
2	이다 카나미	여	불 명	수영부 소속.
3	에자토 쇼코	여	불 명	느긋한 성격.
4	켄조 사유	여	불 명	장래희망은 아이돌.
5	사노 미나기	여	성직자	아시하라 남매의 소꿉친구.
6	시미즈 토모리	여	불 명	도서위원.
7	시모노소노 마미	여	불 명	흑마술을 좋아한다.
8	소가 아오이	여	불 명	과자 만들기가 특기.
9	치카모리 사키	여	불 명	세련된 후지카와 렌을 동경하고 있다.
10	츠다 치세	여	불 명	사육위원.
11	테라가미 쿄카	여	불 명	1반 여자의 리더격 인물.
12	나카지마 미사토	여	불 명	배구부 소속.
13	누시로 치나미	여	불 명	1반 여자애들 중 가장 키가 작다.
14	노보리 키미코	여	불 명	고스로리 패션을 좋아한다.
15	하리야 미미	여	불 명	교토 출신으로 화과자를 좋아한다.
16	후지카와 렌	여	불 명	와타마키 스미카에게 경쟁심을 갖고 있는 미인.
17	헨미 카린	여	불 명	점을 좋아한다.
18	미소노 아리아	여	마술사	1반 여자 중 가장 꾸미는 걸 좋아한다.
19	메토키 시즈	여	불 명	검도장에 다니고 있다.
20	유무라 유키미	여	불 명	스스로를 싫어해서 변화하길 원한다.
21	와타마키 스미카	여	성직자	반의 아이돌적 존재.

유키하나 초등학교 6학년 1반 명부

Ver.1.1

남자

담임교사 에비사와 유카리

출석번호	이 름	성별	직 업	비 고
22	아이다 신타	남	불 명	카드 게임을 좋아한다.
23	아시하라 유마	남	마물사	공부도 운동도 평균.
24	오노 요이치	남	불 명	농구부 주장.
25	카지 아키히사	남	불 명	인터넷 방송인 지망.
26	키사누키 카이	남	불 명	축구부 소속.
27	콘도 켄지	남	전 사	아시하라 유마의 절친.
28	스가모 테루키	남	전 사	축구부 주장이자 반장.
29	세라 타카토	남	불 명	스케이트보드를 좋아한다.
30	타키오 마사토	남	불 명	애니, 게임, 만화를 좋아한다.
31	타다 토모노리	남	불 명	카드 게임을 좋아하고 아이다 신타와 친하다.
32	토지마 슈타로	남	불 명	가상화폐 거래를 하고 있다.
33	니키 카케루	남	불 명	하이자키 신과 친하며 성적 우수.
34	누노노 류고	남	불 명	메토키 시즈와 같은 검도장에 다니고 있다.
35	하이자키 신	남	불 명	학년 톱 수재.
36	호카리 하루키	남	불 명	스케이트보드를 좋아하고 세라 타카토와 사이가 좋다.
37	미우라 유키히사	남	사 망	구부 소속.
38	무카이바라 코지	남	불 명	영상 편집 스킬이 있다.
39	모로 타케시	남	사 망	우를 좋아한다.
40	야츠하시 켄노스케	남	불 명	시의회 의원 아들.
41	와카사 나루오	남	불 명	밀리터리 오타쿠.

후기

안녕하세요, 혹은 처음 뵙겠습니다. 카와하라 레키입니다. 《데몬즈 크레스트 1 현실∞침식》을 읽어주셔서 감사합니다.

이 작품은 제가 덴게키 분코에서 간행하는 첫 완전 신작(웹 게재작의 서적화가 아니라는 의미에서)입니다. 그런 것치고는 풀다이브라든가 VRMMO라든가 하는 익숙한 키워드가 들어가 있긴 하지만, 결 자체는 《액셀 월드》나 《소드 아트 온라인》과는 크게 다른 작품…… 이라고 생각하는데, 어떠셨나요?

우선 본편의 내용을 언급하기 전에 왜 지금 이 타이밍에 새로운 시리즈를 냈는지 먼저 설명하겠습니다.

수중에 있는 《데몬즈 크레스트》의 가장 오래된 아이디어 메모를 발굴해 봤더니 시간이 2016년 11월로 되어 있었습니다. 즉 제가 이 작품을 떠올린 것은 6년 전의 일입니다. '폐쇄된 공간에 한 반이 통째로 갇힌 초등학생들이 탈출을 목표로 협력하거나 다툼을 벌이는 이야기'라는 단순한 아이디어에 조금씩 살을 붙이고, 담당자님과도 이것저것 상의하며 내용 보완을 거듭해 어느 정도 형태가 나온 것은 3년 후, 2019년 즈음이었습니다.

그러나 당시에는 소설 집필 이외의 일이 여러 가지로 늘어나면서 기존 시리즈인 《액셀 월드》,《소드 아트 온라인》, 《절대적 고독자》의 간행 속도가 떨어져서 도저히 새로운 시리즈를 시작할 수 있는 상황이 아니었습니다. 그래서 적어도 어느 한 시리즈가 완결되기 전까지는 데몬즈 크레스트는 일단 보류해 두었는데, 그후로 눈 깜짝할 사이에 3년의 세월이 흘렀습니다.

올해 2022년에 들어선 뒤에도 기존 시리즈가 완결될 기미는 보이지 않아 이대로라면 한 3년 정도는 더 걸리지 않을까 생각했는데, 그런 어느 날 데뷔 때부터 담당 편집자이자 현재는 주식회사 스트레이트 엣지의 대표이사이기도 한 미키 카즈마 씨가 '조만간 웹툰 사업을 시작할 건데 《데몬즈 크레스트》를 웹툰화 해 보지 않겠느냐'는 제안을 해왔습니다.

예전부터 새로운 표현 기법인 웹툰에는 관심이 있었고, 원작으로 사용해 주신다면 좋을 것 같아 곧바로 OK했는데, 미키 씨의 제안에는 그다음이 있었습니다. '그러니 웹툰화와 동시에 덴게키 분코에서도 소설로 출판하죠'라는 이야기가……. 솔직히 조금 고민했습니다. 앞서 언급한 대로 기존 시리즈 세 편이 계속되는 상황에서 신 시리즈 간행을 시작하면 여러모로 용량 초과가 될 우려가 있었기 때문입니다.

그러나 1권 간행 타이밍으로서는 웹툰의 연재 개시에 맞추는 것이 최선이라는 사실도 알고 있었습니다. 준비 기간을 고려하면 너무 느긋하게 있을 수도 없었고, 그런 상황에서 최종적으로 판단의 결정적인 요소가 된 것은 웹툰 제작진이 그려주신 몇 장의 이미지 스케치였습니다. 거기에는 작품의 무대가 되는 두 세계——VRMMO RPG '액추얼 매직'과 대규모 오락 시설 '아르테아'의 정경이 선명하게 재현되어 있어서, 이 무대에서 살아 움직이는 유마 일행의 모습을 나도 내 붓으로 묘사하고 싶다! 라는 기분이 들었습니다. 물론 용량 초과라는 우려가 해결된 것은 아니지만, 일단 머릿속에서 달리기 시작한 유마나 사와, 다른 아이들을 억누르는 것은 불가능했습니다. 초등학생이 가진 그 활기찬 에너지에 등을 떠밀린 저는 《데몬즈 크레스트》 1권을 2022년 11월에 간행하기로 결심했습니다.

그후로는 정말이지 노도와 같은 나날이었습니다. 애초에 10월에 《소드 아트 온라인》 27권 간행이 정해져 있었기에 그 원고를 여유롭게 마무리하고 일찌감치 《데몬즈 크레스트》 1권에 착수한다…… 라는 예정을 세웠는데, 차곡차곡 쌓여가는 각종 업무들로 스케줄은 진작부터 무너졌고, 평소와 같은 한계 진행으로 가까스로 SAO 27권, 그리고 이 데몬크레 1권을 탈고하고 지금 이렇게 후기를 적고 있는 중입니다.

그중에서도 기뻤던 점은 웹툰판을 포함한 《데몬즈 크레스트》의 캐릭터 디자인과 문고판의 일러스트를 그 호리구치 유키코 씨가 맡아 주셨다는 점입니다. 호리구치 씨의 손에서 탄생한 유마, 사와, 콘켄, 나기, 그리고 스미카나 다른 반 아이들이 너무나도 매력적이라 작가인 저조차도 '빨리 계속 읽고 싶다!'는 마음이 들게 되었습니다. 분명 독자 여러분도 똑같은 마음이실 거라 생각합니다.

여기서 다시 한번 스토리에 대해서도 조금 언급해 두겠습니다.

우선 《데몬즈 크레스트》라는 타이틀에 대해서…… 실은 6년 전 아이디어를 짜기 시작한 후부터 계속 이 작품은 다른 임시 타이틀(코드○○ 같은 느낌)로 불리고 있었습니다. 웹툰판 기획에 본격적으로 시동이 걸린 뒤에도 계속 그런 이름으로 부르고 있었기에 정작 정식 타이틀을 정하게 되었을 때 어떤 타이틀을 내도 감이 오지 않는 상황에 빠져버려서 담당자와 "차라리 그냥 가제목을 책제목으로……" 하는 이야기까지 나오던 어느 날, 문득 본문 속의 '문장 또는 정점'이라는 뜻의 영어 단어 Crest'라는 문장이 눈에 들어왔고 '그럼 무슨무슨 크레스트로 하면 어떨까'라고 생각한 직후, 무슨무슨이라는 부분은 '데몬즈'밖에 없겠다는 생각이 들었습니다. 다행히 담당자나 웹툰팀도 마음에 들어해 주셔서 지금의 제목에 이르렀습니다. 영어로는 'Demons' Crest'인데, 이것은 '악마들의 문장'이라는 의미가 되지 않을까 싶습니다.

이어서 이야기 쪽인데…… 이쪽은 무슨 내용을 써도 먼 훗날의 스포일러가 되어 버리는 상황입니다(웃음). 뭐, 시리즈 1권이라는 것이 대체로 그렇긴 하지만……. 그래서 적당한 고생담을 하며 넘겨야하는 상황인데 그런 이야기를 하자면 유키하나 초등학교 6학년 1반 학생 41명의 설정을 만드는 것이 힘들었습니다!

여러 인터뷰에서 이야기했지만 저는 애초에 캐릭터를 설정부터 만드는 것을 잘하지 못한달까요, 좋아하지 않습니다. 이야기를 적어가고 진행해 나가면서 그 캐릭터가 등장했을 때의 영감을 소중하게 생각한다…… 라고 말하면 조금 폼을 잡는 것처럼 들리지만, 요점은 '작가가 세계에 캐릭터를 낳는 것'이 아니라 '캐릭터가 스스로 세계에 나타나는 것'을 기다리고 싶은 마음입니다. 그래서 속마음을 말하자면 처음에는 캐릭터 설정 같은 것 없이 쓰고 싶었는데, 이 작품에 한해서는 초기에 롱 플롯을 만들었기 때문에 그 시점에서 모든 캐릭터의 설정을 끝낼 필요가 있었고, 41명분의 이름이나 성격 등을 굉장히 힘들게 정했던 기억이 있습니다. 그러나 그 설정이 나중에 웹툰화에서 맹활약한 것을 보면 역시 설정 자료라는 것은 만들어 두는 것이 가장 좋은 것 같습니다(웃음).

설정이라고 하니까, 본편에서 유마 일행이 외우는 마법의 주문도 힘들었습니다. 이미 존재하는 언어를 쓰면 편했을 텐데 속성사나 형태사 등 까다로운 설정을 만든 데다 주문도 실재하는 언어를 모델로 해버려서 영창 장면마다 한 시간 넘게 이런저런 고민을 했던 기억이 납니다. 하지만 이것도 웹툰판에서 '주문→발동'의 흐름을 굉장히 멋지게 그려주신 덕분에 고생한 보람은 있었습니다.

마지막으로 왜 초등학생을 주인공으로 했는지에 대해서도 조금 언급해 두겠습니다.

제가 초등학생이었던 것은 아득할 만큼 오래 전 일이라 기억도 아련하지만, 일단 초등학생 때는 세계가 굉장히 한정되어 있었습니다. 학교를 보자면 자신의 반이 한 나라나 다름없었고 옆 반으로 가면 이미 외국…… 같은 느낌이었죠. 하지만 그만큼 학급 내 인간관계가 복잡하고 유동적이라 모종의 긴장상태가 곳곳에서 발생했던 기억이 있습니다. 폐쇄된 아르테아에 갇힌 41명의 아이들이 그동안의 굴레에 얽매이면서도 힘을 합치는, 혹은 충돌해 가는 모습을 그려 나가고 싶은 것이 이 작품의 출발점이었는데, 뭐 제 성격상 또 뭐가 어떻게 될지는 모를 일입니다. 여러분도 폭풍우 속의 작은 배를 탔다고 생각하시면서 작품을 즐겨주셨으면 좋겠습니다!

길어졌습니다만, 마지막으로 간단히 감사의 말을 전하겠습니다.

생생하면서고 섬세하고 날렵한 그림체로 캐릭터들을 아름답게 그려주신 일러스트레이터 호리구치 유키코 씨. 웹툰판과 소설판의 다리역할을 하며 쌍방 동시 공개를 향해 다방면으로 활약해 주신 담당 편집자 미키 씨. 항상 파괴 직전의 스케줄을 지탱해 주시는 담당 편집자 아다치 씨. 웹툰판을 엄청난 고퀄리티 작품으로 완성해 주신 제작진 여러분.

그리고 여기까지 읽어주신 여러분.

정말로 감사합니다. 《데몬즈 크레스트》 2권도 너무 오래 기다리시지 않고 읽으실 수 있도록 노력하겠습니다. 앞으로도 많은 응원 부탁드립니다!

2022년 9월 어느 날 카와하라 레키

Demons'Crest Vol.1 GENJITSU∞SHINSHOKU

©Reki Kawahara 2022

Edited by 전격 문고

First published in Japan in 2022 by KADOKAWA CORPORATION, Tokyo.

Korean translation rights arranged with KADOKAWA CORPORATION, Tokyo.

데몬즈 크레스트 1 현실∞침식

2024년 5월 1일 1판 1쇄 발행

저 자	카와하라 레키
일 러 스 트	호리구치 유키코
옮 긴 이	이소정
발 행 인	유재옥
담 당 편 집	정지원

이 사	조병권
출판본부장	박광운
편 집 1 팀	최서영
편 집 2 팀	정영길 조찬희 박치우 정지원
편 집 3 팀	오준영 이소의 권진영
디자인랩팀	김보라 박민솔
디지털사업팀	박상섭 김지연 윤희진
라이츠사업팀	김정미 맹미영 이윤서
영업마케팅팀	최원석 박수진 이다은
물 류 팀	허석용 백철기
경영지원팀	최정연
발 행 처	(주)소미미디어
인쇄제작처	코리아피앤피
등 록	제2015-000008호
주 소	서울시 마포구 토정로 222, 502호(신수동, 한국출판콘텐츠센터)
판매및마케팅	(070) 8822-2301

ISBN 979-11-384-8257-8 04830

ISBN 979-11-384-8256-1 (세트)